W0411560

grafit

Chemnitzer Str. 31, D-44139 Dortmund
Internet: http://www.grafit.de
E-Mail: Grafit-Verlag@t-online.de

Umschlagillustration: Peter Bucker
Druck und Bindearbeiten: Fuldaer Verlagsagentur, Fulda
ISBN 3-89425-247-2
1. 2. 3. 4. 5. / 2003 2002 2001

Christoph Güsken

Der Untergang des Hauses K.

Kriminalroman

grafit

Der Autor

Christoph Güsken, geboren 1958 in Mönchengladbach, studierte Theologie und arbeitete als Museumswärter, Aktenabhänger und Buchhändler. Seit 1995 lebt er als freier Autor in Münster.

Er veröffentlichte zahlreiche Kurzgeschichten und Hörspiele. 1996 erschien sein erster Kriminalroman mit den Detektiven ›Kittel & Voß‹: *Bis dann, Schnüffler.* Es folgten *Schaumschlägers Ende* (1997), *Mörder haben keine Flügel* (1998), *Spiel's nicht noch mal, Henk* (1998), *Pommes rot-weiß* (1999) und *Niemals stirbt man so ganz* (2000).

Außerdem schrieb Güsken das Buch über den perfekten Mord *Angsthase, Pfeffernase* (1999) und den Psychothriller *Alptraum in Blau* (2000).

Ach, die grässliche Legion der Grabesschrecken ist doch nicht bloß Fantasie! Doch wie die Dämonen, mit denen Afrasiab den Oxus hinabfuhr, müssen sie schlafen, wenn sie uns nicht verschlingen sollen – wir müssen sie schlafen lassen oder wir gehen zugrunde!

Edgar Allan Poe

Prolog

»Wenn du weiter so Gas gibst, landen wir über kurz oder lang im Wasser.«

»Dazu müssten wir fliegen können«, widersprach Karnap, der am Steuer saß. »Es ist Ebbe, mein Lieber. Das Meer ist ein paar hundert Meter entfernt.«

Es war kurz vor Mitternacht. Karnap und sein Kollege Gerling waren auf dem Rückweg vom Wattenmeer, wo sie eine Geschichte recherchiert hatten.

Gerling konnte es nicht leiden, wenn jemand riskant fuhr. In jeder Kurve stemmte sich sein Fuß in ein imaginäres Bremspedal.

»Wir sind spät dran«, rechtfertigte sich Karnap. »Wenn wir nicht in einer Stunde in Hamburg sind, können wir uns die Story abschminken.«

»Blödsinn! Der große Gert Karnap muss sich nichts abschminken. Dem öffnet sich jede Tür, egal um welche Zeit er Einlass begehrt.«

»Der ›große Karnap‹, so ein Scheiß!«

»Jetzt spiel nicht den Bescheidenen, das steht dir nicht. Um deine Sensationen reißen sich doch alle.«

»Nicht, dass du neidisch wärst, aber –«

»Doch, bin ich. Ein Journalist, dessen Star-Image sogar die Promis in den Schatten stellt, die ihm ein Interview gewähren! Und eine tolle Frau, die alles in den Schatten stellt.«

»Jetzt hör schon auf, Heiko! Deine Stunde kommt auch noch. Du bist besser als ich, das brauche ich dir nicht zu sagen.«

»Danke sehr, Gert. Aber du weißt, ich bin einer deiner vielen Fans. Vorsicht – Mann, das war knapp!«

Im Kegel der Scheinwerfer sah nichts wirklich aus. Jenseits der Straße konnte Wüste sein, Meer oder die menschenleere Landschaft eines fremden Planeten. Alles war gleich schwarz.

»Gert, wir kennen uns jetzt schon eine Ewigkeit ...«

Karnap grinste. »Das hört sich ja so an, als hättest du was auf dem Herzen.«

»Ich möchte mit dir über Kirsten reden.«

»Du?« Karnaps Ton stellte klar, dass es kein Thema gab, das ihm weniger passte. »Was gibt es da zu reden?« Er schaltete die Scheibenwischer ein, als die ersten Regentropfen die Frontscheibe trafen. Zunächst ächzten die Wischblätter unwillig, aber der Regen nahm schnell zu, so dass sie bald hektisch hin- und herjagten.

»Mensch, Gert, das kannst du dir doch denken. Weißt du, wie lange ich schon nach einer Gelegenheit suche? Was soll das Versteckspiel? Ich will klare Verhältnisse. Wir beide wissen, worum es geht.«

Karnap lachte spöttisch auf. »Tja, was sagt man dazu? Wahrscheinlich sollte ich jetzt fragen: Wie lange geht das schon mit euch?«

»Noch nicht lange. Kirsten wollte von Anfang an, dass ich mit dir rede. Aber ich habe es immer vor mir hergeschoben. Du bist schließlich mein bester Freund.«

»Ein Witz bin ich!«

»Ich meine es ernst.«

»Du hast Recht, mein Lieber. Wozu das Versteckspiel? Alles ist doch im Grunde ein Versteckspiel.« Urplötzlich gab Karnap mehr Gas, die Reifen drehten auf der nassen Straße durch.

»Verdammt, Gert, du ziehst doch schon bei ihr aus! Jedenfalls suchst du eine neue Wohnung.«

Karnap antwortete nicht. Er hatte kein Bedürfnis, Heiko bei der Suche nach Argumenten zu helfen, die sein jämmerliches Verhalten entschuldigten. Das kurze Gespräch war für ihn beendet und die Nacht war wie geschaffen dafür, sich dem Selbstmitleid hinzugeben.

Der Wagen jagte an einer erleuchteten Tankstelle vorbei, einem Supermarkt und einem verlassenen Parkplatz.

Karnap schwelgte in seiner verletzten Eitelkeit, aber es gelang ihm nicht recht, bittere Enttäuschung zu empfinden. Worüber rege ich mich auf? Ich kann es ihm nicht verdenken. Wenn sie schon einen anderen hat, warum nicht ihn? Sie hat eine gute Wahl getroffen. Und so ist die Sache wenigstens endlich ausgestanden …

Bevor er den Wagen auf eine Brücke lenkte, die über eine Flussmündung führte, rasten sie durch eine enge Kurve. Ein Wunder, dass Karnap sie schaffte bei der nassen Straße. Aber den entgegenkommenden Wagen sah er zu spät, er reagierte falsch. Er riss das Steuer herum und trat auf die Bremse. Im nächsten Augenblick durchbrach der Wagen das Brückengeländer.

Karnap schlug die Augen auf. Eigentlich war es nur ein Auge, das linke ließ sich nicht öffnen, es war verklebt vom Blut, das aus einer Platzwunde an der Schläfe heruntergeflossen war. Direkt vor ihm war die Frontscheibe, zersprungen und trotzdem sah sie aus wie eine undurchdringliche Wand.

Sein Schädel brummte. Von hinten drang schwaches Mondlicht ins Wageninnere. Ganz langsam gewann er die Orientierung zurück. Die nächtliche Fahrt nach Hamburg, der Streit über Kirsten …

Heiko hing in seinem Gurt und Karnap baumelte neben ihm, auch er mit dem Kopf nach unten. Die Platzwunde befand sich nicht an seiner Schläfe, sondern an der Unterlippe: Der Wagen lag auf dem Kopf.

Scheiße …!

Es gelang Karnap nicht, das Wort auszusprechen. Sie hatten verdammtes Glück gehabt. Kein Crash, sondern ein Flug durch die Luft mit glimpflicher Landung. Sie waren nicht im Meer angekommen, sondern im weichen Sand.

»Heiko …« Karnap erlangte die Kontrolle über seinen Arm zurück. Vorsichtig berührte er seinen Freund an der Schulter. »Heh …!«

Gerling stöhnte kaum hörbar. Also lebte er. Aber er kam nicht zu sich.

»Moment«, ermutigte sich Karnap selbst, »das haben wir gleich. Halt durch!« Er stemmte sich gegen die Tür.

Nur widerwillig ließ sie sich öffnen. »Und jetzt du«, versprach er, während er nach draußen kletterte.

Der Sand war feucht und kalt. Im Mondlicht bot sich Karnap ein gespenstischer Anblick: das Wrack, das seine vier Räder anklagend gen Himmel reckte. Sand und Pfützen, so weit das Auge reichte. Auf der anderen Seite, hoch über ihm und scheinbar meilenweit weg, die Brücke. Der Scheinwerfer eines Autos erleuchtete für einen Moment die Straße und huschte vorbei wie das ferne Flackern einer Taschenlampe. Niemand würde sie hier unten bemerken.

Karnap ertappte sich dabei, wie er seinen Händen beim Zittern zusah. Konzentriere dich, verdammt noch mal! Er versuchte, Schritt für Schritt vorzugehen. Seinen Beifahrer befreien, das war das Erste und Wichtigste.

»Scheiße«, sagte er jetzt laut, »aber wir sind glimpflich davongekommen.« Glimpflich. Er klammerte sich an dieses Wort, murmelte es wie ein Gebet vor sich hin, während er in das Auto zurückkletterte.

Aber das Gebet wurde nicht erhört. Minuten später begriff Karnap, dass die Sache nicht glimpflich ausgegangen war. Nicht für Heiko. Der Aufprall hatte die Beifahrertür völlig verformt. Sie sah aus wie ein Maul, das sich um sein rechtes Bein geschlossen hatte. Keine Chance, ihn ohne Hilfe freizubekommen.

»Also gut.« Karnap atmete ein und wieder aus, es war eine verzweifelte Maßnahme, um die Kontrolle über die Situation zurückzugewinnen. »Kein Problem. Mach dir nichts draus. Immerhin sind wir nicht im Wasser gelandet, wie schon gesagt ...«

Das Wasser! Zum ersten Mal warf er einen Blick auf die Uhr. Er war über eine Stunde bewusstlos gewesen. Viel zu lange. Das Meer war längst auf dem Weg hierher. In höchstens einer Stunde würde es das Autowrack erreichen!

»Heiko!« Er brüllte den Bewusstlosen an, vergeblich.

Gerling stöhnte nicht einmal.

»Okay!«, schrie Karnap seinen Freund an. »Ich bin

gleich wieder da! Es geht nicht anders, verdammt, aber ich muss Hilfe holen! Allein schaffe ich das nicht! Versprich mir nur, dass du durchhältst!«

Als er sich in Bewegung setzte, fühlte er einen Schmerz in der Hüfte, der ihn fast um den Verstand brachte. Doch dafür war keine Zeit. Karnap humpelte, so schnell er konnte.

»Ich will dabei sein! Ich will ihm sagen, dass er's geschafft hat!« Karnap rappelte sich hoch, aber schon nach dem ersten Schritt schrie er auf und ließ sich zurück auf die Liege fallen.

»Sie sollten vorerst nicht auftreten«, riet ihm der Arzt. »Warten Sie, bis die Schwellung zurückgegangen ist.«

Sie befanden sich im Inneren des Notarztwagens. Der Boden schwankte leicht, als der Arzt zu Karnap trat. »Vertrauen Sie auf uns. Die Kollegen da draußen verstehen ihren Job, glauben Sie mir.«

Karnap presste sein Gesicht an die Scheibe und starrte in die Nacht hinaus. Polizei und Leute vom Technischen Hilfswerk bevölkerten den Strand. Inzwischen hatten sie einen mächtigen Scheinwerfer in Stellung gebracht, der den Einsatzort in helles Licht tauchte.

Der Strand war nur noch ein schmaler Streifen. Seit über einer halben Stunde war das Meer zurück, um sich genüsslich und in aller Ruhe einzuverleiben, was ihm nicht entkommen konnte. Ein riesiges schwarzes Tier, das friedlich tat mit seinen sanften wogenden Bewegungen. Ein mächtiges, tödliches Tier, für das all die beflissenen Menschen im gelben Ölzeug mit ihren Taschenlampen lächerliche Gegner waren. Doch seine drückende Kraft hatte ihm diesmal nichts genutzt. Das schwarze Nass war zu spät gekommen. Es musste sich gefallen lassen, dass seine lächerlichen Gegner die schon sicher geglaubte Beute mithilfe einer Stahltrosse an Land zerrten.

»Was habe ich Ihnen gesagt?«, freute sich der Arzt, der neben Karnap stand. »Es war verdammt knapp, aber wir sind noch rechtzeitig gekommen.«

Als sie den weißen Sportwagen an Land geschafft hatten, frischte der Wind wieder auf. Der Mond verdüsterte sich und es begann erneut leicht zu regnen. Helfer machten sich daran, den verletzten Gerling endlich aus seiner Klemme zu befreien.

Nach etwa zwanzig Minuten betrat einer der Männer in gelben Regenklamotten den Notarztwagen.

»Das war wirklich knapp«, begrüßte ihn Karnap erleichtert.

»Es war knapp«, bestätigte der Mann. »Ein paar Minuten früher«, fügte er betroffen hinzu, »und wir hätten es vielleicht geschafft.«

Karnap starrte den Mann an. Er begriff den Sinn der Worte nicht, weshalb er sie einzeln noch einmal durchging. »Was soll das heißen?«, fragte er.

Sein Gegenüber, auch ein Arzt, antwortete nicht sofort.

»Was soll das heißen?«, brüllte Karnap. »Sie hätten es ›vielleicht geschafft‹?«

»Herr Gerling ist nicht ertrunken«, erklärte der Mediziner behutsam. »Er konnte gar nicht ertrinken. Das Wasser stand gerade so hoch, dass seine Haarspitzen nass wurden. Er hing mit dem Kopf nach unten.«

»Das weiß ich!«, sagte Karnap. »Also ist er nicht tot? Jetzt reden Sie schon!«

Der Arzt senkte seine Stimme. Er sah betroffen und hilflos aus. »Ihr Freund ist erstickt. Alle Symptome deuten auf Ertrinken hin. Aber es gab keinen realen Grund dafür, keine – äußere Einwirkung, verstehen Sie? Er muss sich eingebildet haben zu ertrinken.« Der Mediziner streifte die weite Kapuze ab und kratzte sich ratlos am Kopf. »Es ist die Panik gewesen, die ihn getötet hat.«

1

Das Haus sieht mich nicht an, dachte Karnap. Es kann mich gar nicht ansehen. Schließlich ist es nichts weiter als ein lebloses Bauwerk aus Stein, und wenn man von ihm sagt, dass es eine Menge erlebt hat, dann ist das nur eine Redensart.

Gert Karnap stellte seinen Wagen am Straßenrand ab und betrat durch das rostige schmiedeeiserne Tor den Vorgarten. Als Kind hatte er sich oft vorgestellt, dass Fenster Augen waren und Haustüren Münder. Damit hatte er sich die endlos erscheinende Zeit vertrieben, die er auf dem Rücksitz des Wagens verbracht hatte, während seine Eltern im Schritt-Tempo durch die Stadt kutschierten. Mit der Zeit hatte er herausgefunden, dass jedes Haus seinen eigenen Gesichtsausdruck hatte und kaum einer dem anderen glich. In einer einzigen Straße standen freundliche, breit grinsende, abweisende, verschlagene und bedrohlich lauernde Häuser Seite an Seite.

Dieses hier wirkte unzugänglich und verschlossen. Karnap wurde nicht schlau aus ihm. Es wich seinem Blick aus, als wollte es jeden Kontakt vermeiden, und duckte sich hinter drei mächtigen Tannen, die das Grundstück zur Straße hin abschirmten. Dir wird nichts anderes übrig bleiben, dachte Karnap, als dich an mich zu gewöhnen.

Schon nach der ersten Besichtigung des Hauses war ihm klar gewesen, dass er es kaufen wollte. Aber das hatte nicht das Geringste mit dem zu tun gehabt, was man mit Liebe auf den ersten Blick bezeichnete. Karnap wollte abseits der Stadt wohnen, in einer unspektakulären Kleinstadt wie dieser, deren Hauptattraktionen eine Dorfkirche aus dem sechzehnten Jahrhundert, eine winzige Fußgängerzone und ein Möbelmarkt waren. Was das Dach über seinem Kopf anging, so hatte er weder besondere Vorstellungen noch Ansprüche gehabt. Das einzig Wichtige war gewesen, dass ihn sein neues Zuhause in nichts an das alte erinnerte.

Der schreckliche Unfall mit Heiko Gerling lag anderthalb Jahre zurück und damit auch das abrupte Ende Karnaps gewohntem Leben, das vom gleichförmigen, alltäglichen Gedrängel auf der Karriereleiter bestimmt gewesen war. Von einem Tag auf den anderen hatte er die Fähigkeit zu klettern verloren und war abgestürzt. Von da an hatte es kaum eine Nacht gegeben, in der er ruhig schlafen konnte, und wenn er endlich eingedöst war, war er kurze Zeit später schreiend aufgewacht. Er hatte den bewusstlosen Gerling gesehen, der plötzlich die Augen aufschlug. Und im nächsten Augenblick hatte Karnap das vor Augen gehabt, was das Letzte in Gerlings Leben gewesen sein musste: den eigenen Körper, eingeklemmt in einem Autowrack. Er hatte das Wasser gespürt, das langsam und unerbittlich ins Wageninnere sickerte. Nichts und niemand konnte ihn vor einem qualvollen Tod retten, denn der Mann, den er für seinen Freund gehalten hatte, war verschwunden und hatte ihn seinem Schicksal überlassen.

Nacht für Nacht hatte sich Karnap im Angesicht des Todes befunden und jedes Mal aufs Neue erfahren, dass alles, was sich die Lebenden über dieses Angesicht zusammenreimten, harmlose Gute-Nacht-Geschichten waren. Helles Licht am Ende eines Ganges, das Leben, das wie ein Film vor dem inneren Auge vorbeiflimmerte, weiße Gestalten in wallenden Gewändern – das waren nichts weiter als fromme Fantasien, erfunden von Menschen, die glaubten, sich mit schönen und ergreifenden Worten am grausamen, namenlosen Schrecken vorbeibeten zu können.

Immerhin hatte er mit der Zeit begriffen, dass Kirsten ihm keineswegs die Schuld gab am Tod ihres Geliebten. Bei aller Trauer um Gerling hatte sie sofort den Ernst von Karnaps Lage begriffen. Er selbst war es vielmehr gewesen, der ihr vorwarf, ihn einen Mörder zu nennen. Er hatte es gewollt, dass sie es tat, weil er selbst sich des Mordes an Gerling bezichtigte.

Aber diese Einsicht kam zu spät. Sie vermochte seine Ehe nicht mehr zu retten. Kirsten hatte sich alle Mühe mit ihm gegeben, aber Karnap hatte immer mehr die Kontrolle über sich verloren.

So hatte der große Gert Karnap eines Tages erlebt, dass sich eine Tür, vor der er Einlass begehrte, nicht mehr öffnete. Allerdings machte es ihm nicht viel aus, weil er sich längst von allen abgewandt hatte. Seine Kollegen und Bekannten hasste er für ihr Verständnis und Mitgefühl und er konnte ihre unausgesprochene Erwartung an ihn, so schnell wie möglich wieder gut drauf zu sein, nicht ausstehen.

Es war nicht leicht gewesen, wieder hochzukommen. Für Karnap hatte sich zu viel geändert, als dass er das Bedürfnis verspürt hätte, erneut oben mitzuspielen. Vieles, was früher wichtig gewesen war, hatte seine Bedeutung verloren und nichts war an seine Stelle getreten.

Das Haus stammte aus den dreißiger Jahren und war ein schmaler, leicht windschiefer Bau aus bräunlichem Backstein, nicht gerade ein Schmuckstück. Der Erbauer war eine lokale Nazigröße gewesen, der sich vorsichtshalber in dem parkähnlichen Garten sogar einen kleinen Privatbunker angelegt hatte. Heute war die Anlage immer noch ansehnlich, wenn auch die Hälfte inzwischen zum Friedhof gehörte, der westlich an das Grundstück grenzte. Über den Resten des Bunkers hatte man später ein Gartenhaus errichtet.

»Dieses Haus hat schon eine Menge erlebt«, hatte der Makler, ein geschniegelter Jüngling mit sportlicher Brille, erklärt. »Da müssen Sie einiges reinstecken, um es wieder in Schuss zu bringen.« Er schien nicht der Typ zu sein, der selbst Hand anlegte. Ein Haus zu renovieren bedeutete für ihn, Geld hineinzustecken.

Karnap dagegen hatte sich zugetraut, einen großen Teil der anliegenden Arbeiten selbst erledigen zu können, aber er war schon bald eines Besseren belehrt worden. Sein neuer Posten als Chefredakteur des *Nordelbischen Kuriers* ließ ihm außerdem kaum Zeit dazu. Nachdem die Handwerker das Dach abgedichtet und die Treppe erneuert hatten, hatte er einziehen können, aber es würde noch einige Zeit dauern, bis er das Gefühl haben würde, sich wirklich in seinen eigenen vier Wänden zu bewegen. Die Vorbesitzerin hatte darauf bestanden, den Nachlass ihres Vaters, der dieses Haus bis zu seinem Tod bewohnt hatte, vorerst im Haus zurückzulassen, bis sie über seinen endgültigen Verbleib entschieden hatte. Der Mann war Maler gewesen. Im Treppenhaus hatte Karnap sogar eine Zeichnung auf der Wand entdeckt, die einstweilen noch nicht übermalt werden durfte und lediglich von einem Vorhang verdeckt war.

Karnap zog den Hausschlüssel aus der Tasche, als sich ihm jemand vom Garten her näherte.

Ein Jugendlicher mit Bürstenhaarschnitt und gepiercter Oberlippe grinste ihn an. »Wir sind so weit, Chef«, sagte er. »Alles paletti. Jetzt können Sie Ihren eigenen Kram da reinstellen.« Vier Leute von der Arbeitsloseninitiative hatten fast zwei Tage gebraucht, um mindestens fünf verstaubte Kleiderschränke, randvoll mit Gerümpel, Berge von Tapetenrollen, kanisterweise Farben und Lösungsmittel sowie unzählige baufällige Staffeleien aus dem Gartenhaus zu schaffen.

»Übrigens«, erinnerte sich der Junge und machte noch einmal kehrt, während er sich eine Zigarette ansteckte. »Vielleicht sehen Sie sich die hintere Wand mal an. Die sieht ziemlich baufällig aus. Am besten, Sie fragen einen, der Ahnung davon hat, bevor Ihnen das Häuschen zusammenstürzt.«

Kaum vorstellbar, dachte Karnap, dass diese Gefahr tatsächlich bestand. Das gedrungene Gebäude mit dem Flachdach sah massiv und unverwüstlich aus. Zur Rückseite hin lief es leicht spitz zu, wodurch das Ganze an einen plumpen Schiffsbug erinnerte. Karnap mit seiner Vorliebe, Häuser zu personalisieren, dachte bei seinem

Anblick allerdings eher an ein angriffslustiges Tier, das sich im Schatten der großen Tannen duckte und seine Nase neugierig zum Nachbargrundstück reckte. Die kleinen, schlitzförmigen Fenster ließen es verschlagen und unberechenbar aussehen.

Karnap blickte in die Richtung, in die das Tier starrte, und bemerkte eine Frau, die ihm von jenseits der Hecke zuwinkte. Sie mochte Anfang vierzig sein, schlank, und hatte wildes, rötliches Haar.

»Marie Konradt«, stellte sie sich vor. »Sie sehen nicht so aus, als würden Sie hier vom Land stammen.«

»Das nicht gerade.«

»Dann hoffe ich, dass Sie sich Ihren Entschluss herzuziehen nicht leicht gemacht haben.« Lächeln schien ihre besondere Begabung zu sein. Noch nie hatte Karnap so unmittelbar erlebt, dass ein Lächeln das Eis zwischen zwei Menschen brechen konnte. »Das einsame Leben in der Kleinstadt ist mit einer Menge Entbehrungen verbunden, die sich der zivilisationsverwöhnte Städter in der Regel nicht träumen lässt.«

»Ganz so einsam ist es ja gar nicht«, lächelte er zurück.

»Tja, jetzt warte ich auf die Einladung zum Einstandsfest«, scherzte sie.

»Die wird wohl noch auf sich warten lassen.« Er deutete auf den Wagen der Entrümpelungsfirma. »Wie Sie sehen, habe ich noch alle Hände voll mit Aufräumen zu tun.«

Im Abendlicht schwirrte eine beachtliche Wolke Mücken in der Luft über dem ungemähten Rasen. Der Löwenzahn verbreitete sich ungehindert und würde in absehbarer Zeit alles Gras ersetzt haben.

Marie Konradt blinzelte in die tief stehende Abendsonne. »Ich hoffe doch, Sie haben seine Bilder nicht weggeworfen.«

Karnap schüttelte den Kopf. »Kannten Sie den Mann näher, der in diesem Haus gelebt hat?«

»Ronald Klint. Er war ein sonderbarer Mensch. Nicht einfach, aber ich finde, er war ein bedeutender Maler.

Vielleicht nicht jedermanns Geschmack.« Sie klatschte in die Hände. »Ich habe eine Idee: Wir feiern Ihren Einstand Freitagabend bei uns. Dann können Sie auch Reinolf, meinen Mann, kennen lernen.«

»Ja«, nickte Karnap, »warum nicht.«

Sie winkte ihm zum Abschied zu.

Nachdem der Pick-up des Entrümpelungstrupps das Grundstück verlassen hatte, nahm Karnap zum ersten Mal selbst das leere Gartenhaus in Augenschein. Bis heute war es praktisch unzugänglich gewesen. Die massigen Wände hielten die muffige Luft gefangen und durch die schlitzförmigen Fenster drang nur spärliches Licht. Karnap fiel auf, dass der linke der beiden Räume die Zuspitzung des Gebäudes nicht mitvollzog. Außerdem war er kürzer als der rechte.

Die hintere Wand des kleineren Raumes war tatsächlich in einem schlechten Zustand. Zwei große Risse, einer von der Decke, der andere seitlich von links kommend, trafen sich in der Mitte. Sie sahen aus wie zwei große Flüsse auf einer Landkarte, die zu einem Strom zusammenflossen.

Karnap trat näher. Das Klopfen seiner Fingerknöchel auf dem Putz machte ein hohles Geräusch. Das hörte sich nach einer Zwischenwand an. Damit erklärte sich auch der Größenunterschied der beiden Räume. Aber was zum Teufel konnte in einem Hohlraum stecken, der keinen Zugang von außen hatte? Karnap untersuchte die Wand genauer. Wie es aussah, war sie nur zum Teil gemauert. Ab der Höhe von circa einem Meter an aufwärts bestand sie aus dünnen Gipsplatten. Karnap schlug mit der Faust dagegen. Putz regnete zu Boden. Ein neuer kleiner Fluss entstand auf der Landkarte.

Karnap richtete sich auf. Was hatte diesen Maler dazu bewogen, eine dreieckige Fläche von schätzungsweise drei Quadratmetern vom Rest des Raumes abzutrennen? Er lehnte sich mit seinem Körpergewicht gegen den Gips, gespannt darauf, wie viel das dünne Material aushielt.

Eine der Platten gab nach. Entlang der Linie des großen Flusses platzte die Landkarte plötzlich auf. Es krachte und Karnap wurde in eine Wolke aus Gips und Staub eingehüllt. Er stolperte nach vorne, ritzte sich den Unterarm an einer scharfen Kante auf, bevor er sich mit der Hand an einem Stein abstützen konnte. Er atmete Staub ein und musste husten. Dann blinzelte er. In dem dichten Nebel aus Staub war kaum etwas auszumachen. Abgestandene, zu Übelkeit erregende Luft, die keinen Sauerstoff zu enthalten schien, wehte ihm entgegen. Der fensterlose Hohlraum war leer bis auf den Dreck und einen Tisch, der von großflächigen, staubigen Spinnweben bedeckt war, die wie Tücher aussahen. Karnap schwang ein Bein über den Mauersockel und trat in eine weiche Masse aus verstaubtem Mörtel und Gipsresten. Er zog den Fuß zurück und stieß dabei mit der Hacke gegen eine Kugel, die auf ihn zurollte. Sobald sie in Griffweite war, fischte er sie mit der Hand auf, ein kaltes, hartes Ding, eingehüllt in einen Kokon aus Spinnweben. Er hielt es in das spärliche Licht der Glühbirne.

Karnap blieb die Luft weg. Er schluckte und hatte plötzlich keine Spucke mehr. Das Ding war der Schädel eines Menschen.

2

»Fühlen Sie sich schon besser?«, erkundigte sich Heike Holling, die Kommissarin der Kripo, als sie ihn bemerkte. Sie war jung und hatte wache Augen. Fast ununterbrochen rauchte sie und wirkte angespannt wie ein Bogen, ständig auf dem Sprung, ihre Fähigkeiten unter Beweis zu stellen.

»Es geht wieder, danke«, murmelte Karnap. Ein paar Minuten hatte er draußen im Garten Luft geschnappt, aber dann hatte er es nicht mehr ausgehalten. Er wollte wissen, was die Polizei noch zutage förderte.

Es war kurz vor Mitternacht. In dem engen Gartenhaus drängelten sich Polizeibeamte und Fachkräfte der Gerichtsmedizin. Alles war in unwirkliches, gleißendes Licht getaucht.

»Haben Sie schon etwas herausgefunden?«, fragte er die Kommissarin. Er atmete schwer. Es waren zu viele Leute hier. Mittlerweile war es stickiger als hinter dieser grässlichen Wand, bevor er sie geöffnet hatte.

Frau Holling antwortete nicht. Sie zündete sich eine weitere Zigarette an und hüllte sich in Qualm.

Rössner, der Gerichtsmediziner, ein penibler, ernster Mann, trat neben sie. Karnap versuchte, in seinem Gesicht eine Regung zu entdecken, die auf Bestürzung oder Ekel schließen ließ.

»Also, schießen Sie los«, bat Frau Holling.

»Bis jetzt kann ich kaum etwas sagen«, dämpfte Rössner die Erwartung der Kommissarin. »Der Todeszeitpunkt liegt lange zurück.«

»Haben Sie es vielleicht etwas präziser?«

»Eben nicht. Bei dem Zustand der Leiche können es ein oder zwei Jahre sein. Oder dreißig. Das ist eher ein Fall für einen Archäologen.«

»Sagen Sie mir wenigstens ungefähr, in welchem Jahrhundert er gelebt hat.«

»Im peruanischen Hochland hat man mumifizierte Leichen gefunden, die in wesentlich besserem Zustand waren. Und deren Alter schätzte man auf sechshundert Jahre.« Der Gerichtsmediziner zuckte mit den Schultern. »Vielleicht haben wir Glück und finden etwas, das auf die Todesursache hindeutet. Vielleicht aber auch nicht.«

»Na, Selbstmord scheidet ja wohl aus.«

Rössner fächelte den Qualm von Hollings Zigarette zur Seite. »Wieso das?«

»Weil sich Selbstmörder selten nach der Tat in Räume begeben, zu denen es keinerlei Zugang gibt.«

»Schon möglich«, gab der Mediziner zu. Er schob einen der Polizisten zur Seite, dann führte er die Kommissarin an den Rand des Trümmerfeldes. »Für einen Mord gibt es aber auch keinerlei Hinweise. Wir können nur spekulieren.«

Im grellen Licht der Scheinwerfer sah der allgegenwärtige Staub fast lebendig aus, er funkelte wie feines, kostbares Gewebe. Der Leichnam lag direkt hinter den Resten der Mauer. Er war nicht mehr als ein Bündel aus Stofffetzen, Haaren und Knochen, die stellenweise noch von verdorrter Haut bedeckt waren, dünn wie Pergament. In dieses Bündel hatte Karnap seinen Fuß gesetzt und so den Kopf vom Rumpf getrennt.

»Wenn man das mit ein bisschen Fantasie betrachtet«, erklärte Rössner, »dann sieht es wie ein Grab aus. Wer immer der Tote war, er wurde nicht einfach ermordet und hinter der Wand versteckt. Er wurde beigesetzt.«

Frau Holling schien verwundert über die Vorstellungskraft des Arztes. »In aller Stille, was?« Sie kletterte über den Mauersockel, um sich umzusehen. Im Schatten eines der Scheinwerfer, der die Stelle mit den menschlichen Überresten beleuchtete, beugte sie sich plötzlich vor, bis ihr Gesicht fast die Wand berührte. Sie holte ihr Feuerzeug hervor und ließ es klicken. »Das ist ja interessant«, murmelte sie. »Irgendwer hat hier herumgemalt.«

Rössner trat zu ihr und richtete eine der Lampen auf die Stelle. »Sieht aus wie Dreiecke«, meinte er nach einer Weile, »die jemand in der Mitte mit einer Fratze versehen hat.«

Die Kommissarin deutete auf die Wand. »Hier sind noch ein paar kleinere.«

Der Gerichtsmediziner kratzte sich am Kopf: »Glauben Sie, dass das von Bedeutung ist?«

Karnap, der weiter weg stand, sah ein aufgeschwemmtes Gesicht mit kleinen Augen, das kegelförmig war und nach unten hin breiter wurde. Als der Arzt beiseite ging, wurden daneben die anderen Dreiecke sichtbar. Etwa handgroß, aus schwarzen Linien, die so regelmäßig waren, dass sie mit einer Schablone auf den Putz gesprüht zu sein schienen. Innerhalb der geometrischen Formen deuteten drei Punkte Augen und Nase an.

»Durchaus möglich.« Frau Holling richtete sich auf und kramte nach einer neuen Zigarette. »Was nicht heißt, dass ich mich nun schlauer fühle.«

»Also was mich angeht«, resignierte Rössner, »so kenne ich mich nicht aus mit heidnischen Symbolen.«

»Das ist kein Symbol«, widersprach die Polizistin, »wohl eher eine Visitenkarte.« Mit der Zigarette deutete sie auf die Wand. »Dieses Zeichen hat man vor etlichen Jahren oft gesehen. Allerdings nicht auf Wänden, sondern auf der Haut ermordeter Frauen. Das brachte dem Täter den Namen Rasputin ein. Übrigens ist es nie gelungen, ihn zu fassen.«

»Rasputin?«

»Irgendjemand fand, dass das Mal ein Mönchsgesicht darstelle.«

»Und Sie meinen«, fragte Karnap ungläubig, »der Tote da ist dieser Mörder?«

»Ich meine gar nichts. Sicher ist, dass das nur noch mehr Fragen aufwerfen würde, zum Beispiel: Was macht er hinter dieser Wand? Wer hat ihn hier eingemauert?«

»Dieser Maler vielleicht, Ronald Klint.«

»Und wieso?« Holling schüttelte skeptisch den Kopf. »Während alle fieberhaft nach ihm suchten, steckte der Killer hier und vertrieb sich die Zeit damit, seinen berühmten Stempel auf die Wand zu schmieren, oder was?«

3

EIN TOTER, DEN NIEMAND KENNEN WILL

Gestern machte die Polizei eine scheußliche Entdeckung: Hinter der Wand eines alten Gartenhauses fand sie einen Hohlraum und darin eine Leiche. Ihr fortgeschrittener Verfallszustand lässt bislang keinerlei Aussage darüber zu, wer der Tote ist, wann und wie er zu Tode kam. »Wir stehen vor einem Rätsel«, stellte Heike Holling, die leitende Hauptkommissarin, fest.
Einen Hinweis jedoch hat die Beamtin. An der Wand der Totenkammer fanden sich nämlich Zeichnungen, die der

Polizei nicht unbekannt sind. Kleine dreieckige Formen wie von einem Stempel, mit Punkten versehen, dass man sie auch als Gesichter deuten kann. Was sie darstellen sollen, fand man nie heraus, dennoch sind die Ornamente als solche eindeutiger als Schriftzeichen. Sie stellen einen unzweifelhaften Bezug zwischen dem unbekannten Toten und einer Mordserie her, die vor Jahren unsere Region heimsuchte. Ein Mann misshandelte Frauen und hinterließ jenen gesichtsförmigen Abdruck auf der Haut seiner Opfer, was ihm den Namen Rasputin einbrachte.
Es ist elf Jahre her, seit der berüchtigte Serienkiller das letzte Mal zuschlug. Dr. Konradt, Experte in Sachen Serientäter, hält es für untypisch, dass ein solcher Mörder sein blutiges Handwerk einfach so an den Nagel hängt: »In den meisten Fällen stellt sich später heraus, dass er verstorben ist.«
Gerichtsmediziner Dr. Rössner sieht sich außerstande, den Todeszeitpunkt des Leichnams zu bestimmen. Er schlägt so lange eine Spanne von zwei bis zweihundert Jahren vor, bis die gerichtsmedizinische Untersuchung Genaueres ergeben hat. Dann könnte sich auch herausstellen, dass die Leiche elf Jahre alt ist.
Während die Polizei auf die ersten Untersuchungsergebnisse hofft, deren Eintreffen wir in einem Rahmen von zwei bis zweihundert Jahren erwarten dürfen, vertreibe ich mir die Zeit mit ein paar Mutmaßungen: Einmal angenommen, es handelt sich bei der Leiche tatsächlich um den berüchtigten Killer, wie ist er hinter die Wand gekommen? Er hat sich doch wohl nicht selbst eingemauert. Das könnte aber bedeuten, dass ihn jemand ermordet hat. Möglich, aber relativ unwahrscheinlich, dass einer wie Rasputin zufällig einem Mörder in die Hände fällt. Damit hätten wir auch schon das Motiv: Rache. Jemand tötete Rasputin, aber wer? War es der Mann, der das Haus bewohnte, in dem man die Leiche fand? Ein verrückter Maler, der sich unter der Erde ein Atelier ohne Tageslicht eingerichtet hatte, dessen Wände er mit wüsten Todesfantasien bemalte? Fiel er schließlich seinen düsteren Wahn-

vorstellungen zum Opfer? Wer seine Skizzen kennt, zweifelt nicht daran, dass der Maler zu einem Mord fähig war. Fragen wir weiter: Was, wenn die beiden sich kannten? Wenn es vielleicht doch ein natürlicher Tod war? War Klint, der Maler abgründiger Fantasien, ein Komplize des Stemplers, der ihm Asyl gewährte und ein bizarres Begräbnis ausrichtete?
Hauptkommissarin Holling, die die Ermittlungen leitet, will nichts davon wissen, dass es sich bei dem Toten um den gesuchten Mörder handelt. »Das würde ja noch mehr Fragen aufwerfen.« Anstatt zwei und zwei zusammenzuzählen, lässt sie die Rechenaufgabe umständlich von Experten lösen. Was ist der Grund für diese Zurückhaltung? Will die Polizei etwa nicht mit einem alten Fall konfrontiert werden, in dem sie seinerzeit schmählich versagte?
I. L.

Karnap legte das Papier zur Seite. Er stützte den Kopf auf die Handfläche und sah aus dem Fenster, das dem Schreibtisch gegenüberlag und hinter dem ein mächtiger Kastanienbaum stand.

Er war naiv gewesen zu glauben, seiner Vergangenheit auf so einfache Weise entkommen zu können. Indem er seine Sachen packte und fünfzig Kilometer entfernt neu anfing. Ebenso gut hätte er sich einen falschen Bart ankleben, eine dunkle Brille aufsetzen und sich einbilden können, er sei ein anderer Mensch geworden. Heiko Gerling scherte sich nicht um Therapien. Er lachte über den neuen Job, den der große Karnap sich in einer Geste des Karriereverzichts aufbürdete als Redakteur eines Provinzblattes.

Seit der makabren Entdeckung im Gartenhaus hatten die Träume wieder zugenommen. Und denen kam Karnap nur mit Alkohol bei. Er fühlte sich alt und ohnmächtig einem Schicksal ausgeliefert, das ihn wie einen Unfallwagen mit beschädigter Achse immer im Kreis lenkte.

Die Presse hatte sich erwartungsgemäß auf den mysteriösen Leichenfund gestürzt. Dass die Informationslage äußerst dürftig war, hatte sie nicht daran gehindert, im Gegenteil. Das Wort ›Rasputin‹ hatte genügt, um wilde Spekulationen in großen Lettern auf die Titelseiten zu befördern: GRAUENHAFTER FUND: DIE GRABKAMMER EINES SERIENKILLERS!

Der Versuchung, fehlende Fakten durch wilde Spekulation zu ersetzen, war auch das Blatt erlegen, in dem Karnap neuerdings zu bestimmen hatte. Inken Löhr, die jüngste Mitarbeiterin, hatte eine saubere Journalismusausbildung mit allen Schikanen hinter sich und verwandte ihren überschwänglichen Ehrgeiz darauf, hinter jeder Meldung eine Geschichte zu vermuten, mit der sie Journalismusgeschichte schreiben würde.

Karnap nahm einen Rotstift zur Hand und begann, Frau Löhrs ambitionierten Artikel zusammenzustreichen. Er würde ihr nicht erlauben, sich die Zeit mit Mutmaßungen zu vertreiben. Fast die Hälfte des Textes fiel seiner Zensur zum Opfer, höchstwahrscheinlich der Teil, den die Kollegin für besonders brillant hielt. In ihren Augen, da war Karnap sich sicher, hatte er ihren Beitrag verstümmelt, ihn zu einem kopflosen Torso gemacht. Sie würde ihm dafür nicht gerade dankbar sein.

Es gab eine Möglichkeit, sie zu entschädigen. Wenn Inken Löhr eine Vorliebe für blutrünstige Themen hatte, konnte sie sich sofort in die nächste Recherche stürzen. Karnap drehte einen Zettel zwischen den Fingern, der eine handschriftliche Telefonnotiz enthielt.

Die Meldung lag seit acht Uhr morgens auf dem Tisch. Man hatte eine weibliche Leiche in einem Teich ganz in der Nähe entdeckt. Polizeibeamte aus der Stadt waren angereist, um die hiesigen bei ihren Ermittlungen zu unterstützen.

Karnap rollte mit dem Schreibtischsessel zurück. Er zerknüllte den Zettel, warf ihn in den Papierkorb und verließ sein Büro. Frau Löhr würde ihre Chance bekommen, sobald er sich von der Geschichte einen ersten Eindruck verschafft hatte.

Hauptkommissar Maiewski war ein großer Mann mit einer athletischen Figur. Er hatte graues, schütteres Haar und Karnap schätzte ihn auf Mitte fünfzig, war sich aber fast sicher, dass er ihn damit für älter hielt, als er war. Der Polizist rauchte filterlose Zigaretten und schien schlechte Laune zu haben. Trotzdem hatte Karnap das Gefühl, gut mit ihm auskommen zu können. Maiewski gehörte wohl zu den Menschen, die bei ihrer Umgebung Punkte sammeln konnten, indem sie ihr barsch begegneten, weil alle hinter der rauen Schale einen weichen, menschlichen Kern vermuteten.

»Wer hat Ihnen gesagt, dass es sich um Mord handelt?«, pflaumte er Karnap an, als der am Tatort erschien.

»Wir bekamen einen Anruf.«

Maiewski deutete mit seinem großen Zeigefinger auf Karnaps Brust. »Kommen Sie bloß nicht auf die Idee, jetzt schon von Mord zu reden.«

Obwohl es fast Sommer war, war der Himmel bedeckt. Das Atmen machte Mühe und die schwüle Hitze ohne Sonnenstrahlen schien unerträglich. Der Teich, eine Idylle für Sonntagsspaziergänger, lag in einer gutbürgerlichen Gegend und strahlte biedere Ordentlichkeit aus: zwei Schwäne, ein sauber gemähter Rasen am Ufer, ein Weg aus rötlichem Kies, der alle dreißig Meter an einer grünen Bank vorbeiführte und zwei Automaten für Tüten, in denen man anfallenden Hundekot entsorgen konnte.

Auf dem gemähten Rasen, umgeben von emsigen Beamten der Spurensicherung und einem Polizeifotografen, lag die Tote – ein Mädchen, noch unter zwanzig. Ihr hellblaues Sommerkleid war lehmverschmiert und triefte vom grünen Wasser des Tümpels.

»Wissen Sie«, fragte Maiewski, »was ich an meinem Job hasse? Dass die Kollegen immer jünger werden.« Er bog den Oberkörper zur Seite und spuckte aus. »Aber dass die Toten immer jünger werden, glauben Sie mir, das ist ein Grund, diese ganze Scheiße sogar hinzuschmeißen.«

Karnap glaubte ihm. Der Ton des Kommissars machte deutlich, dass die Pointe nicht als Scherz gemeint war.

Ein Mann in einem weißen Hemd, das der Autositz zerknittert hatte, drängte den Fotografen beiseite, hockte sich neben die Leiche und begann sie zu untersuchen, als habe er noch nicht begriffen, dass er nichts mehr für sie tun konnte. Karnap erkannte Dr. Rössner, den Gerichtsmediziner.

»Sie heißt Meggie«, sagte Maiewski. »Meggie Schleußer. Ihr Vater ist ein gut situierter Anwalt. Feines Elternhaus. So was wie das hier kennen die Leute hier nur aus *Derrick.*« Er grunzte mürrisch. »Ich hasse es wirklich, den Eltern die Nachricht zu überbringen.«

Der Arzt hatte seine Untersuchung beendet und trat zum Kommissar. »Ich habe Druckstellen an Hals und Brust des Opfers gefunden«, teilte er sachlich mit. »Aber ich kann schon jetzt ausschließen, dass sie in direktem Zusammenhang mit der Todesursache stehen.«

Maiewski kratzte sich am Kopf. »Das ist alles?«

»Wie gesagt, Kommisssar: Offizielles gibt's erst nach der Untersuchung.«

»Dann machen Sie mal.«

»Ich werde Sie auf dem Laufenden halten. Also dann …« Der Arzt winkte zum Abschied und begab sich zurück zu seinem Auto.

»Ja, ja …« Maiewski winkte zurück, es war ein genervtes Abwinken. Dann wandte er sich Karnap zu. »Aber erst mal Frühstückspause. Ich habe heute noch nicht mal einen Kaffee gehabt. Wie steht's mit Ihnen, Herr Reporter? Leisten Sie mir Gesellschaft?«

Maiewskis Frühstück bestand aus einer Tasse tiefschwarzem Kaffee und zwei mit fettigem Schinken belegten Brötchenhälften. Der Kommissar und Karnap waren fast die einzigen Gäste in der Gaststätte. Fenster aus braungrünem Buntglas trennten sie von der Außenwelt und von der Wand über ihnen glotzte mit leerem Blick ein Wildschweinkopf.

»Das sind ja Neuigkeiten«, stellte der Kommissar mit vollem Mund fest. »Ein berühmter Reporter beehrt unsere Kleinstadt mit seiner Einwohnerschaft.« Er grinste. »Entschuldigen Sie meinen etwas ruppigen Ton vorhin. Ich konnte schließlich nicht wissen, dass Sie jetzt einer von uns sind.«

»Schon vergessen.« Karnap lächelte versöhnlich. »Sie leben auch hier?«

Maiewski stützte seinen rechten Ellbogen auf den Tisch. Die linke Hand rutschte auf der Platte heran und kratzte den Unterarm. Es gab ein harsches Geräusch auf der Haut wie von einer Harke auf einem Kiesweg. »Ich hasse die Großstadt. Egal was Sie da machen wollen, wenn's nur halbwegs was taugt, müssen Sie stundenlang Schlange stehen. Nee, danke, ich hab nicht das Zeug zum Massenmenschen.«

Karnap blickte in seinen Kaffee. Der Teich mit dem sauberen Rasen drum herum. Das dunkle Gebräu, umrandet von einer weißen Untertasse mit grünem Streifen – eine gastronomische Nachbildung des Fundortes der toten Meggie Schleußer.

»Ja, richtig! Jetzt erinnere ich mich!«, rief Maiewski. »Sie wohnen in dem Haus, in dem man das Grab gefunden hat, stimmt's?«

Karnap nickte.

»Und wie läuft das Geschäft?«

»Welches Geschäft?«

Maiewskis Mund blieb tätig. Noch während er kaute, biss er erneut ab und goss Kaffee nach. »Ich nehme an, die Touristen rennen Ihnen die Bude ein. Oder etwa nicht?«

»Das weniger.« Karnap grinste säuerlich. »Eher die Polizisten und meine Kollegen von der Presse.«

Der Kommissar zuckte verächtlich mit den Achseln. »So ein Quatsch!«

Karnap wunderte sich. »Immerhin gibt es diese Kritzeleien an der Wand –«

»Na und? Irgendwer hat schwarze Dreiecke auf den Putz gepinselt. Was besagt das schon?«

»Sie scheinen es ja besser zu wissen, Herr Kommissar.«

Maiewski betrachtete das Innere seiner leeren Tasse. »Der Tote ist nicht der Killer«, sagte er leise.

»Was macht Sie da so sicher?«

»Weil Rasputin quicklebendig ist, deshalb.«

»Das klingt so, als ob Sie ihn persönlich kennen würden.«

»Eine Ahnung, nichts weiter. Allerdings stehe ich zu meinen Ahnungen.«

Der Journalist war enttäuscht. »Sie mutmaßen also nur.«

»Dieser vergessene Tote hinter der Wand.« Maiewski beugte sich vor. »Das erklärt so manches.«

»Was meinen Sie?«

»Ich habe das Gesicht Ihres Vorgängers gesehen. Das war der Blick eines Opfers.«

»Das verstehe ich nicht.« Karnap wurde neugierig. »Sie meinen Klint, den Maler?«

Der Kommissar nickte.

»Aber ich höre zum ersten Mal, dass er ermordet worden ist.«

»Es war ein natürlicher Tod«, gab Maiewski zu. »Allerdings frage ich Sie: Was heißt ›natürlicher Tod‹?«

Diese Frage war Karnap nur zu vertraut.

»Sie haben unseren Quacksalber ja in Aktion erlebt. ›Keinerlei Hinweise auf äußere Gewalteinwirkung.‹ Das geht bei dem immer so. Der kann den Job machen, bis er alt und grau ist, und nie findet er Hinweise auf äußere Gewalteinwirkung. Leider liegt nicht jeder Fall so einfach und schlicht, wie der Doktor gestrickt ist.«

»Und wie lag dieser Fall Ihrer Meinung nach?«

Kommissar Maiewski senkte seine Stimme. Karnap war sich nicht sicher, ob er schauspielerte. »Ich war so ziemlich der Erste, der damals in dem Haus aufkreuzte, nachdem man den toten Klint gefunden hatte. Er saß in seinem Sessel und hatte die Augen aufgerissen. Unser Leichenbeschauer leierte seinen Spruch herunter von wegen, dass er Definitives erst nach der Obduktion von sich geben würde. Und wissen Sie, was er herausgefunden hat? Herzstillstand. Klints Herz hat plötzlich aufgehört zu schlagen.«

»Und wieso sollte es das nicht gewesen sein?«

»Wissen Sie, warum es vergleichsweise lange dauerte, bis man zu dieser recht einfachen Diagnose kam? Ronald Klint war zu dem Zeitpunkt, als die Nachbarin ihn fand, schon etwa zwei Wochen tot. Das trockene Klima hatte den Verwesungsprozess extrem verlangsamt. Haben Sie in etwa eine Vorstellung, wovon ich rede?«

»Ich denke schon.« Karnap hatte das Gefühl, dass ihm etwas den Hals zuschnürte. Er brauchte dringend etwas zu trinken.

»Sie denken … Dieser Mann, der Tote, saß in einem Sessel und starrte auf die Tür. Sein Gesicht war regelrecht mumifiziert. Haben Sie schon mal einen toten Pharao in einem Museum gesehen? Wenn nicht, sehen Sie sich mal einen an. Der Gesichtsausdruck ist verzerrt, aber trotzdem erhalten. Bei Klint war es ähnlich.« Maiewski fummelte an einer zerbeulten Zigarettenschachtel, bis er einen leicht verkrümmten Glimmstängel herausgepult hatte. Er hielt die Packung Karnap hin, der den Kopf schüttelte. »Klints Gesicht, glauben Sie mir, werde ich nie vergessen. Darin stand das blanke Entsetzen. Anders kann ich es nicht ausdrücken.«

Karnap biss sich auf die Lippen. »Na und?«, fragte er mit belegter Stimme.

»Was sagt unser Quacksalber dazu? Klint saß gemütlich in seinem Sessel, als plötzlich sein Herz stillstand. Das muss ihm dann wohl einen ganz schönen Schreck eingejagt haben.«

»Und wie hat es sich Ihrer Meinung nach abgespielt?«

Der Polizeibeamte zuckte mit den Schultern. »Keine Ahnung.«

Karnap grinste. Genau so hatte er sich das gedacht.

»Aber wenn Sie wissen wollen, was ich vermute: Ich bin mir ziemlich sicher, dass er einen Geist gesehen hat.«

»Sehr komisch.« Karnap hielt sein Grinsen aufrecht,

aber Maiewski machte nicht mit. Sein Gesicht blieb ausdruckslos.

»So muss es sich abgespielt haben«, bekräftigte er.

»Moment mal, Sie meinen das im Ernst?«

»Warum sollte ich über so etwas scherzen, Herr Reporter?«

»Jetzt verstehe ich Ihre Bemerkung wegen der Leiche hinter der Wand. Sie meinen, Klint ist ein Geist erschienen und das hat ihn so erschreckt, dass er gestorben ist?«

»Zu Tode erschreckt, sozusagen. Ein sehr geläufiger Ausdruck. Wenn auch im Strafrecht völlig unbekannt.«

Karnap lächelte etwas spöttisch. »Tut mir Leid, Kommissar. Aber an solche Dinge glaube ich nicht.«

»Schade.« Maiewski legte die Hand auf seinen Arm. »Haben Sie Lust auf einen kleinen Nachtisch? Ich gebe einen aus.« Mit einer verschwörerischen Geste deutete er einen Schnaps an.

Karnap stemmte sich gewaltsam gegen die Versuchung. »Nicht jetzt«, lehnte er ab. »Es ist noch zu früh für mich.«

»Schade«, wiederholte der Kommissar.

»Na gut. Aber nur einen.«

»Bravo! Aber das meinte ich nicht. Ob Sie einen trinken oder nicht, ist Ihre Sache. Aber dass Sie offenbar zu der Sorte Städter gehören, denen die große weite Welt so viel Angst einflößt, dass sie sie sicherheitshalber auf die paar Dinge beschränken, die sie sehen und anfassen können.«

»Ganz im Gegenteil«, gab Karnap sauer zurück. »Ich halte nichts davon, die Dinge um mich herum mit dämonischen Fratzen anzumalen, nur damit ich sie dann mithilfe von Hokuspokus wieder in den Griff kriege.«

Der Finger seines Gegenübers deutete wieder auf ihn. »Genau das«, freute sich Maiewski, »sagt der gute Doktor auch immer! Sie sollten sich mal mit dem zusammensetzen.«

Karnap schüttelte den Kopf und sah zu, wie sein Gegenüber bei der Bedienung einen Schnaps bestellte. »Ich war nicht darauf gefasst, dass ausgerechnet ein Polizist die Liste seiner Verdächtigen um übernatürliche Täter erweitert.«

»Tja, da staunen Sie, was?« Maiewski lachte. »Ich bekenne mich feierlich dazu, an Geister zu glauben. Sehr ungewöhnlich für einen Bullen, ich weiß. Aber das ist auch wieder so ein Vorurteil, wissen Sie. Cops haben knallharte Typen zu sein, die nur an harte Facts glauben. Nur an das, was sie mit ihren Kanonen abknallen beziehungsweise mit Bußgeldern abzocken können. Das ist Quatsch. Bullen sind nicht so blöde.« Er nahm das kleine Glas in Empfang, kippte es in einem Zug und beugte sich dann zu dem Journalisten hinüber. Karnap hüllte eine Wolke Alkohol ein.

»Glauben Sie bloß nichts von dem«, riet ihm Maiewski, »was Sie im Fernsehen zu sehen kriegen.«

4

Niemand hätte den Kommissar als eitel bezeichnet. Das lag daran, dass man ihm seine Eitelkeit nicht ansah. Sie betraf nämlich nicht Äußerliches, sondern bestimmte Fähigkeiten oder Gaben, auf die Maiewski sich etwas einbildete. Zum Beispiel seine Menschenkenntnis.

Maiewski sah Karnap dabei zu, wie er zahlte und die Kneipe verließ. Irgendetwas fand er an dem Mann sympathisch, aber er war sich noch nicht sicher, was es war. Möglicherweise war es seine wenig überzeugende Art, den Skeptiker zu spielen.

Der Kommissar hatte schon einigen Menschen zu verstehen gegeben, dass er an Übersinnliches glaubte. Es war für ihn eine Art Test, um herauszufinden, mit wem er es zu tun hatte. Die meisten ignorierten seine Äußerung oder gingen mit einem Räuspern darüber hinweg. Andere lachten anerkennend, als hätte er einen scharfsinnigen Witz gemacht, und wechselten dann schnell das Thema. Die wenigsten gingen auf ihn ein. In der Regel nickten sie eifrig und gaben vor, ihn zu verstehen, etwa wie ein Arzt, der einen gemeingefährlichen Irren in Schach halten will.

Der Kommissar war kein Fanatiker. Er war nicht panisch oder verkrampft, sondern locker und abgeklärt, mit einer gesunden Portion Gemütlichkeit. Das konnte er sich leisten, weil er die Panik in seinen Beruf investiert und sie in verbissene Beharrlichkeit verwandelt hatte.

»Es ist beängstigend zuzusehen, wie du dich in deinen Job verbeißt«, hatte Ralf Menzel, sein Chef, gesagt. »Mach nur so weiter und du taugst nicht mehr viel, wenn du demnächst deinen Hut nimmst. Sei wenigstens ein guter Verlierer!«

Menzel war einer von den guten Bullen, die sich für ein sauberes Image des Berufsstandes einsetzten und viel von Deeskalation redeten. Verlierer sein! Was verstand er schon von Maiewskis Job? Glaubte er im Ernst, das Ganze sei ein Räuber-und-Gendarm-Spiel mit klaren Regeln?

»Manchmal«, sagte Menzel, »habe ich den Eindruck, du verwechselst deine Arbeit mit der eines Kopfgeldjägers.«

Maiewski hatte seine Seele dem Teufel verschrieben, aber nichts als Gegenleistung erhalten. Melanie, seine Frau, hatte ihn verlassen und war für ihn nicht mehr zu sprechen. Aber er hatte sowieso keine Zeit mehr. Er hatte einen Mörder zu jagen. Nur zu diesem Zweck existierte er, dafür ernährte er sich und schlief, wie ein Büßer, der ein Gelübde zu erfüllen hatte. Und trotzdem hatte er den Mann nicht zur Strecke bringen können. Die Polizei stellte die Ermittlungen ein und die Kollegen hielten Maiewski abwechselnd für einen Spinner oder für einen verbissenen Karrieristen, der auf Ruhm aus war. Irgendwann schüttelten sie nur noch den Kopf über ihn.

Menzel war kein Vorwurf zu machen. Wie immer hatte er sich fair verhalten und nicht daran gedacht, Maiewski, dessen persönlichen Rachefeldzug er aufs Schärfste missbilligte, strafzuversetzen. Stattdessen hatte er ihm Heike Holling als Partnerin an die Seite gegeben. Sie war jung und hatte eine steile Karriere hinter sich. Das Strafrecht kannte sie in- und auswendig. Hin und wieder wurde sie sogar für innerpolizeiliche Ermittlungen eingesetzt, um schwarze Schafe in den eigenen Reihen ausfindig zu machen.

»Wenn Sie doch nur einem Phantom hinterherjagen würden«, warnte sie Maiewski. »Aber Sie finden Ihr Phantom jeden Tag, verkleidet als harmloser Bürger, und das ist das Gefährliche! Sie sind Polizist, kein Inquisitor!«

Die Holling hatte nichts gegen ihn. Wahrscheinlich, bildete Maiewski sich ein, mochte sie ihn sogar. Woher sollte sie auch wissen, dass das hier nichts mit Phantomen zu tun hatte? Der Teufel ging jede Nacht in seinem Schlafzimmer auf und ab und schaute auf die Uhr. Er wartete auf Maiewskis Seele, wie einer auf den Bus wartet, der jeden Moment eintreffen muss.

Der Kommissar hatte nicht mehr viel Zeit.

Und was den harmlosen Bürger anging, so war das alles andere als eine fixe Idee. Maiewski hatte unzählige Experten befragt und Stapel von Literatur zu dem Thema gewälzt. Er konnte nicht genug davon hören. Fachsimpeleien zum Thema Serientäter waren für ihn spannender als alles andere.

Unser Mann – wir suchen keine Frau, weil Serientäter durchweg männlich sind – ist älter als seine Opfer, schätzungsweise um die dreißig, vielleicht fünfunddreißig. Er lebt allein und ist sozial unauffällig. Angepasst. Er braucht eine intakte, bürgerliche Fassade, um seinen krankhaften Trieb auszuleben. Möglicherweise leidet er auch an seiner Unauffälligkeit. Daran, dass er von Frauen nicht beachtet wird. Er erfährt sich als machtlos und schwach. Seine Verbrechen machen ihn stark und machtvoll …

»Zahlen!«, rief Maiewski der Kellnerin zu, als sie mit einem Tablett voller Kaffeekännchen seinen Tisch passierte.

Er musste noch etwa fünf Minuten warten, bis sie neben ihn trat, ihren Block zückte und darin blätterte.

»Das macht dann vierundzwanzig zehn«, sagte sie.

»Dieser Mann drüben an dem Tisch, kennen Sie den

zufällig?« Er reichte einen Zwanziger und einen Zehner. »Stimmt so.«

»Vielen Dank, Herr Kommissar. – Nur sehr flüchtig.«

»Schade.«

»Soviel ich weiß, arbeitet er als Pfleger drüben im evangelischen Krankenhaus.«

Außerdem ist er höchstens fünfunddreißig, dachte Maiewski. Vor elf Jahren wäre er als Täter in Frage gekommen. Aber heute müsste er um die fünfzig sein. »Allein stehend, nehme ich an.«

Die Kellnerin schüttelte den Kopf. »Zwei Kinder, einer neun, einer zwölf. Er kommt immer her, bevor er sie von der Schule abholt.«

Maiewski bereitete es auch kein Vergnügen, Unschuldige zu verdächtigen. Aber er machte den Job nicht zu seinem Vergnügen. Wenn biedere Unauffälligkeit die Tarnung des Killers war, dann musste er jeden einzelnen Biedermann unter die Lupe nehmen, jeden einzelnen ohne Ausnahme! Darin lag seine einzige Chance. Seine letzte.

5

Selbst am frühen Abend war es noch sommerlich warm. Im Auto, auf dem Weg nach Hause, hatte Gert Karnap das Gefühl zu schmelzen. Die seit Stunden aufgestaute Hitze verursachte ihm Kopfschmerzen und verzog sich nur zögerlich durch die heruntergekurbelten Seitenfenster.

Zu Hause angekommen, konnte er wieder aufatmen, denn die mächtigen Tannen schirmten das Grundstück von der Sonne ab. Deren langer Schatten nahm den Abend vorweg. Kühl und still lag der Garten da wie eine Oase der Frische in der rundherum herrschenden drückenden Hitze des Spätnachmittags.

Nein, Frische war ein ungeeignetes Wort. Zu leichtfertig. Der dunkelgrüne Rasen vor den drei Nadelbäumen sah ernst aus und schien vom oberflächlichen Treiben des Sommers wenig zu halten. Er hatte nichts gemein mit den Grünflächen der öffentlichen Parks und Freibäder, auf denen man Liegestühle aufstellte, Strandtücher ausbreitete oder zum Zeitvertreib Schaumstoffbälle hin- und herkickte. Stattdessen schien er einen zu mahnen, seine Zeit nicht zu vergeuden und der Unwichtigkeit und Vergänglichkeit der eigenen Existenz zu gedenken.

Karnap stapfte durch das hohe Gras und nahm vor den drei Tannen Aufstellung. »Heh, was bildet ihr euch ein!«, rief er ihnen zu. »Na los, hört auf damit, Trübsal zu blasen! Das Leben ist nicht so ernst und beklagenswert, wie ihr glaubt!«

Seine Stimme verflog ohne Nachhall. Er war wohl nicht besonders überzeugend gewesen. Während er den Rückzug antrat, schüttelte er den Kopf über sich selbst, dass er die seltsamen Ratschläge seiner Therapeutin in die Tat umsetzte.

Im Inneren des Hauses besserte sich seine Stimmung nicht. Dabei hatte er sich einige Mühe gegeben, den dunklen Räumen mit hellen Möbeln ein freundlicheres Gesicht zu geben. Die schwere schwarz lackierte Holztreppe, die ins Schlafzimmer geführt hatte und dann noch weiter zum Dachboden hinauf, hatte er durch eine futuristisch anmutende, asymmetrische Stufenkonstruktion ersetzt, weiß mit hellgrünem Aluminiumgeländer. Heute, am Abend seines ersten Arbeitstages im neuen Leben, wirkte die neue Treppe albern und so fehl am Platze wie ein knallbuntes Kinderspielzeug im Foyer eines ehrwürdigen, mittelalterlichen Schlosses.

Karnap erwog, sich ein Abendessen zuzubereiten, aber sein Appetit reichte nur für einen Blick in den Kühlschrank. In der Tür stand eine Flasche Weißwein und er fand, dass sie das ideale Abendessen für eine Person war. Mit dem Glas in der Hand spazierte er ruhelos durch das Haus und blieb schließlich vor einem Gemälde stehen, das an der Wand gegenüber der Terrassentür hing. Ein letzter Streifen der rötlichen Abendsonne brachte die Farben zum Leuchten.

Die Nachbarin hatte Ronald Klint, den Maler, als bedeutend bezeichnet. Karnap verstand nichts von Malerei, er richtete sich nur nach seinem Gefühl. Und dieses Gefühl hatte ihn dazu verleitet, das schwere Ölgemälde in seinem Wohnzimmer aufzuhängen, nachdem er es, in ein Leinentuch eingeschlagen, im Treppenabgang zum Keller gefunden hatte. Weiter oben im Treppenhaus gab es ein weiteres Bildnis, eine übergroße, wirre Kohlezeichnung auf bloßem Putz. Karnap hatte nur einen kurzen Blick darauf geworfen, bevor er den schwarzen Vorhang, hinter dem es verborgen war, durch einen farbenfroh gemusterten ersetzt hatte. Das Ölbild dagegen hatte er aufgehängt, weil er fand, dass der Raum einen Farbfleck brauchte. Außerdem mochte er Malereien wie diese. Schwülstig, fast kitschig. Allerdings nie im Leben genial.

Das Gemälde stellte eine Frau dar. Sie war um die Mitte zwanzig und außergewöhnlich schön. Kitschige Malerei scheute sich nicht, Menschen zu idealisieren, bis sie nichts mehr mit der Wirklichkeit gemein hatten. Die Frau hatte langes, glattes kastanienbraunes Haar und ein schlankes, ovales Gesicht. Alles an ihr war zierlich, mädchenhaft. Die feinen Gesichtszüge, die kindhafte Nasenspitze, die schlanken, runden Schultern. Sie trug ein leichtes Sommerkleid, das sie, wäre sie aus Fleisch und Blut gewesen, an einem Abend wie diesem vielleicht auch getragen hätte. Ihre Schultern waren nackt, der Ausschnitt aber ließ nicht einmal den Ansatz der Brüste frei. Trotzdem waren ihre Formen unter dem dünnen Stoff leicht auszumachen.

Am meisten faszinierten Karnap ihre Augen. Die junge Frau sah den Betrachter weder direkt an noch richtete sich der Blick ihrer dunklen Augen in eine undefinierbare Ferne. Er schien sich auf etwas zu richten, das sich hinter Karnap befand. Etwas, das sie ebenso lockte, wie es ihr Furcht einflößte. Insgesamt war ihre Erscheinung von einer Melancholie durchdrungen, die sie verführerisch machte.

Karnap drehte sein leeres Glas in der Hand. Inzwischen hatte er es zum dritten Mal nachgefüllt. Er goss sich den Rest aus der Flasche ein. Dann ging er zum Telefon.

Sie meldete sich nach dem dritten Läuten.

»Grüß dich, Kirsten«, sagte er.

Da sie seine Stimme erkannte, war die ihre kühl und zurückweisend. »Was willst du?«

»Mit dir reden. Kirsten – ich vermisse dich.«

»Warum rufst du immer wieder an? Du machst es uns beiden nur schwerer.«

»Aber das habe ich doch gerade gesagt. Ich will mit dir reden, nichts weiter. Dich spüren ...«

»Mich spüren?«

»Ich meine, deine Stimme hören. Ich –«

»Gert, bist du wieder betrunken?«

»Ach was! Verdammt, wieso denkst du, ich bin betrunken, nur weil ich dich anrufe?«

»Du bist also betrunken.«

»Hör zu, Kirsten, ich habe mir Folgendes überlegt. Ich sitze hier allein in diesem alten, unfreundlichen Gemäuer. Und du bist nur fünfzig Kilometer entfernt. Auch dir fällt die Decke auf den Kopf. Warum, zum Teufel, sollten wir uns nicht einfach zusammenraufen und –«

»Nein, Gert.«

»Warum nicht?«

»Weil es nicht klappt. Unsere Zeit ist vorbei. Das musst du endlich begreifen.«

»Aber das wissen wir doch erst, wenn wir es versucht haben und es nicht geklappt hat.«

»Außerdem stimmt es nicht.«

»Was?«

»Dass ich alleine in meiner Wohnung sitze.«

Karnap brauchte ein paar Sekunden, um das zu verdauen. »Verstehe«, sagte er dann.

»Das ist schön, Gert. Also dann ...«

»Darf ich wenigstens erfahren, wer der Glückliche ist?«

»Nein. Ich wüsste nicht wozu.«

»Also kenne ich ihn.«

»Wiedersehen, Gert. Ich wünsche dir alles Gute.« Sie legte auf.

Karnap warf den Hörer auf die Gabel. Er holte sich eine zweite Flasche Wein aus dem Kühlschrank. Dann trank er, bis er sich hundeelend fühlte. Wie immer, wenn er sich zu viel zugemutet hatte, schaffte er es gerade noch in sein Schlafzimmer, wo er sich in seinen Klamotten auf das Bett fallen ließ.

Leider schlief er nicht wie ein Stein. Im Gegenteil, es dauerte kaum länger als einen wirren, unschönen Traum, bis er schweißnass wieder erwachte. Die Übelkeit, der er im Schlaf hatte entkommen wollen, hatte ihn eingeholt. Karnap torkelte ins Bad und übergab sich. Krämpfe stülpten seinen Magen um, bis er nicht mehr konnte. Zurück im Bett kam er langsam zu sich, aber mit dem Schlaf war es vorbei. Er starrte an die Decke und dachte über die Tote im Teich nach. Ohne die Bilder hereingebeten zu haben, drängten sie sich in seinen Kopf und kreisten wie ein nicht abzustellendes Karussell. Er sah Kirsten, die sich in ihrer Wohnung mit einem Mann vergnügte, aber er konnte sein Gesicht nicht sehen, nur seinen Hinterkopf. Er ähnelte dem des frostigen Gerichtsmediziners, den Kommissar Maiewski den ›Quacksalber vom Dienst‹ genannt hatte. Er hörte Maiewski und seine okkultistische Mordtheorie. Die erklärte, warum er das Gesicht des Mannes nicht zu sehen bekam, der gerade mit Kirsten schlief.

In seinem Gesicht stand das blanke Entsetzen, anders kann ich das nicht beschreiben.

Karnap fiel es nicht schwer, sich vorzustellen, wie das Gesicht des toten Klint ausgesehen hatte. Er erinnerte sich, dass er im Haus auf ein Bild gestoßen war, auf dem sich der Maler selbst porträtiert hatte. Karnaps Blick blieb weiterhin starr auf die Zimmerdecke gerichtet, während seine Gedanken im Kreis liefen. Wieder und wieder ertappte er sich dabei, wie er genau denselben Gedanken dachte. Nach unzähligen Minuten wurde ihm endlich klar, dass er niemals einnicken würde, solange er nicht in den Flur hinuntergegangen und einen Blick auf das Gesicht geworfen hatte.

Die Flurlampe verfügte über eine 25-Watt-Birne und gab nur schummeriges Licht. Karnap nahm sich vor, demnächst Abhilfe zu schaffen. Er stand auf dem halben Weg die Treppe hinunter und zog den bunt gemusterten Vorhang zur Seite. Zunächst erkannte er kaum Einzelheiten. Aber nach einer Weile ahnte er nun doch, wieso Marie Konradt den Maler genial genannt hatte.

Das Bild war kein Porträt im gewohnten Sinn, sondern eine wüste Skizze, die hauptsächlich aus Schwarz und verschiedenen dunklen Grautönen bestand. Die düstere, bedrohliche Atmosphäre schien mit den Händen greifbar zu sein. Selbst auf den zweiten Blick gelang es Karnap nicht, genau auszumachen, was das dunkle Wirrwarr darstellte. Ein Gesicht war das einzige Element, das den Blick unmittelbar auf sich lenkte, wie von einem Lichtschein aus dem Dunkel gerissen. Es war starr vor Schrecken. Der Schrecken saß in den stierenden Augen und auf der fahlen Stirn. Die grauen Lippen hatten sich leicht geöffnet, aber nicht, um etwas hinauszuschreien; die Angst, die der Mann empfand, war jenseits allen Geschreis.

Die Zeichnung nahm Karnap gefangen. Er konnte den Blick nicht mehr abwenden, vielleicht weil es mehr und mehr so schien, dass der Blick, der ihm direkt zugewandt war, nicht nur angst-, sondern auch hasserfüllt war. Die Augen klagten den Betrachter an. Aber keinen beliebigen Betrachter. Sie klagten Karnap an. Endlich begriff er, dass der Mann auf dem Bild nicht Klint war, sondern Gerling, der, eingeklemmt im Wrack seines Fahrzeugs, unwiderruflich dem Tod ausgeliefert war. Ein Zweifel daran war völlig ausgeschlossen. Zu gut kannte er diesen Ausdruck, der Gerlings letzter gewesen war, aus den eigenen zahllosen Träumen …

Am nächsten Morgen brauchte Karnap länger als sonst, um wieder auf die Beine zu kommen. Wie rasende Pferdehufe klopften Kopfschmerzen von innen gegen seinen Schädel. Die Übelkeit hatte ihn noch nicht ganz verlassen. Dabei hatten das Bad und die Toilette seinen nächtlichen Zusammenbruch wesentlich besser überstanden, als er in Erinnerung hatte. Und das Licht im Flur stammte gar nicht von einer 25-Watt-Birne, sondern von einem leistungsstarken Halogenstrahler, den er erst vor zwei Wochen angebracht hatte.

Nach einer Weile dämmerte ihm endlich, dass der nächtliche Übelkeitsanfall nicht stattgefunden hatte. Karnap war überhaupt nicht aufgewacht. Den üblichen Preis, den er für seine Trinkexzesse zahlte, hatte er dieses Mal im Schlaf entrichtet. Alles hatte er sich nur eingebildet, was nicht bedeutete, dass er davon gekommen war.

Es war ihm peinlich, sich schon am zweiten Tag in der Redaktion wegen Krankheit entschuldigen zu müssen. Er schob alles auf eine akute Magenverstimmung und kündigte an, gegen Mittag in der Redaktion zu erscheinen, wenn es gehen würde.

Wie sich herausstellte, war das eine kluge Entscheidung gewesen. Als er die Räume des Zeitungshauses betrat, wünschte man ihm gute Besserung und äußerte Anerkennung dafür, dass er trotz seines angegriffenen Zustandes den Weg zur Arbeit fand.

»Vielen Dank für Ihre großzügige Zensur«, begrüßte ihn dagegen Inken Löhr kühl.

Karnap machte ein schuldbewusstes Gesicht. »War nicht persönlich gemeint. Keine Sorge, Sie kriegen Ihre Chance.«

Ihr Gesicht hellte sich auf. »Sie meinen den Mord an diesem Mädchen?«, erkundigte sie sich unternehmungslustig.

»Woher wissen Sie, dass es Mord war?«

»Ich hörte, es sei so gut wie sicher.«

»Sie stellen schon wieder Mutmaßungen an.«

»Aber es könnte Mord sein«, beharrte sie. »Und was dann?«

»Sind Sie sicher, dass Sie Ihr Talent nicht besser bei einem Boulevardblatt einbringen wollen?«

Karnap war gereizt. Natürlich hatte es Inken Löhr nicht verdient, zur Skandalreporterin abgestempelt zu werden, nur weil sie bei ihm ein paar Pluspunkte für Ehrgeiz hatte sammeln wollen. »Entschuldigen Sie«, brummte er. »War nicht so gemeint.«

Sie hatte ihm nicht ganz verziehen. »Zur Strafe werden Sie mich jetzt wohl als Stellvertretung zum Geburtstag schicken.«

»Was für ein Geburtstag?«

Er war sich nicht sicher, ob sie ihrem Lächeln eine Prise Ironie beimischte.

»Pastor van Gemmern, eine unserer lokalen Galeonsfiguren, wird heute fünfundneunzig. Das ist das Fest des Tages. Bruderschaften und Schützenvereine machen ihre Aufwartung. Der Landesbischof war schon da und auch der Bürgermeister hat sich sehen lassen. Der leitende Redakteur des *Kuriers* darf natürlich nicht fehlen. Aber da Sie sich nicht wohl fühlen …«

»Aber nein!«, freute sich Karnap. »Das mache ich selbst. Für mich ist das heute genau das Richtige.«

Der Pastor wohnte in einem kleinen Reihenhäuschen, wenige Minuten von Karnaps neuem Zuhause entfernt. Karnap bahnte sich durch die Ballons und Girlanden, die Honoratioren und Ehrengäste hindurch einen Weg zum Jubilar. Der Geistliche saß neben einem fast vollständig geplünderten Buffet in seinem engen Wintergarten, um sich bei einem Magenbitter eine kleine Pause vom Trubel zu gönnen. Karnap fand es angebracht, die üblichen Glückwünsche in ein wenig Konversation einzubetten.

Van Gemmern schien nicht fünfundneunzig, sondern hundertfünfundneunzig zu sein. Sein knochiges, markantes Gesicht erinnerte an einen Totenschädel. Die Bewegungen seines Körpers waren langsam und abgehackt und die Hände zitterten leicht. Aber der Verstand des alten Mannes war hellwach. »Sie werden's mir nicht glauben«, begrüßte er Karnap freundlich, »aber ich habe schon von Ihnen gehört.«

»Sie schmeicheln mir, Herr Pastor.« Karnap lächelte. Noch vor einem Jahr war es selbstverständlich für ihn gewesen, dass allen, denen er in der Öffentlichkeit begegnete, sein Name ein Begriff war. »Ich werde mir alle Mühe geben, meine gesamte journalistische Erfahrung in die Waagschale des *Kuriers* zu werfen.«

»Wissen Sie, was ich mir gesagt habe, als ich hörte, dass einer in das Haus des Malers eingezogen ist? Ich werde hingehen und meinen Antrittsbesuch machen, so wie früher.« Die zitternde Hand winkte Karnap zu. »Aber dann fiel mir ein, dass ich längst im Ruhestand bin. Außerdem nicht mehr sehr gut zu Fuß ...«

»Sie haben bei Klint einen Antrittsbesuch gemacht?«

»O ja, natürlich! Anfangs, als er dort wohnte, kannte ich ihn ganz gut. Wir hatten ein paar interessante Gespräche.« Van Gemmern nickte, während er lächelnd der alten Zeiten gedachte. »Und dann – die Malerei. Haben Sie Klints Bilder gesehen?«

»Ein paar.«

»Interessant, nicht wahr? Wirklich sehr interessant. Wenn ich auch sofort in ihnen las, dass Gott seine Seele verworfen hatte.«

Karnap machte ein skeptisches Gesicht. »Verworfen?«

»Eines wollte er mir sogar zum Geschenk machen. Damals hatten wir uns einen Abend lang über die Existenz des Teufels gestritten. Da hat er ihn für mich gemalt. Er glaubte, er könne mich so überzeugen.«

»Wovon überzeugen?«

Langes, bedächtiges Kopfschütteln. »Ich bin ein Geistlicher und ein alter Mann. Deswegen sind Sie schließlich hier, nicht wahr? In meinem allzu langen Leben habe ich mir so manche Gedanken gemacht. O nein, junger Freund, ich halte nichts vom Höllenaberglauben. Aber er glaubte daran.«

»Könnte ich mir das Bild ansehen?«, bat Karnap, obwohl er gar nicht sicher war, dass er das wollte.

Wiederum Kopfschütteln, aber diesmal ohne das gefällige Lächeln, das mit der Gelassenheit des Alters auf vergangene Jahrzehnte zurückblickte. »Ich musste es weggeben. So sehr ich dieses Bild schätzte, ich konnte es nicht ertragen.« Van Gemmern beugte sich in seinem Sessel vor und winkte sein Gegenüber vertraulich zu sich heran, obwohl sie allein im Wintergarten waren. »Wie gesagt, ich glaube nicht an den frommen Hokuspokus, an den Leibhaftigen, der es angeblich mit unserem Herrn aufnehmen kann, und den ganzen Tüdelskram.« Er hob seinen Magenbitter und nippte daran. »Aber so lange dieses Bild in meinem Haus war, war ich mir nicht mehr sicher, ob ich nicht doch dran glaubte. So wahr ich hier sitze.«

Fast durch Zufall entdeckte Karnap die Grabstätte. Kurz vor Sonnenuntergang war er in den kühlen Garten hinausgetreten, um etwas gegen die morbide, bedrückende Stimmung zu unternehmen, die von den drei Tannen auszugehen schien. Er war entschlossen, ihnen notfalls mit der Baumsäge zu Leibe zu rücken. Dr. Schiering, die Therapeutin, hatte ihm eingeschärft, sich Situationen auszusetzen, in denen Gefühle wieder Besitz von ihm ergreifen konnten.

Vom linken Rand des Grundstücks, der Friedhofsseite, aus gesehen, schienen Haus und Garten eine Harmonie zu bilden. Das Gebäude versteckte sein Alter nicht und wirkte leicht schief, der Garten verwildert. Eine trapezförmige, sich zum Haus hin verbreiternde Fläche aus wucherndem Gras mit Unmengen Klee darin, eingerahmt von hoch gewachsenen natürlichen Hecken aus Thuja auf der einen Seite und Buchsbaum auf der anderen. Haus und Rasen passten zusammen. Nur das Gartenhaus zerstörte die Schönheit dieses Bildes.

Wäre das Gartenhaus nicht, dachte Karnap, dann könnte man den Garten als friedlich, sogar idyllisch bezeichnen. Die drei Tannen würden mit der Zeit alte Bekannte werden, die sein Zuhause vor lästigen Blicken beschützten.

Aber das hässliche, bugförmig zulaufende Bauwerk in

der Mitte des Gartens mit seinem schrecklichen Geheimnis darin machte die drei Nadelbäume zu Mitwissern, die ihren Schatten warfen, um damit etwas zu vertuschen.

Klint, den Maler, musste der unförmige Klotz auch gestört haben. Wieso hatte er ihn nicht abreißen lassen, sondern sich stattdessen in dem Keller einen stickigen engen Raum als Arbeitsplatz eingerichtet? Karnap war unten in dem früheren Bunker gewesen, während die Spurensicherung dort tätig war. Aber er hatte es nicht lange ausgehalten. Zu sehr hatten ihm Enge und Atemnot zu schaffen gemacht.

Karnap schüttelte den Kopf. Das Gartenhaus war hässlich, aber es war nicht schuld an seiner unguten Stimmung. Niemand versuchte etwas zu vertuschen, mit Ausnahme von ihm selbst, Karnap. Er glaubte seiner Vergangenheit einfach so den Rücken zukehren zu können, aber Heiko Gerling wusste das zu verhindern.

Karnap wandte sich der Thuja-Hecke zu. Die robusten Gewächse mit den hellgrünen pinselförmigen Blättern, davon war er überzeugt, waren mitverantwortlich für den süßlichen Geruch, der ihn an Friedhof erinnerte. Er würde sie durch etwas anderes ersetzen, einen Maschendraht möglicherweise oder einen Bretterverschlag. Schon lange hatte sich niemand mehr um die Thujen gekümmert, so dass sie wild gewuchert waren und einen fast zwei Meter breiten Streifen des Grundstücks in ihren Besitz gebracht hatten. Den Zaun hatten sie sich vollständig einverleibt und mit ihm das kleine Tor, so dass Karnap es heute zum ersten Mal bemerkte.

Das Schnappschloss des Gatters war rostig und nicht leicht zu öffnen. Karnap rüttelte ein wenig, dann sprang es auf und er trat hinüber auf den Friedhof. Gleichzeitig verließ er den langen Schatten der Tannen und spürte die milde Abendsonne auf seinem Gesicht. Er blinzelte.

Der winzige, kleebewachsene Pfad, den er betreten hatte, führte nicht auf den großen Kiesweg, an den die Grabstätten grenzten wie Reihenhäuser an eine befahrene Straße, sondern zu einem Ort im Schatten der Bäume, etwas abseits von den übrigen Gräbern und nur wenige Meter vom Zaun entfernt.

Auf einem unförmigen Grabstein aus schwarzem Marmor standen in schnörkeligen Buchstaben zwei Namen eingraviert: MIRIAM KLINT (IN ABSENTIA) und RONALD KLINT. Die Grenzen der Grabstätte waren nicht auszumachen, da Gras und Unkraut sie überwucherten. Bis auf den düsteren schwarzen Stein sah alles fast idyllisch aus, fand Karnap.

Zu idyllisch für die Art und Weise, wie Ronald Klint gestorben war.

Heiko Gerlings Grab hatte Karnap nie besucht. Er hatte sich nicht hingetraut. Für einen solchen Tod, hatte er gemeint, konnte es nichts geben, das nicht unangemessen friedvoll gewirkt hätte. Verharmlosend. – Unsinn, es waren nie und nimmer ästhetische Gründe gewesen, die ihn von einem Besuch abgehalten hatten! Eigentlich fürchtete er nur, dass er dort auf Gerling treffen könnte, auf sein Gesicht, das ihn genauso anklagend anstarren würde wie im Traum gestern Nacht.

Karnap rang nach Luft. Plötzlich hatte er das Gefühl, nicht mehr atmen zu können. Er trat den Rückzug an. Na schön, wandte er sich in Gedanken an Gerling, während er den Weg zum Gatter zurückschritt. Ich weiß genau, warum du mir wieder im Nacken sitzt: Dieser Maler hat genau wie du dem letzten Schrecken ins Auge gesehen. Aber lass mich damit zufrieden, ein für alle Mal!

Er hatte das Bedürfnis, den toten Freund anzusehen, also würde er, ins Haus zurückgekehrt, im Treppenhaus den Vorhang lüften. Aber gleich darauf fiel ihm ein, dass das unmöglich war. Sein nächtlicher Gang durch das Haus, das schummerige Licht im Treppenhaus, dieses Bild mit Heikos Gesicht – all das hatte er nur geträumt!

Dennoch gab es ein Bild. Nur hatte er bisher nicht einmal einen Blick darauf geworfen. Kurz nach dem Einzug hatte er den schwarzen Vorhang ausgewechselt, der es bedeckt hatte, mehr nicht. Jetzt erst interessierte er sich für das, was sich dahinter befand. Er wollte wissen, was das für ein Bild war, von dem er nachts träumte, dass es ihn der Tötung eines Menschen bezichtigte.

Karnap stand auf der Treppe. Er zog den Vorhang beiseite.

Es ist die gleiche Zeichnung!, durchfuhr es ihn im ersten Augenblick. Aber nein, das Bild war ein völlig anderes. Nur die Empfindung war die gleiche. Das Böse, Bedrückende, das es ausstrahlte und ihm das Gefühl gab, schuldig zu sein. Ein überführter Verbrecher.

Im grauen Zwielicht, das eine schwarze Lampe verbreitete, tafelte vor hohen, gotisch zugespitzten Fenstern eine bizarre Festgesellschaft. Im ersten Moment glaubte Karnap, eine bösartig verzerrte Karikatur des letzten Abendmahles vor sich zu haben. Mitten auf dem massigen Tisch stand eine Holzkiste. Sie war offen. Ein menschlicher Körper ragte heraus, dessen Gesicht eingefallen war und dessen Augen leere Höhlen waren. Weißlich schimmernde Würmer krabbelten aus dem Behälter. Auf dem Deckel, den jemand achtlos zu Boden geworfen hatte, klebte ein Etikett mit einer unleserlichen Adresse darauf.

Das tote Etwas in der Kiste hielt seinen Arm erhoben – einen bloßen Knochen, von dem Fetzen seiner Kleidung herabhingen – und deutete mit seinem langen, dürren Finger anklagend auf einen der geladenen Gäste, einen dicken gemütlichen Mann mit einem gepflegten Bart.

Den Titel hatte der Künstler in einem wilden Schriftzug in die Zeichnung hineingeschrieben, der bis unter das Kinn des Bärtigen reichte: *Du bist der Mann!*

6

Am Freitag erwarteten ihn die Konradts zum ersten nachbarschaftlichen Grillabend. Das sommerliche Wetter hatte gehalten und so begrüßte Marie Karnap in einem weiten, dünnen Umhang, unter dem sie einen dunkelblauen Bikini trug. Mit ihrem freundlichen Lächeln erreichte sie, dass Karnap sich in seinen viel zu offiziellen Klamotten bald unwohl und übertrieben distanziert fühlte.

»Endlich lerne ich unseren neuen Nachbarn kennen!«, freute sich Reinolf Konradt. Er war ein schwerer, behäbiger Mann. Zwischen dem Saum seines T-Shirts und der Naht seiner Shorts kam der Bauchnabel zum Vorschein, der auf einer Speckrolle saß und mal nach unten, mal nach oben blickte. »Ich hoffe, Sie haben reichlich Hunger mitgebracht.«

Der Gastgeber war dabei, mit einer Grillzange zwanzig oder mehr Würstchen zu wenden, die auf dem Rost vor sich hin schmorten.

»Ja«, bestätigte Karnap und warf einen staunenden Blick auf die Würstchen-Armada. »Aber so viele schaffe ich niemals.«

»Warten wir's ab, der Abend ist noch jung. Wie wär's mit einem Bier?«

Schon nach dem zweiten gingen sie zum Du über. Karnap fühlte sich wohl in der Gesellschaft der Nachbarn, auch Reinolf mit seiner unkomplizierten Art und seinem lauten Lachen war ihm von Anfang an sympathisch.

»Also dann, Herr Nachbar«, forderte ihn Konradt auf, während er in einen ächzenden Gartenstuhl sank und sich über eine Wurst hermachte, »erzähle uns beiden Provinzlern doch mal, was in der großen Welt so vor sich geht.«

»Zu viel«, sagte Karnap. »Ich wüsste nicht, wo ich anfangen sollte. Keine Ahnung. Und deshalb«, er lächelte entschuldigend, »habe ich mit dem Rummel aufgehört.«

»Bravo!«, lachte Konradt. »Willkommen im Dorf! Wo man noch ungestört grillen kann, bis morgens die Spatzen erwachen, was?«

»Leider ist das dann auch schon der einzige Höhepunkt des Monats«, sagte Marie. Sie beobachtete Karnap, als würde sie, was die Konversation anging, große Erwartungen in ihn setzen. Das machte ihn nervös.

»Tja, weißt du«, erklärte Reinolf, »mir ist der Rummel

nämlich auch auf den Nerv gegangen, damals, als ich noch in Berlin lebte. Aber das ist schon so lange her, dass es gar nicht mehr wahr ist. Seitdem verkomme ich hier und beschäftige mich damit, bahnbrechende Werke zu verfassen.«

»Nicht schlecht«, staunte Karnap. »Darf man fragen, worüber?«

»Psychologie. Das ist meine Leidenschaft und mein Brot, wie man so sagt. Die dunkle Seite der menschlichen Persönlichkeit, abartige Veranlagungen. Dinge, die hochnotpeinlich sind, so dass wir sie unter den großen Teppich unseres Bewusstseins kehren. Na, wie hört sich das an?«

»Reinolf tut gerne so, als wäre er eine Art Frankenstein der Psyche«, machte sich Marie über ihn lustig. »In Wirklichkeit ist alles ganz seriös. Er ist ein gefragter Therapeut, dessen Werk auch im Ausland Beachtung findet.«

»Jetzt hör schon auf damit, mein Schatz, Klappentexte zu zitieren! Du bringst mich in Verlegenheit.« Konradt wirkte dabei nicht sehr verlegen. Er angelte sich die Senftube und würgte sie so lange, bis die Bratwurst auf seinem Teller in einem gelblichen, dickflüssigen See schwamm. »Im Ernst, es ist das Verrückte, das Anormale, das mich reizt, verstehst du? Das Normale ist sterbenslangweilig. Damit sollen sich von mir aus die Börsenmakler herumschlagen.«

»Was zum Beispiel?«

»Angst.« Reinolf biss zu und kaute. Seine Sprache wurde undeutlich. »Phobien, Zwänge. Ein wirklich spannendes Gebiet.«

Marie lächelte ihrem Gast zu. »Spätestens jetzt musst du ihn stoppen. Sonst verbringen wir den Abend mit einer Vorlesung.«

»Aber ich finde es interessant.« So, wie Karnap das sagte, klang es nur höflich.

Sie zuckte die Schultern.

Reinolf brannte zu sehr darauf, sich über das auszulassen, was ihn beschäftigte, um sich zu fragen, ob das Interesse echt oder geheuchelt war. »Verstehst du, wir wissen wenig darüber. Unzähliges ist über Zwangsbefürchtungen geschrieben worden. Und wir wissen so gut wie nichts.«

»Wobei das«, warf Marie ein, »auch schon eine ganze Menge ist.«

»Sigmund Freud war der Meinung, dass die Distanz zum Klienten und seiner Störung die therapeutische Trumpfkarte ist. Er hatte Recht. Wir Therapeuten sollten ein Anker auf festem Grund sein, wenn wir jemanden retten wollen; niemandem hilft es, wenn wir uns zu ihm in den Sumpf begeben und mit ihm absaufen. So in der Art.« Reinolf erhob sich und hantierte am Grill. »Aber damit haben wir ein Problem, was die Angst angeht. Wirkliche Angst kann man nicht begreifen oder nachvollziehen. Man kann sie nur empfinden. Und das bedeutet, dass wir eigentlich keinen Schimmer haben, wovon unsere Klienten reden. Sie beschreiben uns die schrecklichsten Kreaturen der Hölle und wir stehen dabei und erklären ihnen mit Engelsgeduld, dass die Viecher harmlos sind und es lächerlich ist, sich Sorgen zu machen.« Er wedelte mit der Grillzange. »Dabei haben wir sie noch nie gesehen.«

»Wie denn auch? Es gibt ja weder eine Hölle noch Kreaturen, die in ihr leben«, stellte Karnap klar.

»Das war auch nur bildlich gesprochen.«

»Aber der Punkt ist doch, dass die Leute sie sich einbilden.«

Konradt verneinte entschieden. Auf dem kurzen, massiven Hals schien sein Kopf sich nur ungern zu bewegen. »Nein, der Punkt ist, dass es keinen besseren Beweis für die Realität einer Bedrohung gibt als den, dass jemand sich vor ihr zu Tode fürchtet. Die Angst schafft Realität.«

»Ehrlich gesagt, das ist mir zu hoch.«

»Andere Gefühle wie Freude, Ekstase, Genugtuung kommen erst dann zur Entfaltung, wenn jemand sie mit dir teilt. Die Angst dagegen lebt davon, dass du mit ihr allein bist. Das ist sozusagen ihr Markenzeichen. Die Menschen verstehen nicht, wovon du redest, und das macht die Sache erst richtig vertrackt. Deswegen ist es ohne Belang, ob du dir etwas einbildest oder nicht.«

Inzwischen war es fast dunkel. Marie kehrte mit einer brennenden Kerze an den Tisch zurück. Ihren Umhang hatte sie gegen eine Jeans und eine Strickjacke eingetauscht.

»Erst neulich«, fuhr ihr Mann fort, »habe ich eine sehr interessante Studie über dieses Thema veröffentlicht. Ich konnte es, weil ich Gelegenheit hatte, einen geradezu typischen Fall aus nächster Nähe zu beobachten.«

»Er meint Ronald Klint«, erklärte Marie Karnap und erntete einen vorwurfsvollen Blick von ihrem Mann, dem sie offenbar die Pointe vermasselt hatte. »Unseren früheren Nachbarn.«

»Hat diese Angst«, erkundigte sich Karnap, »etwas mit seinem seltsamen Tod zu tun?«

Reinolf nahm gerade einen ausgiebigen Schluck aus seinem Glas. Abwehrend hob er die Hand und ließ sie so lange oben, bis er ausgetrunken hatte. »Jede Angst hat mit dem Tod zu tun. Jede Gänsehaut, jedes Herzklopfen, jeder Alptraum.«

»Alpträume …«, wiederholte Karnap. »Einige von Klints Werken scheinen gezeichnete Alpträume zu sein.«

»Wobei es nicht unbedingt seine eigenen sind.« Konradt klatschte plötzlich die Hände zusammen und zeigte dann stolz eine zerquetschte Mücke in seiner Handfläche. »Hast du schon mal was von Edgar Allan Poe gelesen?«

»Poe? Nicht dass ich wüsste.«

»Er schon. Jede einzelne Zeile. Klint kannte ihn besser als der Papst die Heilige Schrift. Diese enge Beziehung bestimmte auch seine Bilder. Ich denke, Poe spricht in vielem das aus, was Klint fühlte. Man bedenke nur die Erzählung *Das vorzeitige Begräbnis*. Niemand hat die Phobie so eindringlich und bildhaft beschrieben. Klint hat mir einmal gesagt, er wolle nicht als Künstler bezeichnet werden. Alles, was er gemalt habe, habe er nur abgemalt. Poe hatte die Ideen, von ihm stammten die Bilder.«

»Warst du mit Ronald Klint befreundet?«

»Wie ich eben sagte: Ich war der, der neben ihm stand und versuchte, ihm klarzumachen, dass er sich nicht zu fürchten brauchte.« Konradt machte ein betroffenes Gesicht. »Ich habe mein Bestes getan.«

»Ich frage mich, wie man sich als Maler ein solches Haus leisten kann«, sagte Karnap.

»Er war kein armer Mann«, antwortete Marie. »Erst gegen Ende seines Lebens hat er sich dagegen gesträubt, seine düsteren Bilder auszustellen. Einige seiner Ölgemälde sind aber früher zu guten Preisen verkauft worden. Außerdem hat er viele Bücher illustriert.«

Das Mondlicht erhellte den finsteren Garten und sorgte dafür, dass die Baumwipfel sich schwarz gegen den Himmel abhoben. Marie zündete sich eine Zigarette an. Die Glut leuchtete wie ein rötliches Auge in der Nacht.

»Das Spannende am Fall Klint ist, dass alles in ihm, jede Faser seiner Psyche, auf den Tod fixiert war. Auch das Verhältnis zu den Lebenden. Seine Ehe war schwierig, wie er sagte. Erst als Miriam, seine Frau, starb, fing er an, sie zu vergöttern. Ebenso vergötterte er Lydia, seine Tochter, aber mir schien, er hasste sie im gleichen Maß, weil er ihr die Schuld gab am Tod seiner Frau.«

»Schuld, wieso?«

»Sie starb bei Lydias Geburt«, erklärte Marie.

»Ich verstehe.«

»Und jetzt«, versuchte sie das Thema zu wechseln, »Schluss mit den Schauergeschichten! Ich nehme an, du hast noch nicht viele Bekannte hier«, sagte sie zu Karnap. »Ich weiß, wie das ist. Uns erging es zu Anfang nicht anders.«

»Ich bin hergekommen, weil ich allein sein wollte«, antwortete er. »Bisher vermisse ich keine Gesellschaft.«

»Tja, wie du meinst. Aber falls dir doch mal die Decke auf den Kopf fallen sollte, dann bist du herzlich eingeladen, herüberzukommen und ein paar Runden in unserem Schwimmbad zu drehen. Es ist im Keller unten.«

Karnap lächelte dankbar. »Versprochen«, versicherte er.

»Als ich Klints Aufzeichnungen las«, sagte Konradt, der sich von seinem Lieblingsthema wohl nicht losreißen konnte, »gewann ich den Eindruck, dass er zu anderen Menschen erst im Tod eine Beziehung aufnehmen konnte. Das mag sich widersinnig anhören. Aber die Beziehung zu einem Toten bietet immerhin die Sicherheit, nicht mehr verlassen zu werden. Denn er hat einen ja schon verlassen.«

»Aufzeichnungen?«, erkundigte sich Karnap. »Welcher Art?«

»Ein Tagebuch. Rein persönlich. Die Polizei stieß darauf, als sie die näheren Umstände seines Todes aufklären wollte. Zufällig hält Kommissar Maiewski große Stücke auf mich.« Erneut erschien das unbescheidene Lächeln auf Konradts Gesicht. »Ich konnte ihn dazu bringen, mir das Buch zu borgen. Möglicherweise werde ich es eines Tages mit einem psychologischen Kommentar versehen und veröffentlichen.«

»Enthält es einen Hinweis darauf, um wen es sich bei dem Toten im Gartenhaus handelt?«

Konradt schüttelte den Kopf. »Die Kommissarin hat schon einen Blick in das Büchlein geworfen«, erklärte er. »Wenn auch nur einen kurzen. Ich kann's ihr nicht mal verdenken. Die Aufzeichnungen sind hauptsächlich für einen Psychoklempner wie mich von Interesse. Klint lebte relativ hermetisch in seiner eigenen Welt. Was um ihn her geschah, nahm er nicht zur Kenntnis.«

»Aber dieser Mord – wenn es einer war – hat sich immerhin in seinem Haus abgespielt.«

»In seinem Gartenhaus«, berichtigte der Psychologe. »Sich mal, wir waren Nachbarn. Natürlich wäre es für die Polizei ideal, wenn wir damals zufällig aus dem Fenster geschaut und gesehen hätten, wer damals wen in dem Häuschen eingemauert hat. Aber das war leider nicht der Fall. Und was Klint angeht: Vielleicht irre ich mich und er hätte einiges zum Tathergang zu sagen gehabt. Nur hat er es nicht getan.« Er lehnte sich zurück und gähnte ausgiebig.

Karnap wusste, was sich gehörte. »Es ist spät«, sagte er. »Nochmals vielen Dank für die Einladung. Es war sehr interessant.« Er erhob sich.

»Moment!« Konradt rappelte sich aus seinem Sessel hoch. Sein Arm hob sich und bedeutete Karnap zu warten. Konradt verschwand im Haus und kehrte wenige Augenblicke später zurück.

»Wenn's dich interessiert, habe ich eine Lektüre für dich.« Er hielt eine schwarze, abgegriffene Kladde im Din-A4-Format in der Hand. »Das Tagebuch.« Er grinste verschwörerisch. »Genau das Richtige für jemanden, der in die Fußstapfen des Autors getreten ist. Nur was den Wohnort angeht, natürlich.«

»Reinolf!«, wies ihn Marie zurecht. »Wie immer um diese Zeit darf man seine Worte nicht mehr auf die Goldwaage legen«, erläuterte sie entschuldigend ihrem Gast. »Besser noch, auf gar keine Waage.«

»So ein Unsinn!«, widersprach ihr Mann. »Warum denn nicht, wenn er sich für das Thema interessiert? Wenn nicht, dann –«, er legte das Heft auf den Tisch neben die leeren, senfbeschmierten Teller, »niemand zwingt ihn dazu, es zu lesen.«

»Doch, gerne. Warum nicht?« Gert Karnap war sich sicher, dass Klints Tagebuch das Letzte war, das sich für seine schlaflosen Nächte als Lesestoff eignete. Trotzdem nahm er, aus einem höflichen Reflex heraus, die Kladde entgegen und trug sie, nachdem er sich verabschiedet hatte, unter dem Arm mit nach nebenan. In ein paar Tagen würde er sie zurückgeben.

7

Sie mochte den neuen Nachbarn. Er war nicht aufdringlich und hielt wenig davon, sich zu produzieren. Ein sympathischer Zug, wenngleich sie gleichzeitig ein wenig enttäuscht war. Vielleicht war sie es, weil er sich als zu wortkarg erwiesen hatte. Weil er Erwartungen nicht erfüllt hatte, die sie, ohne sich ihrer bewusst zu sein, in ihn gesetzt hatte.

Nachdem sie Gläser und Teller in der Küche neben dem Spülbecken abgestellt hatte, kehrte Marie Konradt zurück auf die Terrasse, trat an den Grill und spürte mit den Handflächen die Wärme, die von der immer noch rot glühenden Holzkohle aufstieg. Es lag nicht an falschen Erwartungen. Sie war enttäuscht von Gert Karnap, weil ihr Mann ihn sichtlich beeindruckt hatte.

Sie kannte Reinolf genau und wusste, wie gut er sich auf das Beeindrucken anderer verstand. Wie perfekt er die Rolle des kumpelhaften Genies spielen konnte und wie sehr er diese Rolle genoss. Karnap konnte man keinen Vorwurf machen, dass ihn Reinolfs brillante Ausführungen zum staunenden Zuhörer gemacht hatten.

Marie sah in den nächtlichen Himmel. Aus einer alten Gewohnheit heraus suchte ihr Blick die bekannten Sternbilder auf, Kassiopeia, den Großen Wagen, Orion. Reinolf hatte sich nach oben auf den Dachboden verzogen, wo er sich vor langer Zeit sein eigenes Reich eingerichtet hatte. Da hatte er seinen Schreibtisch, seinen Computer, seine Bücher. Und seinen Fernseher. Marie würde ihn heute wahrscheinlich nicht mehr zu sehen bekommen.

Vor acht Jahren war sie auch beeindruckt gewesen. Inzwischen war sie zu dem Schluss gekommen, dass sie einen besonderen Reiz auf einen bestimmten Männertyp ausübte. Einen Typ, der nach außen hin souverän und stark wirkte und sich innerhalb der Beziehung als ein Tisch auf drei Beinen erwies, ständig im Begriff umzukippen, wenn man ihn nicht sorgfältig abstützte.

Der Erste dieses Typs war Holger Brombach gewesen, ein junger, ambitionierter Schriftsteller, dem über Nacht ein Überraschungsdebüt gelungen war. Sein Name war plötzlich in aller Munde gewesen, Jurys hatten ihn mit Preisen überhäuft und Talkshows sich um ihn gerissen. Brombach war ein Star gewesen, attraktiv und begehrt und ein perfekter Liebhaber. Die Erwartungen, dass er seinen ersten Erfolg wiederholte oder überbot, waren groß gewesen und er hatte sich ihnen gewachsen gefühlt. Trotzdem hatte er ein halbes Jahr später einen herben Einbruch erlebt. Die Presse zeigte sich von seinem zweiten Buch enttäuscht und suchte wortreich nach Erklärungen für einen solchen Abfall der Qualität. Holger war zu jung gewesen, um das Spiel zu durchschauen. Er hatte nicht wahrhaben wollen, dass die Öffentlichkeit nicht an Literatur interessiert war, sondern an kometenhaften Aufstiegen und bodenlosen Abstürzen. Der Sockel, auf dem er noch vor kurzem gethront hatte, brach zusammen und begrub ihn unter sich wie ein Hochhaus seine Bewohner bei einem Erdbeben. Die Öffentlichkeit, die beim letzten Mal noch respektvoll nach dem ›Brombachstil‹ gefragt hatte, fiel nun über ihn her und gab ihn der Lächerlichkeit preis. Die Verrisse verwandelten Brombach in ein Nervenbündel. Er klammerte sich an Marie und gab ihr gleichzeitig die Schuld an seinem Abstieg. Er forderte von ihr die Anerkennung, die ihm alle Welt verweigerte. Als sie ihm vorschlug, eine Therapie zu beginnen, um die Trinkerei in den Griff zu bekommen, nannte er sie eine Verräterin und beschuldigte sie, ihn hinter seinem Rücken zu betrügen.

Er selbst beendete schließlich ihre Beziehung, indem er sie schlug. Das brachte sie zur Besinnung. In derselben Nacht noch zog sie aus, zwei Wochen später verließ sie die Stadt, um ihr Kunstgeschichtsstudium in einer anderen fortzusetzen.

Nach Brombach hatte sich Marie geschworen, niemals wieder die Therapeutin in einer Beziehung zu spielen oder das fehlende vierte Bein eines Tisches zu ersetzen. Reinolf Konradt traf sie auf einem Symposium über bildende Kunst und Psychoanalyse. Er stand im Rampenlicht und galt in der Welt der Heiler als eine Art Guru, obwohl man ihn mit seinen umstrittenen Ansichten eher als Außenseiter betrachtete. Er war eine Autorität, und das unterschied seine Persönlichkeit von der unreifen und kindlichen Prominenz Brombachs. Marie war fasziniert von Konradt und er erlag ihrem freimütigen Lächeln. Ihre Affäre verlief nicht stürmisch und leidenschaftlich wie die erste Liebe, sondern hatte eine gewisse Zwangsläufigkeit. So jedenfalls empfand es Marie. Sie genoss seine nüchterne Distanz, mit der er Konflikte aller Art souverän in den Griff bekam, und seine untrügliche Kompetenz.

Erst nach zwei Jahren Ehe kam ihr zum ersten Mal der Gedanke, dass sie sich auch dieses Mal getäuscht hatte. Nur in Gesellschaft Dritter war Reinolf witzig, charmant und gefiel sich darin, ihr Komplimente zu machen wie ein jugendlicher Verehrer. Nach innen verlief ihr gemeinsames Leben wie ein Uhrwerk. Sie hatten regelmäßigen, leidenschaftslosen Sex, verbrachten ihren Urlaub immer am gleichen Ort in der Toskana, wo sie zwei Wochen lang nebeneinander am Pool saßen und schmökerten, und besuchten hin und wieder gemeinsame Freunde. In Reinolf Konradts eigentlichem Leben dagegen kam Marie nicht vor. Das spielte sich in seinem Arbeitszimmer ab, in Fernseh-Interviews, Gastvorlesungen und Vortragsreisen.

Als die allgemeine Hysterie um den Serienmörder losgebrochen war, hatte Reinolfs eigentliche Stunde geschlagen. Seine unkonventionellen, aber nichtsdestoweniger brillanten Theorien gaben der Polizeiarbeit, die sich festgefahren hatte, neuen Auftrieb. Sie prägten die Fahndung nach dem Stempler maßgeblich, auch wenn diese letztlich nicht zum Erfolg führte. Die Schuld daran gab Reinolf den Medien, die sich zu Ersatzermittlern aufspielten, und dem naiven Glauben der Polizei, sich ihrer bedienen zu können. »Das ist ein Spiel mit dem Feuer«, hatte er gewarnt. »Die Medien glauben, durch eigene Recherchen die Polizei unter Druck zu setzen. Aber in Wirklichkeit setzen sie nur den Mörder unter Druck und reizen ihn, die Schraube immer weiter zu drehen.«

Dass es für ihn nicht nur sein ›Steckenpferd‹ gab, die Erforschung der Abgründe der menschlichen Psyche, gemeingefährliche Biedermänner und multiple Persönlichkeiten, erfuhr Marie von einer Freundin. Die hatte Reinolf zufällig in Hamburg gesehen, wo er an einem

Kongress teilgenommen hatte. Er war in Begleitung einer Frau gewesen und Marie lernte einen von Konradts Kollegen kennen, der nicht glauben wollte, dass sie seine Frau war, weil er ihr schon vorgestellt worden war. Also machte Marie Reinolf eine Szene und erklärte, dass sie nicht gewillt sei, seine Frauengeschichten zu dulden. Er reagierte wie in einem schlechten Boulevardstück: Zunächst stritt er alles ab, dann versprach er, sich zu bessern und ab sofort keine Affären mehr zu haben. Marie redete sich ein, ihm zu glauben. Auch das nächste Mal. Als sie in der Tasche einer seiner Jacketts zufällig das Bild einer Frau fand, die seine Tochter hätte sein können, behauptete er, es handle sich um eine Klientin. Marie entwickelte sich mit der Zeit zur Spionin, durchkramte argwöhnisch seine Sachen und hatte so lange ein schlechtes Gewissen, bis ihr Verdacht Recht bekam.

Irgendwann hatte sie begriffen, dass ihr Mann sich nicht ändern würde. Merkwürdigerweise registrierte sie gleichzeitig, wie ernst es ihm war mit seinen Schwüren, dass er es nicht ertragen könnte, wenn sie ihn verlassen würde. Der souveräne, dominante Reinolf Konradt unterschied sich gar nicht so sehr von seinem Vorgänger, dem Bestsellerautor für ein Jahr. Reinolf hielt es allein nicht aus. Er brauchte Marie, wenn sie auch nicht wusste, wozu.

»Du bist ja immer noch auf.« Reinolf war von hinten an sie herangetreten, berührte sie aber nicht. Er zündete sich einen Zigarillo an.

Marie erinnerte sich daran, dass sie in ihrer ersten Zeit nicht genug von dem Geruch hatte bekommen können. Kaum zu glauben, dass das schon fast ein Jahrzehnt her war.

»Eine wirklich einmalige Nacht, was?«

»Wie wär's«, sagte sie, »gehen wir schlafen? Es ist spät.«

Er trat einen Schritt vor und hielt eine halb volle Flasche Whisky hoch. »Noch nicht sofort«, winkte er ab. »Ich werde mir vorher noch einen genehmigen.« Er grinste viel sagend. »Übrigens scheinst du ja ein richtiges Schnäppchen gemacht zu haben.«

»Was meinst du?«

»Unseren kleinen neuen Nachbarn. Mit seinen Augen ist er dir doch regelrecht in den Ausschnitt geschlüpft.«

Marie wandte sich von ihm ab. »Du weißt genau, dass das nicht wahr ist«, gab sie kühl zurück. »Deine brillanten Theorien haben ihn die ganze Zeit mit Beschlag belegt.«

Ein Schnäppchen. Unser kleiner, neuer Nachbar.

So redete er über einen Mann, dem er vor einer Stunde noch freundschaftlich auf die Schulter geklopft hatte. Reinolf pflegte Kontakt mit seiner Umwelt, indem er sie zum Objekt seines beruflichen Interesses machte. Marie erinnerte sich an eine Szene, knapp vier Wochen, nachdem sie bei Reinolf eingezogen war. Ihr Mann hatte nebenan im Garten bei Ronald Klint gestanden und mit ihm wie ein alter Kumpel über den Umbau seines Gartenhauses gefachsimpelt, in dem Klint ein Atelier unterbringen wollte. Es schien eindeutig, dass der scheue Maler ein gewisses Vertrauen zu seinem Nachbarn gefasst hatte.

Als Reinolf ins Haus zurückgekehrt war, hatte Marie sich nach seinem ›Freund‹ erkundigt. Und Reinolf hatte von ihm nur in den Kategorien seines beruflichen Jargons gesprochen: »Ein Krankheitsbild wie aus dem Lehrbuch«, hatte er Klint gelobt. Seine Augen hatten schwärmerisch geleuchtet. »So einen Fall kann man an der Uni mit der Lupe suchen.«

Mit welchem psychologischen Kommentar würde Reinolf den Mann abfertigen, den er heute Abend am Grill bewirtet hatte?

8

Donnerstag, 30.10.1980

Damals, schon als ich Miriam van Dijk das erste Mal sah, habe ich mich in sie verliebt. Es war in der U-Bahn, an ei-

nem hektischen Herbstabend zur Zeit der Rushhour, so gegen halb sechs. Ich sah ihren schlanken, zierlichen Körper und fand, dass er das Schönste war, was ich bis dahin gesehen hatte. Die Bewegungen dieser Frau waren feenhaft und so leicht, dass ihr das blinde Alltagsgedrängel um sie herum nicht das Geringste anhaben konnte. Ich sah sie wenige Minuten, bevor sie plötzlich stolperte und unweigerlich auf die Schienen vor die hereindonnernde Bahn gestürzt wäre, wenn ich nicht eingegriffen hätte. So lernten wir uns kennen.

Heute jedoch, fast zwei Jahre später, glaube ich mehr und mehr, dass ich damals einen ihrer Versuche vereitelte, sich umzubringen.

Wenn ich sie darauf anspreche, streitet sie das ab. Sie nimmt meinen Verdacht als weiteren Anlass, sich die Schuld daran zu geben, dass alles so gekommen ist, und das wiederum dient als Grund dafür, dass sie sich in ihr dumpfes Brüten verabschiedet. Schon lange unterstellt sie mir, dass ich sie als Last empfinde mit ihren ständig wechselnden Stimmungen und depressiven Anwandlungen.

Dass mich ihr unaufhaltsamer Rückzug verletzt, spürt sie genau. Anfangs dachte ich, dass es mein Körper sei, der seinen Reiz für sie verloren hat, bis mir klar wurde, dass sie das Interesse an körperlicher Nähe überhaupt verloren hat, an jeder Form von Zärtlichkeit.

Wir hatten eine so schöne Zeit gehabt! Es hatte Nächte gegeben, da war unsere Lust aufeinander so groß, dass wir es nicht einmal bis zum Bett geschafft hatten.

Aber das ist Vergangenheit. Inzwischen weicht ihre Gleichgültigkeit einem immer stärker werdenden Widerwillen gegen meine Person.

Miriam weiß so gut wie ich, dass der Zauber zwischen uns geschwunden ist. Aber sie ist machtlos dagegen. Ihr Schweben, das mich vor einer Ewigkeit so faszinierte, kommt mir jetzt wie ein ohnmächtiges Treiben vor. Die Flut zieht sie hinaus und ich muss zusehen, wie sie sich unaufhaltsam von mir entfernt.

Diese Frau war alles für mich. Sie ist es noch. Ich bekenne mich dazu, einer der wenigen altmodischen Menschen zu sein, die sich einbilden, dass es die eine Liebe gibt. Liebe hat etwas mit Schicksal zu tun und ist nicht, wie man uns heutzutage bei jeder Gelegenheit in die Ohren stopft, eine beliebige Form der Freizeitbeschäftigung, eine Sportart oder eine blinde biochemische Reaktion. Ich sehe nicht ein, was falsch daran sein soll, einen Menschen voll und ganz zu wollen, ohne jede Einschränkung. Ich würde sogar sagen, dass die Floskel ›bis dass der Tod euch scheidet‹ in einigen Fällen untertreibt. Die Fälle, von denen ich spreche, ist der Tod nicht in der Lage zu scheiden.

Unsere Krise begann aus heiterem Himmel. Aber nicht ohne Anlass.

»Ronni, ich muss etwas mit dir besprechen«, sagte sie an einem Abend, an dem es uns nach einem gemeinsamen Bad ins Bett zog.

»Nicht jetzt«, sagte ich, denn ich hatte anderes im Sinn. Ihr Geruch und die Berührung ihrer weichen Haut nahmen mir die Fähigkeit zu denken. »Später, ja?«

»Ich will, dass wir ein Kind haben.«

Damit überraschte sie mich. Zwischen uns war das noch nie ein Thema gewesen. »Aber ich bin verrückt nach dir, Miriam«, sagte ich. »Du raubst mir den Verstand. Du bist das Einzige in meinem Leben, das zählt, und das soll auch so bleiben. Ich möchte dich mit niemandem teilen.«

»Teilen? Darum geht es doch nicht«, widersprach sie.

»Aber worum denn? Was vermisst du, sag es mir!«

Sie antwortete nicht, aber das Thema war für sie nicht erledigt. Im Gegenteil. Sie fing immer wieder davon an, aber je mehr sie darauf beharrte, desto größer war der Widerstand, den ich ihr entgegensetzte. Es war verrückt! Dabei schloss ich es nicht einmal aus, später eine Familie gründen zu wollen. Aber Miriam forderte es mit kompromisslosem Nachdruck und verstärkte damit meine Ablehnung. Und das wiederum brachte sie dazu, die Nähe zwischen uns als Geisel zu nehmen und damit zu drohen, sie langsam sterben zu lassen, sollte ich auf ihre Forderung nicht eingehen.

Wieso versteht sie mich nicht? Wem wäre denn geholfen, wenn ich mich auf einen Kompromiss einließe und nur um des lieben Friedens willen nachgäbe? Das würde sie mir später zum Vorwurf machen, und zwar mit Recht.

Montag, 12.1.1981

Es war ein guter Entschluss, die Dinge aufzuschreiben, wenn ich auch sehnlichst hoffe, dass diese Seiten keinen Leser finden. Schreiben ist eine Sache, Lesen eine andere und es ist Unsinn zu behaupten, dass Geschriebenes nur dadurch Wert gewinnt, dass es gelesen wird. Dass ich die Dinge aufschreibe, bringt mich weiter und hilft mir, die langen Abende herumzubringen, in denen sie mich nicht zu sich lässt. An Malen ist dann nicht zu denken. Nicht jetzt. Vielleicht nie mehr.

Es ist absurd, denn schließlich habe ich durch Miriam die Malerei erst erlernt! Bevor ich sie kannte, war ich einer von Dutzenden Möchtegernkünstlern, die mit dem Pinsel auf einer Leinwand hantieren und froh sind über jedes Vorbild, das sie imitieren können. Mit Miriam habe ich begonnen, Frauen zu malen. Und ich malte jedes Mal sie. Aus jedem Porträt sah ihr Gesicht, jedes Gemälde stellte ihren Körper dar, ihre Brüste, ihre Beine, ihr Haar, ihre sanft abfallenden Schultern. Statt wie die meisten anderen nach Vielfalt zu streben, lernte ich, die Einzigartigkeit darzustellen.

Ihre Vorliebe für düstere Literatur hatte sie schon damals, als wir uns kennen lernten. Ihr habe ich es auch zu verdanken, dass ich das geniale Werk Poes entdeckte. Miriam hatte Literatur studiert und eine Zeit lang als Rezensentin bei einer angesehenen Zeitschrift gearbeitet. Später, als wir die Stadt verließen und dieses Haus bezogen, beschäftigte sie sich damit, eigene Kurzgeschichten zu schreiben. Meine Idee war es, die Geschichten zu illustrieren. Wir würden nicht nur in der Nacht, sondern auch am Tag unzertrennlich sein!

Mit Miriam begann für mich ein neues Leben. Als wir uns kaum drei Wochen kannten, reisten wir nach Norditalien. Wir liebten uns jede Nacht. Eng umschlungen, in eine Decke eingehüllt am Strand, erwarteten wir den Sonnenaufgang. Damals fühlte ich mich wie erlöst. Zum ersten Mal in meinem Leben hatte ich das Gefühl, befreit aufatmen zu können.
Um genauer zu sein: Es war das erste Mal seit meinem neunten Lebensjahr.

Dienstag, 15.9.1981

Heute war der Pfarrer da, schon zum zweiten Mal. Ich bekomme nicht oft Besuch, und seit Miriam aus dem Krankenhaus zurück ist, will ich vorerst niemanden mehr sehen.
Van Gemmern ist eine Ausnahme. Er ist ein netter alter Herr, scharfsinnig und klug. Seine Versuche, mich aufzurichten nach Miriams Selbstmordversuch, damit ich in der Lage bin, sie aufzurichten, sind ehrlich gemeint. Vergeblich vielleicht, aber trotzdem aufrichtig. Van Gemmern unterscheidet sich von den Übrigen seiner Spezies, den Massenmenschen, die ohne Sinn und Verstand dahinvegetieren und übereinander herfallen, wenn man nur einen Leckerbissen ins Rudel wirft.
Miriam hält mich für arrogant, wenn ich so über die Menschen rede. Arrogant und selbstgerecht. Mag schon sein, dass sie Recht hat. Doch eigentlich empfindet sie im Grunde genauso wie ich. Was sonst ist der Grund dafür, dass sie die Menschen meidet und sich dagegen sträubt, das Haus auch nur für kurze Zeit zu verlassen?
Wir hatten ein anregendes Gespräch, der Pfarrer und ich. Wie ich glaubt van Gemmern nicht daran, dass das Leben mit dem Tod endet. Das atheistische Dogma vom Menschen, der aus Material besteht und zum Material zurückkehrt, hält er genau wie ich für ebenso simpel wie fantasielos, eine Art neuzeitlicher Müllentsorgungsan-

thropologie. Dennoch sind wir alles andere als einer Meinung. Für ihn ist das Jenseits eine grüne Wiese, auf der bunte Blumen wachsen, Bienen summen und der allmächtige Herr in seiner allumfassenden Güte für jede erdenkliche Annehmlichkeit sorgt. Eine nette Vorstellung, nur dass sie mit der Wirklichkeit nichts zu tun hat. Nicht dass ich sie ihm verüble, warum sollte ich? Van Gemmern hat ein geruhsames Leben im Pfarrhaus hinter sich. Seine Haushälterin ist eine füllige Sechzigjährige, die nichts umwirft und auf die immer und überall Verlass ist. Hunderten von Fragenden und Suchenden hat der Geistliche in seinem langen, beschaulichen Leben als Seelsorger den Weg gewiesen. Er hat ihnen regelmäßig die Beichte abgenommen und in schönen Worten von der Wiese erzählt, bis die Gläubigen es nicht mehr erwarten konnten, endlich den Duft der Blumen zu atmen und das Gesumm der Bienen zu hören. Pfarrer van Gemmern stellt sich das Dasein drüben so vor, weil ihn der Glaube seiner Kirche es so lehrt. Aber auch deshalb, weil er noch nie gestorben ist.

Das ist der Hauptunterschied zwischen uns.

»Der Tod«, sagt er, »ist eine Erlösung, ein Hinübergehen in ein anderes, neues Leben.«

Er meint es wirklich so. Weil er es nicht besser weiß.

Das ist, was ich weiß:

Es ist ein grauer Vormittag in einem tristen, unansehnlichen Stadtviertel, knappe zehn Minuten mit der Bahn vom Zentrum entfernt. Nach dem Kalender ist es fast Frühjahr, trotzdem zeigt der Winter noch einmal seine Macht, indem er zahlreiche Pfützen mit einer hauchdünnen Eisdecke überzieht und dem ständigen Nieselregen eine satte Portion gräulicher Schneeflocken beimischt.

Obwohl der Krieg seit Jahren zu Ende ist, sind seine Wunden noch lange nicht verheilt. Die Häuserblocks gleichen lückenhaften, schlecht gepflegten Zahnreihen und in heruntergekommenen Wohnlagen wie dieser ersetzen häufig rattenverseuchte Schuttgebirge die öffentlichen Grünflächen. Einige der unbewohnten Häuser in dieser Straße sehen von außen ziemlich intakt aus, sieht man

von zerschlagenen Fensterscheiben oder klaffenden Rissen in der Fassade ab.
Er ist gerade zehn Jahre alt geworden, alt genug, um sich über das strenge Verbot, die Trümmerhäuser jemals zu betreten, hinwegzusetzen. Aber um Eliane, seine fünf Jahre jüngere Schwester, zum Mitkommen zu überreden, ohne vorher die Erlaubnis ihrer Mutter einzuholen, hat er ein paar Tage gebraucht.
Schon bald wissen beide, dass sie, was das Abenteuer angeht, auf ihre Kosten kommen werden. Das einsturzgefährdete Gebäude liegt wenige Meter abseits von der Straße und sie erreichen den Hauseingang, nachdem sie sich durch einen von Brennnesseln überwucherten Vorgarten gekämpft haben. Die Haustür ist mit Brettern verrammelt, aber auf der Rückseite gibt es ein Loch in der Mauer, das früher mal ein Fenster geschlossen hat.
Innen herrscht Chaos. Man riecht Schimmel, der in den Ecken und an den feuchten Wänden wächst. Das ehemalige Wohnzimmer hat bereits Hunden, Katzen und Obdachlosen als Herberge gedient. Wahrscheinlich gibt es hier auch Ratten.
Eliane und ihr Bruder flüstern andächtig, während sie in der verbotenen Welt auf Entdeckungsreise gehen. Leider gibt es kaum etwas zu erbeuten. Die Schränke sind ausgeräumt bis auf ein paar staubüberzogene Flaschen mit undefinierbarem Inhalt, einen Stapel muffiger Handtücher und einen alten, zerkratzten Topf.
»Lass uns nach oben gehen«, kommandiert er.
Eliane ist besorgt. »Das ist gefährlich.«
»Jetzt komm schon.« Die Furcht der Kleinen macht ihn besonders mutig. »Oder hast du Angst?«
»Mama hat gesagt –«
»Na schön, du hast also Angst. Dann gehe ich eben allein. Du wartest hier.«
Die Treppe sieht merkwürdig aus. Sie scheint ins Nichts zu führen. Das Geländer fehlt und die letzten beiden Stufen zum oberen Stockwerk sind abgebröckelt. Er klettert über eine Zimmertür, die im Weg liegt, und arbeitet sich

weiter vor, vorbei am Badezimmer zu einem größeren Raum, der am Ende des langen Flurs liegt. Dort entdeckt er von weitem eine Art Frisierschrank mit einem großen, schön geschwungenen Spiegel und vielen kleinen Schubladen, die vielleicht noch nicht geplündert sind. Überall liegen Glasscherben und Müll herum, es ist sehr mühsam, dahin zu gelangen. Aber vielleicht wartet dort die Trophäe, um die ihn alle beneiden werden.

Ein Regentropfen trifft seine Stirn. Er hebt den Kopf und sieht direkt in die dunkelgrauen Wolken des winterlichen Himmels. Sowohl in der Decke zum Dachboden als auch im Dach selbst klaffen große Löcher.

»Ronni?«, meldet sich von unten besorgt Eliane.

»Du sollst warten, hab ich dir gesagt!«, brüllt er nach unten und konzentriert sich wieder auf den verlockenden Schrank im hinteren Schlafzimmer. Später wird er sich oft fragen, ob seine laute Stimme vielleicht den Einbruch verursacht hat. Wahrscheinlicher ist aber, dass er einen falschen Schritt getan hat, als er im Gehen einen zweiten Blick auf das beachtliche Loch oben im Dach geworfen hat. Einen Schritt ins Leere.

Als er zu sich kommt, ist es dunkel. In seinem rechten Bein spürt er einen stechenden, pulsierenden Schmerz. Er weiß erst nicht, wie viel Zeit vergangen ist und wo er sich befindet, aber sehr schnell fällt ihm ein, dass er vom ersten Stock des Hauses abgestürzt ist.

Wo ist Eliane?

Er kann nicht um Hilfe rufen. Irgendetwas liegt auf seinem Gesicht, etwas Weiches, Staubiges. Eine alte Matratze vielleicht. Sie hat verhindert, dass er erschlagen wurde. Aber sie verhindert auch, dass er sich bemerkbar machen kann.

»Hilfe!«, brüllt er dennoch. Aber es ist nicht mehr als ein leises Wimmern. »Hilfe!«

Er kann sich nicht befreien. Völlig unmöglich. Eine tonnenschwere Last hat Arme und Beine eingeklemmt. Sie wird immer weiter drücken, bis er nicht einmal mehr atmen kann. »Mama!«, fleht er.

Später, viel später hört er etwas. Zunächst ist er sich nicht sicher, denn sein panisches Atmen macht so viel Lärm, dass es beinahe alle anderen Geräusche übertönt.
»Hier ist er nicht.«
Er hält den Atem an. Das war die Stimme seiner Mutter.
»Er war da oben und dann …« Elianes weinerliche Stimme. »Dann ist das Haus kaputtgegangen. Das ganze Haus …«
»Vielleicht ist er da unten.« Die Stimmen kommen näher. Dann hört er Schritte. »Eliane, mein Schatz, versuche dich zu erinnern!«
Seine Schwester weint.
»Ronni, bist du da?«, ruft seine Mutter.
Er schreit, so laut er kann, brüllt in das feuchte, weiche Etwas auf seinem Mund. Sie müssen ihn hören!
»Nichts«, hört er kurz darauf die enttäuschte Stimme seiner Mutter. »Bist du auch sicher, dass es diese Stelle ist?«
»Vielleicht … ist er ja da oben durch das große Loch …«
»Ronnie, mein Kleiner!«, fleht seine Mutter verzweifelt. »Ronnie!«
Er antwortet. Er brüllt und weint.
»Es hat keinen Zweck.«
Die Schritte werden leiser. Seine Mutter und seine Schwester entfernen sich.
»Er ist nicht hier.«
»Wo ist er, Mama?«
»Nicht hier. Komm, Eliane. Komm schon …«
Wieso sagt sie ihr nicht, dass er hier ist? Sie weiß doch, dass er nirgends anders sein kann! Wieso holen sie ihn nicht hier heraus?
Es ist still. Keine Schritte mehr, keine Stimmen. Nur sein röchelnder Atem.
Das ist das Ende. Sie haben ihn aufgegeben. Niemand wird nach ihm suchen. Wenn es schon das Ende wäre! Hier kann er lange liegen. So lange, bis er verhungert, erstickt oder erfroren ist. Kein Mensch wird je davon erfahren, dass er hier eingeklemmt ist. Sie haben ihn abgeschrieben …

Er reißt die Augen auf und starrt in das schwarze Ding auf seinem Gesicht. Das Tonnengewicht, das auf seine Brust drückt und ihm den Atem nimmt …

Seit damals gelingt es mir nicht mehr, mir vorzumachen, dass der Tod ein geruhsames Hinübergleiten ist. Und es ist mir unmöglich, an die grüne Wiese zu glauben.
Wir sind moderne Menschen. Fromme Lügen verfangen nicht bei uns. Die Seele bekommt keine Flügel und flattert nicht aus dem toten Körper. Sie liegt mit im Grab und ist dazu verdammt, Zeuge zu sein, wie der Körper, den sie bewohnt hat, zerfällt.
Ich kenne keine größere Furcht als die vor dem Tod. Manche Leute mögen darüber lächeln. Sie halten es für ausgemacht, dass die moderne Medizin die Grenze zwischen Leben und Tod mit ihren grellen Neonleuchten in helles Licht getaucht hat, das alle Operationssäle bis in jeden Winkel durchdringt. Dem Tod hilflos ausgeliefert zu sein ist heutzutage unwahrscheinlicher als im Zeitalter der Mikrochips als Hexe auf einem Scheiterhaufen zu enden. Ich frage mich allerdings, wer das so genau ausgerechnet hat …

Mittwoch, 16.9.1981

Seit ihrem Selbstmordversuch besucht Miriam regelmäßig einen Therapeuten, der ihr allerhand dummes Zeug einredet. Zum Beispiel, dass sie sich nicht unter Druck setzen soll. Wenn sie glaubt, dass sie den Mann, den sie liebt, nicht berühren kann, weil ihr diese Berührung Ekel verursacht, dann soll sie zu dem Gefühl stehen, es nicht verleugnen oder sich schuldig fühlen. Selten habe ich so einen Unsinn gehört!
Die Psychopharmaka, die er ihr verschreibt, verschlimmern meinem Eindruck nach ihren Zustand nur. Miriam meidet das Licht. Immer öfter werde ich unabsichtlich Zeuge ihrer Selbstgespräche, die allesamt um ihren nahen Tod kreisen.

Ich kann das nicht mit anhören. »Nimm dieses verdammte Zeug nicht mehr!«, verlange ich von ihr. »Seit du die Tabletten schluckst, verbringst du deine Zeit damit, dich selbst für tot zu erklären.«
Sie wendet mir ihr Gesicht zu und sieht mich mit einem seltsam verschleierten Blick an. »Dann ist es höchste Zeit, einen Neuanfang zu machen.«
»Das werden wir, Miriam! Nichts lieber als das! Wir machen einen Urlaub, raus hier aus diesen dunklen Mauern. Die italienische Sonne wird dir gut tun!«
»Aber Ronni, verstehst du nicht!« Ihre Hand berührt mein Handgelenk. Jetzt fixiert sie mich mit ihrem Blick. Der Schleier ist verschwunden. So wie sie mich anstarrt, jagt es mir einen Schauer über den Rücken. »Ich rede nicht von der italienischen Sonne. Ich rede von einem Kind! Ich brauche es, um weiterzuleben!«
»Was redest du da?«
»Es ist die einzige Chance, die wir haben!«
»Was für eine Chance soll das sein? In deinem Zustand wirst du eine Schwangerschaft niemals durchstehen!«
Miriam schüttelt den Kopf. »Siehst du denn nicht, was mit mir passiert?« Sie macht einen Schritt auf mich zu und hebt beschwörend ihre Arme. Sie sind von unnatürlich bleicher Farbe wie ihr Gesicht. »So geht es nicht weiter! Mein Leben kommt zu seinem Ende und ich bin machtlos dagegen! Aber ein Kind ist jung und gesund. Anders können wir nicht überleben.«
»Anders? Wir? Was meinst du damit?«
Nicht erst seitdem, früher schon habe ich damit aufgehört, ihre Kurzgeschichten zu illustrieren. Ihre neuesten sind schwarz und voller Todessehnsucht. Ich vermag es nicht, sie zu Ende zu lesen. Fiktive, nicht enden wollende Ausflüge einer Depression, die vom Dunkel angezogen wird wie ein Insekt vom Kerzenlicht.
Trotz allem hat Miriam ihren Reiz für mich nicht verloren. Ja, manchmal denke ich, dass ihre bodenlose Traurigkeit und Lebensfeindlichkeit mich immer schon anlockte. Je mehr sie sich mir und allem anderen entzieht, desto

größer ist die Leidenschaft, die sie in mir entfacht. Es gibt Nächte, in denen ich alles tun würde, um mich in ihrem Körper zu spüren. Alles, was sie von mir verlangt …
Die bizarre Idee, die sich in ihrem Kopf festgesetzt hat, halte ich für ein schlechtes Zeichen. Miriam entfernt sich immer weiter von mir. So sehr sich alles in mir dagegen wehrt, ich muss mich der fürchterlichen Wahrheit stellen. Einsehen, dass es mit ihr zu Ende geht. Die Dunkelheit in ihrem Inneren breitet sich aus, die Tage werden kürzer. Die Zeit wird kommen, da die Finsternis wie im nördlichen Winter auch über Tag bleibt.
Wenn ich ihr Leben retten will, muss ich mich beeilen.

Samstag, 19.9.1981

Ich habe ihr mitgeteilt, dass ich mich nicht länger gegen ihren Herzenswunsch sträuben werde, und sie ist mir nicht um den Hals gefallen. Sie hat meine Hand in ihre beiden Hände genommen und sie dankbar gedrückt. Dann machte sie sich unverzüglich daran, ihre fruchtbaren Tage auszurechnen.
Miriams Entschlossenheit bildet einen seltsamen Kontrast zu ihrer hinfälligen Erscheinung. Wie sehr und wie lange habe ich mir das gewünscht, was in den letzten Nächten zwischen uns wahr geworden ist. Ein zentnerschwerer Stein ist von meinem Herzen gefallen und das Glücksgefühl hat alle Bedenken hinweggeschwemmt. Da ist der lang ersehnte Neuanfang, an den ich schon nicht mehr geglaubt hatte! Endlich sind wir wieder zusammen, wenn wir auch noch lange brauchen werden, bis es zwischen uns wieder so sein wird wie am Anfang.
Dafür bin ich bereit, alles in Kauf zu nehmen. Ihre Leidenschaftslosigkeit kränkt mich nicht und ich bemühte mich gar nicht erst um Illusionen darüber, dass nicht die Anstrengung, sondern die Lust sie stöhnen ließ. Ich habe sie trotzdem genommen.
Als ich heute Morgen neben ihr erwachte, beobachtete ich

sie wie früher beim Schlafen. Sie sah gut aus, entspannt und zufrieden. Ihr Gesicht hatte Farbe bekommen. Die Anstrengung der letzten Nächte hatte ihr gut getan. Ich schmiegte mich an sie und streichelte ihren Körper, bereit und in der Stimmung, noch mehr für ihre Genesung zu tun.

Da erwachte auch sie.

»Es ist genug«, seufzte sie und lächelte mir zu. Dann entzog sie sich mir sanft. »Wir sind am Ziel, Ronni.«

»Am Ziel?«

»Ich spüre es. Ja, ich bin ganz sicher. Wir werden ein Kind haben.«

9

Er traf Kommissar Maiewski in der Gaststätte *Brüsemann*, einem ehemaligen Schnellimbiss, der in der Nähe der Redaktion des *Nordelbischen Kuriers* lag. Karnap wollte seine Mittagspause hier verbringen. »Das ist ja eine Überraschung!«, sagte er.

Maiewski sah nicht erstaunt aus. Er wohnte lange genug in der Kleinstadt, dass es für ihn völlig normal war, ständig bekannte Gesichter zu treffen. »Nehmen Sie nicht das Jägerschnitzel«, warnte er Karnap mit vollem Mund. »Und lassen Sie die Beilagen weg.«

»Welche Beilagen?«

»Egal. Lassen Sie sie weg. Bestellen Sie lieber einen Kaffee.«

Karnap hatte am Tresen schon einen Thunfischsalat geordert. »Wie kommen Sie in Ihrem Mordfall voran?«

»Fragen Sie mich nicht danach.« Der Polizeibeamte verzog das Gesicht. »Noch ist nichts sicher, aber alles deutet darauf hin, dass mir dieser Quacksalber schon wieder in die Suppe spuckt.«

»Was meinen Sie damit?«

»Dieses Mädchen. Meggie Schleußer. Er ist sicher, dass sie Selbstmord begangen hat. Und meine schöne Theorie ist zum Teufel, bevor sie überhaupt Gestalt angenommen hat.«

»Welche Theorie?«

Maiewski schob seinen Teller so weit an den Tischrand, dass er fast hinüberkippte, und zog die Kaffeetasse zu sich heran. »Es ist jetzt gut elf Jahre her, dass der Serienmörder hier umging. In dieser netten, sauberen Gegend. So einen Fall hat man wahrscheinlich nur einmal in seiner Laufbahn. Der Mann war clever. Und wir haben ihn gejagt mit allem, was wir hatten. Die Öffentlichkeit hat uns damals ganz schön Druck gemacht. Mehrmals meinten wir, ihn zu haben. Wöchentlich gab es ein neues Täterprofil, in das unsere Experten ihre gesamte Fantasie investierten. Aber im Grunde wussten wir nichts über ihn.«

Zwei Frauen betraten das Lokal. Für wenige Sekunden war sich Karnap hundertprozentig sicher, dass die jüngere von beiden Kirsten war. Wie kam sie hierher, was wollte sie von ihm? Als er seinen Irrtum bemerkte, war es zu spät. Mit einem wütenden Blick verbat sich die Frau, angestarrt zu werden.

»Aber trotz allem«, sagte er, »hat man ihn nie gefasst.«

»Weil er aufgehört hat, deswegen! So was gibt es. Der Killer killt nicht mehr, das ist wie eine Tarnvorrichtung. Vielleicht kennst du ihn, vielleicht sitzt er jeden Tag im Bus vor dir, aber du kannst ihn nicht fassen, weil er sich nicht bemerkbar macht.« Maiewski schluckte, machte ein angeekeltes Gesicht und setzte die Tasse ab. »Vergessen Sie auch den Kaffee«, brummte er. »Immerhin haben sie diese bunten Aschenbecher. Deshalb bin ich immer hier.« Er zündete sich eine Zigarette an.

»Sie sollten sich nicht in die Sache verbeißen«, riet Karnap. »Wieso kann es nicht sein, dass er gestorben ist? Das würde erklären, warum die Morde aufhörten.«

»Nett, dass Sie mir die Leiche auf Ihrem Grundstück als Ausweg anbieten.« Der Kommissar schüttelte trotzig den Kopf. »Aber ich weiß es besser. Er lebt. Er ist wohlauf und mäht am Wochenende regelmäßig seinen Rasen. Jede Wette.«

»Woher wollen Sie das wissen?«

»Ich weiß es.«

»Verstehe. Er ist Ihnen als Geist erschienen.«

»Machen Sie nur Ihre Witze!« Der Polizist grinste säuerlich. »O nein, mein Bester, ich habe mir das ausgerechnet. Wie Sherlock Holmes, verstehen Sie? Ein winziger Fingernagel, den ich auf der Straße fand, und seitdem ist es nur noch eine Frage der genauen Schlussfolgerungen, bis ich den Kerl habe.«

Karnaps Salat war eine Enttäuschung. Er bestand aus Dosenthunfisch in Öl, zwei Blättern grünem Salat und einer geschmacksneutralen Tomatenscheibe.

»Sie hatten gehofft«, sagte er, »dass der Schleußermord auf das Konto dieses Rasputin geht.«

»Noch ist das nicht ganz vom Tisch. Die Tote weist Würgemale am Hals auf, die durch einen Selbstmord nicht zu erklären sind. Mit etwas Fantasie sind diese Male sogar dreieckig.«

»Dann kann ich Ihnen nur viel Glück wünschen.«

Maiewskis Blick streifte ziellos durch das Lokal. »Der Täter ist ein normaler Mensch«, sagte der Kommissar. »Äußerlich einer wie du und ich.« Sein Blick blieb an einem anderen Kneipengast hängen, einem älteren Mann mit Schnäuzer, der sein leeres Schnapsglas anstarrte und sich in eine Wolke Zigarrenrauch hüllte.

»Ich kann Zigarren auch nicht ausstehen«, scherzte Karnap. »Aber das heißt noch lange nicht, dass dieser Mann da drüben der Täter ist.«

Maiewski wandte sich wieder seinem Gegenüber zu. »Egal, jedenfalls fühlt der Mann sich völlig sicher. Warum auch nicht? Meine Zeit wird knapp. Ich bin bald im Ruhestand. Die Kollegen sammeln schon für den Blumenstrauß.«

»Tut mir Leid für Sie.«

»Ach, das sparen Sie sich mal auf! Ein Ruhestand hat so seine Vorteile. Wissen Sie, ich bin immer schon schlecht aus dem Bett gekommen. Das Dumme ist nur, wenn ich weg bin, gibt's nur noch Leute wie Sie, Herr

Reporter, die diesen Irren für eine fixe Idee von mir halten. Und dann kann der Mann erst richtig abräumen.«

»Hoffentlich täuschen Sie sich.« Karnap erhob sich. »Leider muss ich jetzt los.« Er ging zu dem massiven Holztresen, um zu zahlen.

Die füllige Wirtin bedankte sich mit einem kurzen Nicken für das Trinkgeld.

Der Journalist ging noch einmal zurück zu Maiewskis Tisch. Der Kommissar starrte gedankenverloren in den verschmähten Kaffee.

»Kommen Sie mich mal besuchen«, schlug Karnap vor. »Ich hab zwar kein Jägerschnitzel, dafür aber eine Tiefkühltruhe, nagelneu und mit allen Schikanen. Dazu gibt's dann ein Bier aus der Dose.«

Maiewski hob den Kopf. Jetzt sah er überrascht aus. »Hört sich nicht mal schlecht an«, sagte er.

»Und Sie erzählen mir dann die neuesten Nachrichten vom Serienkiller.«

»Wieso interessieren Sie sich eigentlich für den Fall? Ich meine, wo Sie ihn offenbar für eine fixe Idee von mir halten?«

»Immerhin wurde sein mysteriöses Grab in meinem Haus gefunden.« Karnap winkte ihm zum Abschied zu. »Außerdem kennen Sie doch die Presse. Schauermeldungen sind das Brot, von dem wir leben. Und Blasen mit Luft zu füllen ist unsere Spezialität.«

10

Karnap besaß keine Garage, deshalb parkte er den Wagen immer an der gleichen Stelle auf der Straße vor dem Haus. Heute allerdings fand er diesen Platz besetzt vor. Ein hellgrüner Minicooper blitzte in der Nachmittagssonne. Hatte sich der Kommissar etwa so schnell entschlossen, der Einladung zu folgen?

Karnap bemerkte eine lederne Handtasche auf dem Beifahrersitz. Er kannte keine Frau, die einen solchen

Wagen fuhr. Also handelte es sich wohl um Besuch für die Konradts nebenan.

Doch sowie Karnap den Garten betrat, bemerkte er sie. Die Frau war schlank und trug einen wehenden Rock mit indischen Mustern im Stil der siebziger Jahre. Ihr Haar war lang und ein guter Teil des Gesichts verbarg sich hinter einer altmodischen, übergroßen Sonnenbrille. Die Fremde stand auf dem Rasen und betrachtete die hohen Tannen.

Als sie Karnap kommen hörte, wandte sie ihm ihr Gesicht zu. »Es hat sich kaum etwas verändert«, sagte sie.

»Entschuldigung«, sagte er. »Darf ich fragen, was Sie hier suchen?«

Ihr Körper schwang herum. Sie schenkte ihm ein breites, fast übertriebenes Lächeln. »Ich muss mich entschuldigen«, sie streckte ihm die Hand hin. »Mein Name ist Klint. Lydia Klint.« Sie nahm die Sonnenbrille ab und Karnap erkannte sie. Sie war die geheimnisvolle Frau auf dem Ölbild. Das Haar mochte etwas länger sein und der Lippenstift dunkler. Aber die seltsame Traurigkeit, die aus den Augen sprach und den Schwung der Lippen bestimmte, war unverkennbar. »Von mir haben Sie dieses Haus gekauft.«

»Das mit Ihrem Vater tut mir Leid.« Im selben Moment ärgerte er sich über diese hohle Floskel.

Sie antwortete nicht, er konnte nicht einmal sagen, ob sie zugehört hatte. »Kann ich die Wand sehen, hinter der man die«, sie schluckte, »Entdeckung gemacht hat?«

Karnap nickte. »Es ist drüben im Gartenhaus. Die Polizei hat die Stelle abgeriegelt. Außerdem«, er sprach wie ein Fremdenführer, »hat sie das meiste mitgenommen.«

Gemeinsam gingen sie durch das Gras.

»Haben Sie irgendeine Idee«, kam er mit der Frage, die ihn über alles interessierte, »um wen es sich bei dem –«

»Nein!«, stellte sie brüsk klar. »Das habe ich auch der Polizei gesagt. Nicht die geringste.«

Zum Eingang des Gartenhauses gelangten sie über zwei moosbewachsene Steinstufen. Lydia stolperte über die erste. Karnap fing sie auf. Der glatte Stoff der Bluse ließ seine Hände verrutschen, so dass sie ihre Haut berührten, während er Lydia aufrichtete.

Sie musterte ihn mit einem seltsam privaten Blick. »Die Stufe gibt's jedenfalls immer noch.«

Karnap schätzte sie auf vierundzwanzig, vielleicht fünfundzwanzig. In ihrem Gehabe war eindeutig etwas Kindliches. Sie erinnerte ihn an Mädchen, die er früher gekannt hatte, als er noch eifrig an Demos und Friedensmärschen teilgenommen hatte. Wo jede jeden nett fand und alle eine große Familie waren und gleichzeitig die Begriffe ›nett‹ und ›Familie‹ tabu waren.

»Nein«, hielt sie ihn zurück, als er vor ihr eintreten wollte. »Lieber nicht. Ich habe es mir anders überlegt. Ich – ich will es doch nicht sehen.«

Ihr Gesicht hatte Farbe verloren, fand Karnap. Dass sie nicht hineingehen wollte, hatte nichts mit Gleichgültigkeit zu tun. Das Häuschen über dem ehemaligen Bunker jagte ihr Angst ein. »Kann ich Ihnen einen Tee anbieten oder einen Kaffee?«, fragte er.

Lydia Klint lächelte matt, während sie nickte. »Ich weiß es nicht«, erklärte sie unvermittelt. »Ich weiß nicht, ob es mir Leid tut.«

»Was?«

»Das mit Vater. Unser Verhältnis war nicht das beste.«

Karnap lächelte aufmunternd. »Lassen Sie uns ins Haus gehen«, schlug er vor.

»Deshalb«, fuhr sie fort, »habe ich das Haus verkauft. Nicht wegen des Geldes, wissen Sie? Ich wollte nicht mehr mit all dem – belastet sein.«

Karnap schwieg. Mit was?, wollte er fragen. Auf einmal empfand er es als Indiskretion, in Klints Aufzeichnungen gelesen zu haben.

»Aber als ich Lasse – das ist mein Freund, er besitzt eine namhafte Galerie in Hamburg –, als ich ihm von den Zeichnungen erzählt habe, da hat er keine Ruhe gegeben, bis ich mich einverstanden erklärte, sie für eine Ausstellung zusammenzusuchen. *Der unbekannte Ronald Klint –*

so etwa in der Art. Das würde schließlich auch mir zugute kommen, meint er.«

»Ihnen? Wieso?«

»Nun, ich male zwar nicht, aber ich fotografiere. Lasse glaubt an einen Promotioneffekt, der nicht zu unterschätzen ist.« Sie verzog das Gesicht. »Wie auch immer, jedenfalls ist das eine Gelegenheit, Sie von den Bildern hier im Haus zu befreien. Dann hätten Sie es endlich ganz für sich.«

»Ja«, sagte er. »Das wäre mir sehr recht.«

»Also abgemacht!« Lydia rieb sich die Hände wie in einem plötzlichen Anfall von Frösteln, dann zog sie ein fast leeres Päckchen Tabak aus ihrer Rocktasche und begann, eine Zigarette zu drehen.

Unwillkürlich tastete Karnap nach seinem Feuerzeug. Eigentlich hatte er sich vorgenommen, immer eins bei sich zu tragen für Fälle wie diesen. Aber er wusste, wenn er so ein Ding in der Tasche trug, würde er zwangsläufig wieder mit dem Rauchen anfangen.

Lydia Klint gab sich selbst Feuer.

Mit einem Glas Mineralwasser in der einen und der glimmenden Zigarette in der anderen spazierte sie durch das Haus, als habe sie einen Besichtigungstermin mit einem Makler. Plötzlich blieb sie stehen und deutete auf den knallbunten Vorhang im Treppenhaus. »Was ist das?«, fragte sie.

»Tja, also«, erklärte Karnap, »den habe ich vor dem Bild angebracht. Der schwarze Vorhang schien mir zu düster, wenn ich auch zugeben muss, dass er besser zu dem Bild dahinter passt.«

»Welches Bild denn?«

»Die Zeichnung auf der Wand«, wunderte sich Karnap. »Sie haben doch den Makler darum gebeten, dafür zu sorgen, dass sie vorerst unangetastet bleibt.«

»Schon, aber ich kenne die Werke doch nicht im Einzelnen. Wie gesagt, ich bin lange nicht mehr hier gewesen.« Lydia stand jetzt auf der Treppe und enthüllte das Bild. Eine ganze Weile starrte sie es an, dann schien sie sich über irgendetwas aufzuregen. Karnap merkte es an der Art, wie sie immer hektischer ihre Zigarette paffte. Als hätte ihr jemand eine blanke Unverschämtheit ins Gesicht gesagt.

»Ich war's nicht!«, stieß sie hervor. »Er war's, er und kein anderer! Er hat sie auf seinem verdammten Gewissen.«

Karnap hatte das Gefühl, im eigenen Haus zu stören. »Was denn?«, erkundigte er sich vorsichtig.

»Er hat sie getötet!« Sie schien außer sich zu sein. »Miriam, meine Mutter. Aber mir gibt er die Schuld.« Sie deutete auf die Zeichnung an der Wand. Karnap fiel auf, dass ihr Zeigefinger zitterte. »Er wollte nie ein Kind, verstehen Sie? Und er behielt Recht, denn das Kind hat seine Frau getötet. Davon war er überzeugt.«

Sie kehrte dem Bild den Rücken zu und wollte wütend die Treppe hinuntertrampeln, als sie erneut stolperte. Gerade noch fing sie sich, ließ sich dann auf einer der Treppenstufen nieder und legte den Kopf auf die Knie. Karnap fragte sich, ob sie weinte.

Es gelang ihm, sie in die Küche zu lotsen. Bei einem Glas Weißwein fing sie sich allmählich wieder.

»Deswegen hatten wir nie ein gutes Verhältnis«, sagte sie. »Ich habe mir wie alle einen Vater gewünscht, der mich liebt. Mein Gott, warum erzähle ich Ihnen das bloß alles?«

Das wusste Karnap auch nicht, trotzdem interessierte ihn, was sie sagte. »Sie brauchen es mir nicht zu erzählen.«

»Nachdem Mutter tot war, spielte für ihn nichts außer ihr noch eine Rolle. Sie war sein Ein und Alles. Mir nahm er übel, dass ich lebte. Solange ich hier in diesem Haus lebte, hatte ich nur eine Chance.«

»Welche?«

»Eine zweite Miriam zu werden. Seine Frau. An einer Tochter war er nie interessiert.«

Karnap erklärte ihr, dass er nichts dagegen hätte, wenn sie schon am Wochenende mit den Vorbereitungen für die Ausstellung beginnen würde. Lydia war einverstanden.

Aber am Wochenende ließ sie sich nicht sehen.

Dafür besuchte ihn der Kommissar. »Ich hatte nichts weiteres vor, also dachte ich mir, warum nicht mal eine Kühltruhe mit allen Schikanen besichtigen?«

»Gute Idee.« Karnap ließ ihn eintreten. »Hier entlang.«

Maiewskis bewundernder Blick schweifte durch den Garten. »Sie wissen gar nicht, was für ein Schwein Sie haben. Ich wohne ja auch auf dem Land, aber einen Park um mich herum habe ich trotzdem nicht.«

Das Wetter war immer noch traumhaft, obwohl der Wetterbericht seit einigen Tagen mit ergiebigen Gewitterschauern drohte. Die beiden Männer setzten sich mit einer Dose Bier auf die Terrasse und legten die Füße auf den Tisch, als wären sie alte Freunde.

Der Kommissar deutete mit dem Daumen zum Gartenhaus hinüber. »Gibt's schon neue archäologische Erkenntnisse?«

Karnap zuckte mit den Schultern. »Und selbst?«, fragte er zurück. »Wie steht's mit dem Serienkiller?«

»Oh, danke der Nachfrage! Ihm geht's prächtig. Er kann nicht klagen.«

»Also gibt es einen Befund?«

»Todesursache soll ein Schlag auf den Kopf gewesen sein.«

»Das bedeutet Mord.«

Maiewski nickte. »Es ist allerdings auch möglich, dass das Mädchen auf dem Kopf aufschlug.«

»Dann war es ein Unfall?«

»Oder Mord. Wenn sie gestoßen wurde.« Der Kommissar lehnte sich zurück. »Jedenfalls ist es nicht so, wie es der Doktor gerne hätte. Es war kein Selbstmord.«

»Und Sie glauben immer noch fest daran, dass Meggie Schleußer ein Opfer des mysteriösen Rasputin wurde, obwohl der sich seit Jahren in Luft aufgelöst hat?«

Maiewski knallte seine Bierdose so energisch auf den Tisch, dass der Inhalt beleidigt schäumend herauskroch und sich bis zur Kante schlängelte, wo er hinuntertropfte. »Die Eltern sagen übereinstimmend aus, dass mit ihr alles in Ordnung war. Sie war wie die meisten Mädchen ihres Alters. Ein wenig schüchtern vielleicht, labil. Aber damit wurde sie schon fertig. Sie machte sogar eine Therapie deswegen.«

»Weiß man inzwischen, woher die merkwürdigen Male am Hals stammen?«

»Nicht nur am Hals. Auch an den Brüsten und auf den Oberschenkeln. Das, mein Lieber, verursacht niemandem Kopfschmerzen. Vielleicht hatte sie ja einen Freund mit merkwürdigen Knutschvorlieben. Oder sie bevorzugte eine eigenwillige Schlafhaltung. So etwas soll es geben.«

»Das ist doch nicht Ihr Ernst!«

»Unser Doktor wollte eigentlich Allgemeinmediziner werden, das erzählt er jedem. Für andere da sein und sie gesund machen. Aber dann hat's ihn an den Tisch mit den Leichen verschlagen. Egal, sagt er sich. Man kann nichts mehr dran ändern. Ob Mord oder nicht, ist für ihn zweitrangig. So rächt er sich an dem Schicksal, das ihm so übel mitgespielt hat.«

»Aber für Sie ist es nicht zweitrangig.«

»Woher stammen die Male an dem Hals? Rasputin war keiner von den unerbittlichen Killern. Er tötete nicht immer. Manchmal hat er auch nur an seinen Opfern genippt. Vielleicht wollte er das Mädchen nur vergewaltigen und die Sache verlief tödlich, ohne dass er es beabsichtigte. Das würde den Fundort der Leiche erklären.«

Karnap mochte Maiewski. Trotz seines Geisterglaubens schien er ein Mann zu sein, der mit beiden Beinen auf dem Boden stand. Aber gleichzeitig zeigte er alle Symptome eines Unbelehrbaren. Er hatte sich entschieden, dass der Fall Meggie Schleußer eine Tat des Serienmörders war.

»Dazu kommt«, fing der Kommissar wieder an, »dass es seit heute Morgen keine Sache des reinen Gefühls mehr ist. Zu Ihrer Beruhigung.«

»Was soll das heißen?«

»Das soll heißen, dass es einen Verdacht gibt. Eine Spur. Einen Hinweis auf eine Spur.«

»Vielleicht auch nur den Verdacht auf einen Hinweis auf eine Spur?«

»Machen Sie sich nur lustig, Herr Reporter! Wir wissen von einem Sportlehrer, der seine Finger nicht bei sich behalten kann.« Er legte einen Zeigefinger an die Lippen. »Diese Information bleibt aber vorerst unter uns, verstanden?«

»Einverstanden. Aber muss der Mann deshalb der Killer sein?«

»Er muss nicht. Aber möglich wäre es. Er hat Meggie Schleußer unterrichtet.«

»Ich hoffe nicht, Kommissar, dass das eine Hexenjagd wird.«

»Wenn Sie von der Presse keine draus machen. Alles, was ich will, ist, dass wir der Sache nachgehen. Aber danach sieht es im Moment nicht aus.«

Als Karnap aufstand, um neues Bier zu holen, folgte ihm Maiewski ins Haus. »Kühler, als man denkt«, kommentierte er.

Sein Gastgeber stand in der Küche und durchstöberte die Kühltruhe nach einem brauchbaren Abendessen.

»Du bist der Mann!«, dröhnte die Stimme des Kommissars aus dem Treppenhaus herüber. »Eins muss man ihm lassen: Mit dem Pinsel konnte der Mann umgehen!«

Karnap trat in den Flur. »Ein seltsames Bild«, sagte er. »Mit einem seltsamen Titel.«

Maiewski drehte sich zu ihm um. »Eine Erzählung von Poe«, erklärte er. »Sollten Sie mal lesen. Reichlich makaber, aber für jemanden wie Sie, der sich auf seine klinische Vernunft was einbildet, genau das Richtige.«

»Was haben Sie nur gegen Vernunft?«, wollte Karnap wissen.

»Eigentlich nichts. Sie ist ein Glaube wie jeder anderer. Es ist ihr Absolutheitsanspruch, der mich stört.«

»Zur Wirklichkeit«, entgegnete Karnap, »gibt es nun mal keine Alternative. Da helfen weder Kobolde noch Waldgespenster.«

»Wissen Sie, was ich denke? Leute, die sich besonders

vehement gegen das Übernatürliche wehren, haben einen besonderen Draht dazu.«

»Dagegen ist nichts einzuwenden. Wenn diese Ansicht auch nicht gerade neu ist.«

»Und Sie, mein Guter, sind der beste Beweis.«

»Ich?«

»Weshalb sonst sind Sie in ein Haus mit einer so düsteren Vergangenheit gezogen?«

Karnaps hilfloses Grinsen veranlasste Maiewski, das Thema zu wechseln. »Also«, erkundigte er sich, »was gibt's zu essen?«

»Wie wäre es mit einer Fischpfanne?«

»Sehr schön. Und was tun Sie da hinein?«

»Es ist keine Pfanne. Das Gericht heißt so. Alles fix und fertig, bis auf die Temperatur.«

Karnap wusste, dass er keine Köstlichkeit servierte. Trotzdem blieb sein Gast noch bis Mitternacht. »Gott sei Dank bin ich mit dem Fahrrad gekommen, sonst müsste ich jetzt um meinen Führerschein bangen. – Also dann«, der Kommissar grinste spöttisch. »Hoffentlich fürchten Sie sich nicht, wenn Sie so ganz allein sind mit Ihrer Vernunft.«

»Darf ich fragen, wieso Sie so beharrlich sind, wenn es um den Mann geht, den man Rasputin genannt hat?«

Das spöttische Grinsen verflüchtigte sich. »Dürfen Sie nicht.«

Maiewski, der schon auf dem Rad gesessen hatte, stieg noch einmal ab und trat zu Karnap. »Aber ausnahmsweise sag ich's Ihnen, weil es nichts mit Gespenstern zu tun hat. Meine Tochter war das vierte Opfer dieser Bestie. Er hat sie erwürgt und wie Abfall an einer Böschung liegen lassen, neben einem Fahrradweg. Sie war gerade mal vierundzwanzig.«

Es war jetzt so kühl geworden, dass Karnap seinen Atem vor dem Mund sehen konnte. »Ich glaube, ich kann Sie verstehen«, gab er zu.

»Wissen Sie, ich mag meinen Job nicht besonders. Glauben Sie bloß nicht, es sei der detektivische Ehrgeiz, der mich antreibt. Nur um den Mann zu kriegen, habe ich so lange ausgehalten. Und ich will, verdammt noch mal, nicht, dass alles umsonst war.«

11

Montag, 4.11.1985

Vom Grundstück nebenan dringt kein Baulärm mehr herüber. Das Haus ist fertig und der neue Besitzer eingezogen. Ein junger, allein stehender Akademiker, höflich und um gute Beziehungen zum Nachbarn bemüht. Ich habe ihn nicht gebeten, sich hier niederzulassen. Ich wünsche mir nichts weiter, als dass er mich nicht stört. Er ist Psychologe und versteht sich darauf, seiner Umwelt das Gefühl zu vermitteln, dass er alles und jeden verstehen kann. Seit Miriam von mir gegangen ist, lebe ich in einem schwarzen Schatten. Meine Augen haben sich inzwischen an ihn gewöhnt, so dass ich vieles klar und deutlich sehe. Ich male und schreibe Tag und Nacht und bin mir sicher, dass sie mir zusieht. Es ist die einzige Möglichkeit, den Kontakt zwischen uns aufrechtzuerhalten.
Ich wünschte, ich hätte den Schatten für mich ganz allein. Aber die kleine Lydia fordert meine Aufmerksamkeit mit der Gewalt ihres jungen Lebens. Sie fordert sie von mir, ausgerechnet von mir, dem sie das Beste und Heiligste in meinem Leben genommen hat.
Sie hat es mir nicht genommen. Es liegt mir fern, ungerecht zu sein. Aber Miriam ist tot, weil sie da ist, das lässt sich nun einmal nicht leugnen.
Ich werde ihr nicht das Gefühl geben, unerwünscht zu sein. Niemals werde ich die Frage an sie richten, die in meinem Inneren wie eingemeißelt ist: Welches Recht hast du zu leben, wenn deine Mutter, die ich liebte, sterben musste?
Miriam hat darauf bestanden, dass ich unser Kind auf den Namen Morella taufe. Anfangs hatte ich das Gefühl, die-

sen Namen nicht ertragen zu können, also stellte ich einen anderen Namen voran. Morella bedeutet, dass Miriam ihren Tod vorausahnte. Aber sie wollte nicht sterben, deshalb wollte sie ein Kind.
Ich werde lernen, Lydia wie Miriam zu lieben. Miriam wollte nicht, dass es irgendeinen Unterschied gibt, und ich will es auch nicht. Eines Tages wird alles so sein wie früher …

Nach Kräften bemühe ich mich, für die Kleine da zu sein! Wieso verfolgt mich dann ihre Mutter? Nachts, wenn ich, unfähig zu schlafen, im Dunkeln durch das Haus tappe, steht Miriam plötzlich auf dem Treppenabsatz. Oder sie wartet auf mich vor dem Kinderzimmer. Sie starrt mich an mit ihren toten Augen, Ungutes liegt in ihrem Blick und gleichzeitig etwas Flehendes. Wieso lässt sie mich nicht in Ruhe? Ich habe alles getan, ihr in ihrem schweren Schicksal beizustehen! Wäre es nach mir gegangen, hätte sie es gar nicht erst erlitten!
»Habe ich nicht Wort gehalten?«, sagt sie. »Ich habe dich nicht verlassen. Wieso verlässt du jetzt sie?«
Sie mag nicht, dass ich Gwendolyn, das irische Aupairmädchen, ins Haus gelassen habe, damit sie der kleinen Lydia ein Mutterersatz sein kann. Aber ich hatte keine Wahl! Braucht das Kind in seinen ersten Lebensjahren eine liebevolle Bezugsperson? Oder einen düsteren, oft alkoholisierten Mann mit wirrem Blick, der keine Schlaflieder summen kann, weil er selbst keinen Schlaf findet? Der Nächte damit verbringt, bei künstlichem Licht alptraumhafte Schatten auf die Leinwand zu bannen?
Gwendolyn ist eine sanfte, geduldige Person, die nicht die üblichen Flausen ihrer Altersgenossinnen im Kopf hat. Ich glaube, sie ist die Einzige der Bewerberinnen, die das Haus und seine beklemmende Atmosphäre zu würdigen weiß. Sie passt hierher. Gwendolyn ist sehr zurückhaltend, sie spricht nicht viel und hat kein sonniges Gemüt. Aber sie ist immer da, wenn ich sie brauche. Und für die Kleine ist sie unentbehrlich.

Miriam sollte wissen, dass sie nach wie vor die Einzige für mich ist und es immer bleiben wird.

Zugegeben, ich mag die Menschen nicht. Dazu beneide ich sie viel zu sehr. Ich kann nicht wie andere sorglos in den Tag hineinleben und so tun, als ob nichts wäre. Als gäbe es nicht die Abgründe und tückischen Fußangeln, die dunklen Ecken und unauslotbaren Winkel. In jedem von ihnen kann der Tod lauern. Ich habe oft genug versucht, die Bedrohung zu ignorieren. Leise, auf Zehenspitzen schleichen und gefasst auf jedes kleinste Geräusch. Aber es ist nichts als der eigene Atem, den du hörst, und sowie du ihn hörst, lässt er dich nicht mehr los. Wie hört sich der letzte Atemzug an, was unterscheidet ihn von diesem? Welcher wird es sein, der übernächste erst oder schon der nächste …?
»Der Grund, warum die meisten Menschen viel weniger Angst als Sie vor den Dingen empfinden, ist mehr als simpel: Sie empfinden viel weniger.« Das behauptet jedenfalls Dr. Konradt, mein neuer Nachbar. Vielleicht ist das eine therapeutisch ausgefeilte Art und Weise, jemandem wie mir zu schmeicheln.
Inzwischen denke ich, dass ich den Psychologen anfangs unterschätzt habe. Anders, als ich glaubte, besitzt er tatsächlich eine gewisse Fantasie, die ihn befähigt, sich in das Innere anderer Menschen hineinzuversetzen. Selbst einem Kauz wie mir gibt er das Gefühl, ein normaler Mensch zu sein, und deshalb kann ich mir bei ihm die übliche Mühe um den Anschein des Normalen sparen. Er zeigte sich sogar interessiert an meinem Projekt, im alten Bunker ein Atelier ohne störendes Tageslicht einzurichten. Auch wenn er sich keinen Reim darauf machen kann, aber wie sollte er?

Dienstag, 12.11.1985

Gwendolyn entwickelt in der letzten Zeit einen besserwisserischen Zug, dessen Ansatz mir am Anfang völlig ent-

gangen ist. Man kann ihr nichts recht machen. Für ein paar Tage war sie bei ihrer Familie in Dublin. Kaum dass sie zurück ist, gebärdet sie sich, als hätte ich die kleine Lydia völlig vernachlässigt. Was hat sie nur, weshalb wohl, glaubt sie, dass ich sie eingestellt habe? Könnte ich sie leicht ersetzen, dann bräuchte ich wohl kaum ihre Dienste in Anspruch zu nehmen. Als ich ihr das zu verstehen gab und sie außerdem darauf hinwies, dass sie nicht Lydias Mutter sei und deshalb darauf zu achten habe, nicht aus ihrer Rolle zu fallen, steigerte sie sich erst recht in das hysterische Gehabe eines Muttertiers, der man ihr Junges wegnehmen will.

Miriam war überzeugt davon, dass sie durch die Geburt einer Tochter dem Tod entgehen würde! Sie klammerte sich an diese bizarre Hoffnung. Bedenkt man den verzweifelten Zustand, in dem sie sich zum Schluss befand, ist die Hoffnung berechtigt, so abwegig sie auch gewesen sein mag. Wie viele Eltern wünschen sich, in ihren Kindern weiterzuleben!

Und wie selbstverständlich sind Ähnlichkeiten und Übereinstimmungen zwischen ihnen!

Dennoch sehe ich sie mit gemischten Gefühlen. Die Tatsache, dass Lydia sich äußerlich weniger nach ihrer Mutter als nach ihrem Vater zu entwickeln scheint, lässt den mütterlichen Anteil, in der Art zu reden und sich zu bewegen, umso stärker hervortreten. Ihre stille, kontemplative Art sich zu freuen. Die Empfindsamkeit und Wetterfühligkeit.

Lydia hat die gleichen Vorlieben wie ihre Mutter. Sie ist musikalisch wie sie. Genauso wie Miriam ist sie selten extrovertiert, niemals jähzornig. Ärger und Ablehnung zeigt sie ausschließlich durch Rückzug und Abbruch der Kommunikation.

Eine Reaktion, die ich neuerdings immer öfter bei ihr hervorrufe. Manchmal glaube ich beinahe, dass sie sich vor mir fürchtet. Aber wieso nur? Lydia kennt mich doch. Sie weiß, dass ich hin und wieder zum Fürchten aussehe, das ist ihr vertraut. Außerdem nutze ich jede erdenkliche Ge-

legenheit, um ihr zu zeigen, dass ich ihr an all dem, was geschehen ist, keinerlei Schuld gebe.
Heute Abend besuchte Gwendolyn wie üblich ihren Deutschkurs in der Schule. Deshalb war ich an der Reihe, Lydia das Abendbrot zuzubereiten. Aber sie weigerte sich, auch nur einen Bissen anzurühren. »Du bist schmutzig!«, ekelte sie sich. »Deine Hände sind kohlschwarz!«
Gwendolyn sollte sich hüten, mir einen Anlass zu der Annahme zu geben, dass sie Lydia Morella gegen mich aufhetzt. Denn das würde ich ihr nicht verzeihen …

Freitag, 15.11.1985

»Ohne Angst zu leben, das ist die Begabung, das Fürchterliche im Leben so nachhaltig zu ignorieren, dass es tatsächlich nicht mehr zu existieren scheint.«
Eine große Lüge also, nichts weiter, steckt hinter der Sorgenfreiheit der Angstlosen, wenn man nach Dr. Konradt geht, der mir eine seiner wissenschaftlichen Abhandlungen überließ.
Das bedeutet, dass diese Begabung auch ihren Preis hat. Viele mögen glauben, dass ihnen die Welt zu Füßen liegt. Sie halten sich für Künstler, die große Werke vollbringen, dabei bleiben sie ihr Leben lang ahnungslos. Und diese Ahnungslosigkeit bringen sie zu Papier oder bannen sie auf die Leinwand. Banales, alltägliches Geschwätz. Sattes, zufriedenes Geschwätz satter, zufriedener Menschen.
Sie wollen nichts wissen vom Tod. Das ist nur verständlich. Ihr Leben genießen sie mit besinnungsloser Gier, und wenn der Tod eines Tages an ihrer Haustüre klingelt, drehen sie den Fernseher lauter. Sie wollen ihn nicht kennen. Auch die Friedhöfe lügen sie aus ihrem Bewusstsein. Ihre Toten lassen sie von geschultem Personal entsorgen. Sie trauern nicht um sie, sondern ergreifen so lange die Flucht, bis es sie selbst ereilt …
Im Gegensatz zu van Gemmern ist mir klar, dass die Ansicht, der Mensch sei ein banaler Organismus, der sich

mit dem Tod in Nichts auflöst, unseren Wert keineswegs herabsetzt, im Gegenteil. Durch diesen Glauben versuchen wir uns einen letzten, wenngleich trügerischen Dienst zu erweisen. Alle klammern sie sich an die Hoffnung, dass der Tod wirklich die letzte Tür ist, die sie durchschreiten müssen, und dass es mit dem Durchschreiten ein für alle Mal getan ist. Sie hoffen mit jeder Faser, dass dahinter nichts ist. Aus und vorbei und nichts mehr danach. Sie klammern sich daran, weil sie die Vorstellung nicht ertragen können, was sie hinter dieser letzten Tür erwarten könnte, welchen Dingen sie ausgeliefert sein könnten, wenn sie unwiderruflich hinter ihnen zuschlägt. Der Pfarrer hält den Materialismus fälschlicherweise für einen Feind des Glaubens. Dabei ist er nichts anderes als die Angst vor der letzten Tür.

Montag, 18.11.1985

Heute habe ich einen lieben Brief von Eliane, meiner Schwester, erhalten. Unser Verhältnis war niemals das beste, umso mehr hat ihr warmherziger, mitfühlender Ton bei mir Eindruck hinterlassen. ›Ich kann mir vorstellen, wie dir zumute ist. Wenn du Hilfe brauchst, sag mir Bescheid! Es würde mich glücklich machen, für deine Tochter da sein zu dürfen. Also habe keine Scheu, mich zu bitten. Du hast ein großes Haus und ich kann dir eine Menge Arbeit abnehmen. Teile mir doch mit, wie du darüber denkst.‹
Ohne Kindermädchen stehe ich wieder am Anfang. Lydia hat ihre Scheu vor mir nicht abgelegt. Sie läuft nicht mehr vor mir weg, aber sie mustert mich wie einen Fremden. Ich habe Miriam gefragt, ob sie zufrieden ist, wie sich die Dinge entwickelt haben.
Es ist jetzt bald eine Woche her, dass man Gwendolyns Leichnam auf der Aschenbahn des Schulsportplatzes gefunden hat. Bevor sie starb, wurde sie misshandelt und übel zugerichtet. Niemand weiß, wer die barbarische

Schandtat begangen hat. Immer noch ist das Städtchen in heller Aufruhr. Die Leute haben kein anderes Thema. Polizei, Presse, Leute vom Radio und vom Fernsehen – sie alle laufen durcheinander wie aufgescheuchte Kaninchen. Ganz plötzlich ist das Fürchterliche aufgetaucht, von keinem erwartet und mitten in ihrer kleinen, heilen Welt. Hektisch und verschreckt ergreifen sie die Flucht vor dem grausamen Anblick. Aber sie sind zu schwach, um sich seiner geheimen Faszination zu entziehen. Sie können nicht anders als hinzusehen. Bald schon kommen sie zurück und verharren regungslos wie die Maus im Angesicht der Schlange. Mit ihnen habe ich kein Mitleid.

12

Damals, im Winter 1987, hatte Maiewski sich ziemlich stark gefühlt.

»Das ist jetzt schon der dritte Frauenmord innerhalb eines halben Jahres. Sind Sie nicht der Ansicht, Herr Kommissar, dass die Polizei in diesem Fall versagt?« Die Journalistin schlug genau den Ton an, den man von ihr erwartete. Aggressiv, auf der Suche nach einem Schuldigen. Wenn die Polizei keinen Täter präsentierte, dann war die Polizei selbst schuldig.

»Wir tun unser Möglichstes«, antwortete Maiewski kühl dem Mikrofon. »Wenn Sie von der Presse nicht jede Einzelheit erfahren, heißt das nicht, dass sich nichts tut. Wir möchten nur die Ermittlungen nicht gefährden. Ein Serienmörder ist schließlich nicht das Gleiche wie ein Falschparker.«

»Manchmal scheint es so, als ob Sie sich des Unterschieds nicht bewusst wären.«

Maiewski räusperte sich. »Ich werde Ihnen nur so viel sagen: Wir sind kurz davor, diesen Mann zu fassen. Das Gebüsch, in dem er hockt, haben wir quasi umstellt und warten nur darauf, dass es raschelt. Deshalb möchte ich Sie bitten, ihn nicht zu warnen.«

»Finden Sie nicht, Sie haben lange genug gewartet? Wie viele Frauen sollen noch getötet werden? Wieso handeln Sie nicht endlich?«

»Ich sagte, dass wir die Hände nicht in den Schoß legen.« Der Kommissar schob das Mikrofon zur Seite und bahnte sich einen Weg durch die Journalisten. Ein paar böse Fragen gellten ihm nach, aber er ließ sie an sich abprallen wie stumpfe Pfeile.

In seinem Büro erwartete ihn Zenger, sein Kollege. »Was redest du denn da?«, beschwerte er sich. »Wir haben ihn noch lange nicht.«

Maiewski schüttelte den Kopf. »Wir haben ihn so gut wie. Der Mann ist kein Unbekannter mehr. Wir kennen ihn in- und auswendig.«

»Bis auf seinen Namen und sein Aussehen, aber das sind nur Äußerlichkeiten.«

»Ich weiß, aber irgendwie müssen wir ihn aus der Reserve locken. Unter Druck setzen. Damit er einen Fehler macht.«

Maieweski hatte damals das Gefühl gehabt, dass ihm kein Fehler unterlaufen würde. Er hatte geglaubt, die Sache im Griff zu haben. Ihm fehlte die Erfahrung des Scheiterns. Ich hätte mich anders verhalten, dachte er später, wenn ich damals schon einmal in einer wichtigen Sache Schiffbruch erlitten hätte. Diese Erfahrungen sind wichtig, aber das Dumme ist, man vermisst sie nicht.

In Baden-Württemberg hatte es einen ähnlichen Fall gegeben. Die Polizei hatte offensiv ermittelt. Sie hatte sich nicht wie üblich gegen die Medien abgeschirmt, sondern sie für sich genutzt, um den Täter in die Enge zu treiben. Und es hatte funktioniert.

»Ich habe dich im Fernsehen gesehen«, begrüßte ihn abends seine Frau.

»Da bist du nicht die Einzige.« Er grinste und nahm eine eitle Pose ein. »War ich gut?«

Sie lachte nicht mit. »Ich frage mich, warum du das tust. Wieso diese Auftritte in der Öffentlichkeit?«

»Das ist mein Job. Ein Mörder läuft frei herum und wir müssen ihn schnappen.«

»Hast du schon mal daran gedacht, dass du dich damit zur Zielscheibe machst?«

Er nahm sie in die Arme. Es freute ihn, dass sie Angst um ihn hatte. »Keine Sorge, ich kann auf mich aufpassen«, versicherte er ihr. »Er soll nur kommen.«

Rasputin passte nicht so recht in die gängigen Theorien über Serienmörder. Er hatte kein festgelegtes, immer gleich ablaufendes Ritual, keine Methode des Tötens, die ihn wie eine persönliche Handschrift auszeichnete. Es gab immer nur eine gewisse Bandbreite von Anzeichen, die auf ihn deuteten, weshalb einige Experten bei der Polizei mit der Zeit zu der Überzeugung kamen, dass dieser Mann gar nicht existiere. Gerade weil man all diese Verbrechen einem Einzigen zuschreiben wolle, so behaupteten sie, sei man unfähig, die wahren Täter zu fassen.

Man konnte nicht einmal davon ausgehen, dass er seine Opfer immer tötete. Manchmal jagte er ihnen einen tödlichen Schreck ein, dann wieder misshandelte er sie und ließ sie entkommen. Es schien ihm egal zu sein, dass er so für Zeuginnen sorgte, die ihn gegebenenfalls identifizieren konnten. Die Presse gab ihm den Namen ›Rasputin‹ aufgrund des seltsamen Mals, das er seinen Opfern zufügte. Sie deutete das Dreieck mit den abgerundeten Ecken als das Gesicht eines Mannes, der eine Mönchskapuze trug. Eine Auffassung, die durch die Aussagen von Frauen, die davongekommen waren, bestätigt wurde. Der Täter habe eine weiße Kapuze getragen, andere sprachen von einer Art Sack, der wie eine viel zu große Mütze den ganzen Kopf verbarg. Sein Vorgehen wurde als äußerst brutal, eiskalt und routiniert beschrieben. Nie wurde von nervösem Keuchen oder zitternden Händen berichtet. Immer griff er von hinten an und vollbrachte seine Tat schnell und ohne zu zögern. Dabei schien er nicht in Eile zu sein. Seine Opfer hatten das Gefühl, dass er wie ein Experte handelte, der das Verbrechen bis ins Detail geplant hatte.

Einige hatten außerdem ausgesagt, der Täter habe sie fotografiert, bevor er sich aus dem Staub gemacht habe. Sie wollten ein Blitzlicht gesehen haben, eine hatte den Quickshot-Mechanismus gehört – ein Gefühl, als habe der Mann außerdem auf sie gefeuert.

Der Winter war in diesem Jahr eine weiße Pracht. Die Temperaturen blieben weit unter null, aber niemand empfand das als unangenehm, weil der Wind ausblieb. Der Schnee lag selbst in der Stadt fast dreißig Zentimeter hoch. Flugzeuge starteten nicht und Züge hatten Verspätung. Auf den Straßen kam der Verkehr stellenweise zum Erliegen.

Maiewski wollte sich gerade auf den Weg in die Kantine machen, als das Telefon auf seinem Schreibtisch klingelte.

»Er hat wieder zugeschlagen«, sagte Zenger.

»Scheiße!«, fluchte Maiewski. »Also los. Holst du mich ab?«

Zenger zögerte.

»Heh, bist du noch dran?«

»Dieses Mal ist es besser, ich gehe allein.« Zengers Stimme klang nicht so, als habe er vor, Lorbeeren einzuheimsen. Sie klang besorgt. Und hilflos.

»Was soll das heißen?«

»Glaub mir, Olaf, es ist besser.«

»Verdammt, was soll das? Jetzt sag endlich, was los ist!«

Zenger hatte es ihm ersparen wollen. Das war gut gemeint gewesen, dabei hatte er keine Vorstellung davon, was Maiewski empfand. Zenger hatte keine Kinder. Für ihn war dieser Mord möglicherweise das Gleiche, als hätte jemand seinen Hund vergiftet. In seiner blinden Wut konnte Maiewski das nicht anders sehen, dabei wusste er genau, dass er seinem Kollegen damit Unrecht tat.

Unmöglich zu beschreiben, was Maiewski empfand, als er die Kleine leblos im Schnee liegen sah. Der Mann hatte sie nicht nur ermordet. Er hatte sie zerstört. Die blauen Male an ihrem Hals. Ihr nackter Arm, dem nicht mehr kalt werden konnte, von unzähligen Eiskristallen übersät. Noch lange Zeit danach konnte Maiewski sich nicht einmal mehr an dieses Bild erinnern. Alles, was er behalten hatte, war, dass es damals das letzte Mal gewesen war, dass er etwas empfunden hatte.

»Ab sofort bist du raus aus dem Fall.« Ralf Menzel, sein verständnisvoller Chef, wollte ihm alles in seiner Macht Stehende ersparen. Seine Hand schwebte über Maiewskis Schulter, aber dann ließ sie sich doch nicht nieder. Vielleicht dachte der Chef, dass diese Geste für den Anlass zu banal war. Oder er fürchtete, dass die Schulter unter der Hand einknicken würde.

Seine Frau verkraftete die Nachricht von Rosas Tod nicht. Dabei waren einige voller Respekt dafür, wie gefasst sie die Tragödie bewältigte. Sie standen ihr eben nicht nahe genug, um die dramatische Veränderung zu bemerken, die sich mit Melanie vollzog. Ihr heiteres, herzliches Temperament, ihr Humor, ihre Wärme – all das war wie ausgelöscht. Maiewski musste an einen Singvogel denken, den jemand gewaltsam zum Verstummen gebracht hatte. Die Maske, die Melanie fortan trug, hatte nichts mehr mit der Frau gemein, die sie vorher gewesen war: ihr bemühtes Lachen, der spöttische Blick und die kühle, unbeteiligte Vernunft, die sie an den Tag legte. Später wurde seine Frau immer wortkarger und lachte nicht mehr. Ihre Züge verhärteten sich. Sie vermied jede körperliche Berührung mit einem anderen Menschen und behandelte ihren Mann, als leide er an einer ansteckenden Krankheit.

Maiewski begriff, dass die über sie hereingebrochene Katastrophe nicht zu denen gehörte, die ein Paar wieder zusammenschweißte. Er versuchte sein Bestes, aber gleichzeitig spürte er in sich eine lähmende Trägheit. Das, was ihm einmal das Wichtigste in seinem Leben gewesen war, schien auch für ihn keine große Rolle mehr zu spielen. Er konnte zusehen, wie es vor die Hunde ging, und es machte ihm nichts aus.

»Du hast sie getötet«, sagte Melanie ausdruckslos. »Du hast es nicht mit Absicht getan, ich weiß. Aber du hast es getan.«

»Melanie, was sagst du da!«

»Hättest du diese Bestie nicht herausgefordert, dann hätte sie nicht Rosa umgebracht. Deine Tochter hatte das Pech, einen Mann zum Vater zu haben, der sich in den Kopf gesetzt hat, dieses Tier zur Strecke zu bringen.«

Maiewski schluckte. »Ich schwöre dir, ich kriege ihn«, beteuerte er mit seltsam veränderter Stimme. »Und wenn es das Einzige ist, das ich in meinem Leben noch fertig bringe. Rede erst wieder mit mir, wenn ich den Mann gefasst habe.«

Selbst zu diesem Zeitpunkt noch war Maiewski überzeugt davon gewesen, dass es nicht mehr lange dauern konnte, bis sie den Täter hatten. Diesmal hatte er getötet, das nächste Mal vielleicht nicht mehr. Von Tat zu Tat gab er sich mehr Blößen und die würde der Kommissar eiskalt ausnutzen. Wenn es ihm nicht gelang, den Mann zu fassen, konnte er sich nichts auf der Welt mehr vorstellen, das irgendeinen Sinn hatte.

Olaf Maiewski weinte nicht und er brach nicht zusammen. Er ging an die Arbeit. »Ich bin nicht raus aus dem Fall«, teilte er seinem Chef kurz und bündig mit.

»Doch, genau das bist du.«

»Werden wir sehen. Zenger allein kommt damit nicht klar. Er wird den Mann nie fassen.«

»Und wieso weißt du das so genau?«

»Weil er keine Ahnung hat, wie sich die Opfer fühlen.«

Menzel machte ein ratloses Gesicht. »Im Gegensatz zu dir, oder wie?«

Maiewski nickte düster. »So ungefähr wenigstens.«

Das war gelogen. Gefühle konnte man nicht wissen. Man konnte sie nur fühlen. Und Maiewski konnte nicht mehr fühlen. Er empfand genauso wenig wie der tote Körper seiner Tochter.

13

Lydia Klint suchte Karnap unangemeldet am Montagmorgen auf, als er gerade dabei war, das Haus zu verlassen.

Er lächelte ihr bedauernd zu. »Ich müsste eigentlich längst weg sein.«

»Meine Schuld«, sagte sie enttäuscht. »Ich hätte anrufen sollen.«

Karnap brachte es nicht fertig, sie wieder wegzuschicken. Er wünschte, er hätte für sie Zeit gehabt. »Ich mache Ihnen einen Vorschlag«, hielt er Lydia auf, die wieder umkehren wollte. »Ich könnte Sie ins Haus lassen. Dann hätten Sie Zeit, sich in aller Ruhe mit Ihren Bildern zu beschäftigen. Und wenn Sie gehen, ziehen Sie einfach die Tür hinter sich zu.«

»Einverstanden.« Sie lächelte zurück.

Karnap fand, dass sie verletzlich wirkte. Zerbrechlich. Möglicherweise machte das ihren Reiz aus.

In der Redaktion hatte er über eine Stellenbesetzung zu entscheiden, für die Inken Löhr sich stark gemacht hatte. Der Bewerber war einer ihrer Ehemaligen und sie musste ihm eingeimpft haben, nach Kräften Karnaps Mythos als Egon Erwin Kisch der Neunziger zu beschwören, damit sich seine Chancen verbesserten. Er gab an, aus der Regenbogenpresse in den seriösen Journalismus wechseln zu wollen.

»Sie wollen interessante Berichterstattung statt dreister Lügenmärchen«, fasste Karnap zusammen. »Und das für weniger Geld?«

»Auf das Geld kommt es mir nicht an.« Der Mann war clever und kein Anfänger.

»Natürlich nicht.« Karnap lächelte herausfordernd. »Stellen Sie sich vor, Sie könnten tatsächlich hier anfangen. Was würden Sie verändern?«

Die Augen des Yellow-Press-Manns leuchteten auf.

»Vielleicht würde ich etwas härter am Stoff arbeiten«, antwortete er tatendurstig.

»Zum Beispiel?«

»Nehmen wir die mysteriöse Geschichte mit dem eingemauerten Killer.«

»Ist es denn schon erwiesen, dass es sich bei diesem Toten um diesen Mörder handelt?«

»Ich bin der Ansicht, man sollte das Eisen schmieden, solange es heiß ist.«

»Das bedeutet?«

»Vielleicht kriegen sie schon morgen heraus, dass er nicht der berühmte Rasputin ist. Dann ist die schöne Story zum Teufel.«

Karnap lehnte den Bewerber ab. Als er Frau Löhr kurz vor der Mittagspause traf, sah sie finster geradeaus und ignorierte ihn völlig. Wieder einmal bekam Karnap ein schlechtes Gewissen. Möglich, dass seine Entscheidung ungerecht gewesen war. Anstatt einem Reporter, der sich journalistisch vom Saulus zum Paulus wandeln wollte, den Weg zu ebnen, hatte er sich an dessen gestyltem Äußeren gestört, an seinem glatten Gesicht, dem Millimeterhaarschnitt, den manikürten Nägeln und den Ohrringen. Karnaps Vorurteile hatten schließlich den Ausschlag für die Entcheidung gegeben. Er hatte keinen Grund, stolz auf sich zu sein.

Obwohl er früh wieder zu Hause war, traf er Lydia Klint nicht mehr an. Dafür fand er über ein Dutzend Bilder, die sie nebeneinander im Wohnzimmer an die Wand gelehnt hatte. Allmählich bekam selbst Karnap einen Blick für den Stil des Malers. Ob es sich um Ölgemälde oder um Kohlezeichnungen handelte, die beklemmende, böse Stimmung dominierte jedes der Werke. Zum Schrei weit aufgerissene Münder, schreckensstarre und tote Augen, dunkle, mit der Finsternis verschmelzende Gestalten, Friedhofskreuze und offene Gräber.

Draußen braute sich ein Gewitter zusammen. Der Abend würde nicht so sommerlich und mild werden wie die vorangegangenen. Karnap hielt es für unzumutbar, den Anblick der Zeichnungen so lange zu ertragen, bis Lydia ihn das nächste Mal aufsuchte. Es würde ihm nichts anderes übrig bleiben, als sie in den Keller zurückzuschaffen.

Als er nach dem ersten Bild griff, klopfte jemand von außen an die Terrassentür.

Marie Konradt lächelte ihm zu und bedeutete ihm, sie hereinzulassen. »Ich wollte uns nur von unserem Kurzurlaub zurückmelden«, sagte sie, während sie hereinschlüpfte. »Es war traumhaft. Falls du mal ein paar Tage verreisen willst, kann ich dir Prag nur ans Herz legen.«

»Ich werd's mir merken«, versprach er.

»Also hast du doch dein Faible für Klint entdeckt.« Sie hatte die Bilder bemerkt und trat näher, um sie in Augenschein zu nehmen.

»Eigentlich nicht«, widersprach Karnap. »Lydia, seine Tochter, bereitet eine Ausstellung vor. Sie war heute hier.«

»Lydia?«, staunte Marie. Schwer zu sagen, ob sie erfreut war oder entgeistert. »Ich hätte nicht gedacht, dass sie zurückkehrt.«

»Kennst du sie näher?«

»Nun, sie war nicht gerade sehr aufgeschlossen. Wir liefen uns hin und wieder über den Weg.« Ihre Stimme klang bitter. »Kurz bevor er starb, hat sie mit ihrem Vater gebrochen.«

Karnap wunderte sich. »Aber sie wohnte doch nicht mehr hier?«

»Das nicht. Er hat sie schmerzlich vermisst. Und sie wusste genau, dass er eine endgültige Trennung von ihr kaum verkraften würde.«

»Sie hatten sicher ein sehr schwieriges Verhältnis zueinander.«

»Kurz vor seinem Tod – es war das letzte Mal, dass ich ihn traf – hat er mir einen Brief gezeigt. Mit knappen Worten teilte sie ihm darin mit, dass sie an seiner Zuwendung nicht interessiert sei, nur an der Elianes. Damals habe ich gar nicht begriffen, wie tief ihn das getroffen hatte.«

»Das dürfte ihn doch kaum überrascht haben?«

Marie widmete sich wieder den Bildern.

Karnap beharrte nicht auf einer Antwort. »Kann ich dir etwas zu trinken anbieten?«

Sie riss sich los. »Danke, sehr nett von dir. Später einmal gern. Aber für heute Abend sind Reinolf und ich schon verabredet.« Sie überreichte Karnap ein würfelförmiges Paket, das in Geschenkpapier eingeschlagen war. »Ich war mir nicht sicher, aber Reinolf bestand darauf, dass das ein ideales Mitbringsel für dich sei.«

»Für mich? Aber wieso denn …?«, startete er mit den üblichen Verlegenheitsfloskeln.

»In Prag gibt es Hunderte von Antiquariaten«, schwärmte Marie. »Ich könnte da jahrelang bummeln gehen.«

Das Geschenkpapier raschelte zu Boden. Karnap hielt eine altertümliche zweibändige Ausgabe der Werke Edgar Allan Poes in der Hand.

»In diesem Haus«, erklärte sie, »ist das eine Art Ausstellungsführer. Alles, was auf den Bildern ist, findest du da drin wieder.«

Bevor sie das Haus verließ, drehte sie sich noch einmal um. »Ich kenne Lydia Klint nur sehr flüchtig«, sagte sie. »Sie ist kein einfacher Mensch. Aber dazu hat sie ein Recht.« Sie lächelte entschuldigend. »Ich meine damit, dass ich sie nicht um ihre Kindheit beneide.«

Das Gewitter blieb aus. Für etwa eine Stunde, bevor sie unterging, ließ sich die Sonne noch blicken. Und mit ihr kamen die Mücken.

Karnap hatte eigentlich nicht vor, sich mit den Büchern, die Marie als ›Ausstellungsführer‹ bezeichnet hatte, die Zeit zu vertreiben. Lesen gehörte nicht zu den von ihm bevorzugten Freizeitbeschäftigungen. Der Umgang mit Worten war sein Beruf, also verspürte er wenig Lust, sie nach Feierabend romanweise zu konsumieren.

Er gehörte zu denen, die in Wartezimmern die Illustrierten von hinten aufblätterten, mal, um einen flüchtigen Blick auf die Bilder zu werfen, mal, um sich nur frische Luft zu verschaffen. So saß er auf der Terrasse und nahm die Bücher in die Hand, roch an ihrem Papier und blätterte ziellos die Seiten durch. Erst nach einer Weile erinnerte er sich, dass auch Maiewski ihm geraten hatte, eine dieser Erzählungen zu lesen.

Du bist der Mann! handelte von der Aufdeckung und Bestrafung eines heimtückischen Mordes. Der Erzähler der Geschichte spürte den Mörder auf und schickte ihm den Leichnam des Ermordeten in einer Weinkiste zu. Mithilfe eines in den Hals gerammten Fischknochens hatte er den leblosen Körper wie einen Bogen gespannt, so dass sein unheimliches Geschenk funktionierte wie ein Scherzartikel. Sobald die Kiste geöffnet wurde, musste der Tote sich ruckartig aufrichten. Das makabre Schauspiel riss dem Übeltäter, der sich bisher in Sicherheit gewähnt hatte, nicht nur vor Augen der Anwesenden die Maske vom Gesicht. Es erschreckte ihn außerdem zu Tode. Genau diesen Augenblick hatte Ronald Klint mit seiner grau-schwarzen Zeichnung festgehalten.

Im Übrigen, erklärte der Ankläger in der Geschichte abschließend, *überließ ich alles dem bösen Gewissen des Mörders.*

Eine schaurige Methode, um Verbrechen aufzuklären, fand Karnap. Und sie war viel zu aufwendig und zudem sehr schlecht realisierbar. Dazu kam, dass die Sprache, in der die Geschichte verfasst war, für seinen Geschmack ausufernd und hoffnungslos veraltet war. Genauso die Namen der handelnden Personen – *Pfennigfeder, Schüttelschwert* und *Biedermann*. Sie wirkten unpassend wie die Schauspieler einer Volksbühne in einem Horrorfilm.

Die Beziehung der Geschichte zu Klints Kohlezeichnungen war wie die zwischen zwei Musikstücken, die in der gleichen Tonart und im gleichen Tempo abgefasst waren. Was hatte Klint bewogen, ausgerechnet diese Szene in seinem Treppenhaus zu verewigen? Wen klagte er an? War etwa er selbst der Tote in der Kiste?

Wahrscheinlicher erschien Karnap, dass Klint der Angeklagte war. Schließlich war der Maler genau auf diese Art zu Tode gekommen. Er war vor Schreck gestorben. Bedeutete das demnach, dass sein Tod der Preis war, den er für ein Verbrechen gezahlt hatte? Aber wer war dann sein Opfer …?

Ein leichter Windstoß verschlug die Seiten des Buches, das Karnap vor sich auf dem Tisch abgelegt hatte. Unwillkürlich machte er sich daran, die Stelle noch einmal zu suchen, unterbrach sich dann aber, schließlich hatte er die Geschichte ja zu Ende gelesen. Als er den Band zuklappen wollte, blieb sein flüchtiger Blick an einem Namen hängen: *Morella*. Blitzschnell sauste seine Hand zu der Stelle und hielt die herbeifliegenden nachfolgenden Seiten auf.

Natürlich war nicht die Rede von Lydia Klint. Es ging um eine außergewöhnlich schöne und intelligente Frau, die sich an ihren Geliebten klammerte. Aber die Gegenliebe blieb er ihr schuldig. Je mehr sie sich ihm näherte, desto mehr zog er sich von ihr zurück. Daran schien sie zugrunde zu gehen. Sie starb bei der Geburt ihrer Tochter, aber sie hinterließ dem Mann eine düstere Prophezeiung: *Nie sind die Tage gewesen, an denen du mich lieben konntest – doch die du im Leben verabscheutest, wirst du im Tod anbeten.*

Was den Witwer anging, so verdrängte bald die Erleichterung darüber, dass die Frau ihm nicht mehr zusetzen konnte, seine Trauer. Zunächst schenkte er seiner kleinen Tochter die Zuwendung, die er ihrer Mutter verwehrt hatte. Die zunehmende Ähnlichkeit des Mädchens mit ihrer Mutter bewirkte allerdings, dass er sich mit der Zeit ebenfalls von ihr distanzierte. Als schließlich auch sie starb, wollte er sie neben ihrer Mutter in der Gruft bestatten. Doch er fand sie leer. Jetzt endlich begriff er, dass Morella nie eine Tochter geboren hatte: Sie selbst war in einem neuen Körper zur Welt gekommen! *Wie sie es vorher gesagt hatte, blieb ihr Kind, das sie sterbend geboren hatte und das erst atmete, als die Mutter zu atmen aufgehört …*

Karnap ließ das Buch sinken, lehnte sich zurück und starrte in den Nachthimmel. Er dachte an eine Stelle in Klints Aufzeichnungen. Jetzt dämmerte ihm, worauf der Maler angespielt hatte: *Sie wollte nicht sterben, deshalb wollte sie ein Kind.* Das erklärte auch den Zusatz auf dem Grabstein. *In absentia* – in Abwesenheit. Für Klint hatte das Grab nur Miriams sterbliche Hülle enthalten, die mit seiner Geliebten kaum mehr zu tun hatte als ein alter, abgelegter Anorak.

Karnap fröstelte. Hatte dieser Maler tatsächlich daran geglaubt, dass seine tote Frau und Lydia, ihre Tochter, ein und dieselbe Person waren?

14

Es wurde ihm allmählich klar, was Marie damit gemeint hatte, dass sie auf Lydias Kindheit nicht neidisch sei.

Karnap verließ die Terrasse und machte sich auf die Suche nach etwas Alkoholischem. Das Bier war seit Maieweskis Besuch neulich ausgegangen. Aber vielleicht war irgendwo im Schrank noch Weißwein. Karnap ließ Neonlicht in der Küche aufflimmern. Auf dem bleichen Holzboden schlich es sich bis ins Wohnzimmer und überzog die Zeichnungen Klints, die an der Wand lehnten, mit einem fahlen Schimmer.

Karnap ließ seinen Blick über die Bilder gleiten. Er fühlte sich unzufrieden. Als sei er ein Schuljunge, der interessante Steine eines Puzzles gefunden und keine Chance hatte, sie jemals zusammenzusetzen, weil er nicht herausbekommen konnte, zu welchem Bild sie gehörten.

Missgelaunt sammelte er die Zeichnungen im Wohnzimmer auf, um sie in den Keller hinunterzutragen. Doch dann überlegte er es sich anders. Er stapelte sie in der Ecke zwischen Schrank und Couchtisch und breitete eine Tischdecke darüber.

Wenn er nichts zu trinken im Haus hatte, würde er sich eben außerhalb noch etwas gönnen. Unterwegs fiel ihm auf, dass es gerade erst zehn Uhr war. Das war ein Effekt der Kleinstadt, an den er sich wohl noch gewöhnen musste: Es wurde zwar nicht früher dunkel als in der Stadt, trotzdem war es aber eher Nacht. Während dort um diese Zeit der Andrang auf die begehrten Tische in den Restaurants erst begann, traf man hier kaum noch jemanden auf der Straße. Alle Hunde waren ausgeführt, die Autos standen in den Garagen und die Häuser lagen dunkel da.

Karnap war nicht wählerisch. Er nahm die Kneipe, die seinem Haus am nächsten lag. Eine bürgerliche Schänke, direkt am Kirchplatz. Innen gab es ausschließlich Tabakqualm zu atmen und schummeriges Licht, das gelbliche Tischfunzeln verbreiteten.

Nur einer der Tische war besetzt. Van Gemmern, der alte Pfarrer, hockte unbeweglich wie eine Skulptur hinter seinem Bier.

Karnap trat näher. »Dass man Sie um diese Zeit noch hier trifft …«

Van Gemmern löste sich aus seiner Erstarrung und grinste listig. »Das liegt daran, dass ich keine Pflichten mehr zu erfüllen habe.« Er wies auf den Platz ihm gegenüber. »Wieso trinken Sie nicht einen mit mir?«

Karnap setzte sich zu ihm an den Tisch. Der Blick seines Gegenübers schweifte für eine ganze Weile ab, was Karnap das Gefühl gab, der ehemalige Pfarrer hätte sein Gesicht offenbar längst vergessen. Aber er schien sich über einen späten Gast zu freuen, mit dem er ein paar Worte plaudern konnte. Karnap bestellte ein Bier.

Van Gemmern beugte sich vor. »Nun, junger Freund?«, fragte er. »Wie haben Sie sich eingelebt in Ihrem neuen Zuhause?«

Er erinnerte sich also doch an ihn.

»Kannten Sie eigentlich auch Ronald Klints Frau? Oder seine Tochter?«, erkundigte sich der Journalist.

Der alte Mann runzelte die Stirn. »Wieso beschäftigen Sie sich nur so eingehend mit dem, was vor Ihnen in Ihrem Haus geschehen ist?«

»Sie erwähnten neulich, dass Gott Klints Seele verworfen habe.«

»Verworfen …« Van Gemmern wiegte seinen kantigen Kopf hin und her. »Ja, das könnte man vielleicht sagen.«

»Sie haben es gesagt.«

Karnaps Bier kam und der Alte hielt ihm seins zum Anstoßen hin. »Da muss ich Ihnen wohl glauben, was?«, grinste er.

»Was meinten Sie damit?«

Van Gemmern schmunzelte. Karnap hatte den Verdacht, dass er gerne den Senilen spielte, wenn es ihm in den Kram passte.

»Weiß man schon Näheres über den Toten, den man bei Ihnen im Gartenhaus gefunden hat?«, fragte der Pastor statt einer Antwort.

Karnap schüttelte den Kopf.

»Wenn sich nur nicht herausstellt, dass er das Opfer eines Verbrechens wurde.«

»Soweit ich gehört habe, ist das eher unwahrscheinlich.« Karnaps Neugier war geweckt. »Gibt es einen Grund für Sie, das zu befürchten?«

Der Alte starrte gedankenverloren vor sich hin. Karnap wartete eine ganze Weile auf eine Antwort, bis ihm klar wurde, dass der Pfarrer ihn und seine Frage offenbar vergessen hatte. Karnap rückte seinen Stuhl nach hinten, um aufzustehen.

»Als er damals, kurz vor seinem Tod, zu mir kam«, bemerkte van Gemmern, als Karnap sich gerade erheben wollte, »da habe ich tatsächlich etwas Schlimmes befürchtet.«

Der Journalist wunderte sich. »Sie haben ihn kurz vorher noch gesehen?«

»Es muss wenige Wochen gewesen sein, bevor er starb. Oder auch wenige Tage. Ich erinnere mich nicht mehr genau …«

»Bitte, falls es nicht zu indiskret ist, würde es mich interessieren, was er von Ihnen wollte.«

»Herr Pfarrer, hat er gesagt, wenn ein Mensch schwere

Schuld auf sich geladen hat, von der außer ihm aber niemand weiß, welchen Grund gäbe es für ihn, diese Schuld zu gestehen? Vor allem, wenn man bedenkt, dass er sich damit sein Leben ruinieren würde? Ich habe ihm gesagt, dass das irdische Leben, gemessen an dem ewigen, das auf dem Spiel steht, ein kleiner Preis ist. Und nur die Buße setzt den Menschen in die Lage, die Ewigkeit ohne diese Last zu bestehen.«

»Verstehe.«

»Machen Sie sich den Unterschied klar, habe ich ihm geraten, zwischen der Ewigkeit und der Endlosigkeit. Letztere nämlich ist die Hölle.«

»War er gekommen, damit Sie ihm die Beichte abnahmen?«

Van Gemmern schüttelte den Kopf. »Ich habe mir damals Sorgen um ihn gemacht. Natürlich forderte ich ihn zur Beichte auf, was er aber ablehnte. Er wollte nichts davon wissen.«

Karnap musste an seine Schulzeit denken und an den Beichtunterricht, der nicht im Klassenraum, sondern in der Sakristei der benachbarten Kirche stattgefunden hatte. Von dort kommend hatte er eines Tages auf dem Nachhauseweg den Rest eines Puzzles gefunden und ihn daraufhin monatelang wie einen Schatz aufbewahrt.

Das war mehr als eine Ewigkeit her. Wenn Karnap heute Puzzlesteine auf der Straße fand, die nicht zusammenpassten, bildete er sich nicht ein, dass sie irgendeinen Wert besaßen, und deshalb bewahrte er sie auch nicht auf. Inzwischen aber hatte er eine Ahnung, auf welchem Spielbrett er sein Glück mit den Steinen versuchen konnte. Das Brett gehörte Maiewski.

Der Kommissar saß seit Jahren über seinem Spiel und raufte sich die Haare darüber, weil es unvollständig bleiben würde. Seine gesamte Laufbahn hatte er als Einsatz geboten, das Puzzle beenden zu können. Aber er würde verlieren. Und das konnte daran liegen, dass Karnap im Besitz der Steine war, die Maiewski fehlten.

Karnap hatte keine genaue Vorstellung davon, wie das fertige Puzzle aussehen würde. Aber er war überzeugt davon, dass es genauso war wie die düster grauen Skizzen in seinem Haus. Das Bild würde endlich offenbaren, welches Geheimnis der Maler in sein Grab mitgenommen hatte, in dessen Haus man die Abdrücke des berüchtigten Rasputin gefunden hatte. Wer dieser Mann gewesen war, der in seinen Aufzeichnung mit heimlicher Genugtuung von der Ermordung seiner Angestellten berichtet hatte. Ein Mann, der unter seiner Schuld so sehr gelitten hatte, dass er sich auf seinen Zeichnungen des Mordes angeklagt, aber bis zum Schluss nie den Mut gefunden hatte, die Taten zu gestehen.

Möglicherweise würde Karnap dem Kommissar dazu verhelfen können, sein Spiel doch noch erfolgreich zu beenden.

15

Irgendwann in der Nacht kam das Gewitter dann doch zum Zug. Wie eine Streitmacht, die in aller Heimlichkeit den Feind eingekesselt hat, fiel es über den ahnungslos schlummernden Frühsommer her. Heftige Sturmböen schleuderten fette Regentropfen mit lautem Klatschen gegen die Fensterscheiben.

Karnap wachte vom Hin- und Herschlagen einer Tür auf. Unruhig wälzte er sich eine Weile im Bett, unfähig wieder einzuschlafen. Als er eine Ewigkeit später endlich eindöste, tobte der Sturm immer noch.

Am Morgen darauf lag das Frühlingswetter besiegt am Boden. Der Himmel war grau und verhangen und das Licht so spärlich, dass man in der Redaktion des *Nordelbischen Kuriers* die Neonröhren einschalten musste.

Inken Löhr schmollte immer noch. Als Karnap ihr höflich Einzelheiten darüber entlocken wollte, wie sie das letzte Wochenende verbracht hatte, antwortete sie einsilbig.

Er entschloss sich, die Sache direkt anzugehen. »Auch wenn meine Entscheidung Ihnen nicht passt«, sagte er, »so bedeutet das nicht, dass ich sie leichtfertig gefällt habe.« Er wollte versöhnlich klingen, aber wieder einmal kam es etwas barsch heraus und zurechtweisend.

Die Löhr ließ ihn wortlos stehen, dann stoppte sie und holte Luft. »Wissen Sie, was ich denke?«, platzte sie heraus. »Sie haben Schwierigkeiten damit, Frauen als gleichwertige Kolleginnen zu akzeptieren!«

»Frauen?« Er lachte in ihr vor Empörung rotes Gesicht. Was sie loswerden wollte, musste sich seit einer ganzen Weile angestaut haben. »Aber das ist doch lächerlich! Wie kommen Sie nur darauf? Außerdem hat sich ein Mann bei mir vorgestellt.«

»Haha, sehr komisch! Ich war es, die sich für ihn stark gemacht hat, und das hat Sie gestört! Wieder einmal können Sie es nicht ertragen, dass eine Idee gut ist, wenn Sie nicht von Ihnen kommt.«

»Wovon reden Sie überhaupt?«

»Zuerst haben Sie meinen Artikel über den toten Mörder heruntergebügelt. Als Trostpflaster haben Sie mir die Mordsache an der Schülerin angeboten.«

»Stimmt«, bestätigte Karnap. »Und haben Sie schon etwas Druckenswertes?«

Inken Löhr nickte. »Bei der Kripo gibt es einen Beamten, der nicht daran glaubt, dass der Killer tot ist. Im Gegenteil: Der Stempler soll diese Meggie umgebracht haben.«

Karnap war drauf und dran gewesen, Frau Löhr freie Hand zu lassen, um sie für seine Barschheit zu entschädigen. Aber jetzt stellte er sich vor, welche ungute Mischung ihr Ehrgeiz und Maiewskis Dickschädel ergaben. »Schon sind Sie wieder bei Ihren berüchtigten Mutmaßungen. Was wissen wir denn wirklich?«

»Wir *können* nichts wissen. Wieso recherchieren wir nicht im Umfeld des Mädchens?«

»Das ist schon geschehen. Aus Polizeikreisen weiß ich, dass man sich für einen Sportlehrer an einer hiesigen

Schule interessiert. Aber es ist viel zu früh, mit der Presse dazwischenzugehen!«

»Zu früh?«, staunte Inken ungläubig.

Karnap platzte jetzt der Kragen. »Wie kann etwas überhaupt zu früh sein, wollen Sie sagen? In unserem Job gibt es nur einen Fehler, und zwar zu spät zu kommen, was? Deshalb, sage ich Ihnen, hätte dieser Mann, für den Sie sich stark gemacht haben, auch nicht zu uns gepasst: Weil er notfalls bereit ist zu vergessen, ob es Mord ist oder nicht. Was zählen schon Tatsachen? Hauptsache, er kommt nicht zu spät!«

»Das glauben Sie doch selbst nicht.«

Sie hatte Recht. Wozu musste er für eine harmlose Meinungsverschiedenheit gleich so schweres Geschütz auffahren?

»Wissen Sie«, sagte er leise, »ich glaube, Fingerspitzengefühl ist in unserem Job manchmal wichtiger als die viel gerühmte Spürnase für die richtige Story.«

Inken Löhr antwortete nicht. Ihr Gesichtsausdruck sagte deutlich, dass sie seine Ansicht nicht teilte. In ihrer Ausbildung hatte man ihr eingetrichtert, unerschrocken und hartnäckig zu sein, niemals lockerzulassen. Sensibilität oder Vorsicht waren nicht gefragt. Schließlich, so hatte einer von Karnaps früheren Vorbildern einmal gesagt, konnte ein Rettungsschwimmer mit der Fähigkeit zu ertrinken wohl auch kaum Punkte machen.

»Ich möchte Sie nicht ausbremsen, glauben Sie mir bitte.« Diesmal gelang Karnap ein freundlicher Ton. »Wenn Sie das Gefühl haben, dass diese Sache eine Geschichte ist, überzeugen Sie mich davon. Aber halten Sie sich mit Mutmaßungen zurück!«

Gegen Abend wies die Wolkendecke immer größere Risse auf. Die einzelnen Teile trieben auseinander wie fette weiße Kontinente und machten widerwillig und langsam einem sonnigen Himmel Platz.

Karnap verschaffte sich einen Überblick über die Schäden, die das nächtliche Unwetter angerichtet hatte. Einige zu weit ausladende Zweige der Thujasträucher waren geknickt. Die Tür zum Gartenhaus stand offen. Ihr Schlagen hatte Karnap letzte Nacht am Schlafen gehindert. Als er näher trat, bemerkte er einen Lichtstreifen, der sich innen auf der Wand abzeichnete. Er trat ein. Der Schein drang aus dem größeren der beiden Räume, den die Polizei nicht versiegelt hatte, genauer gesagt aus einem Loch im Boden, das bisher eine Falltür verdeckt hatte. Da unten lag Klints so genanntes Atelier.

In gebückter Haltung zwängte sich der Journalist die enge, steile Steintreppe hinunter. Unten angekommen, konnte er sich wieder aufrichten und trat durch eine offene Tür in eine stickige Kammer, die nur halb so groß war wie einer der oberen Räume.

Der Raum hätte ein normaler Fahrradkeller sein können, wären nicht die Wandmalereien gewesen. Sie stellten eine ägyptische Grabszene dar. Anubis, der schakalköpfige Gott, der einem Priester einen Verstorbenen zuführte, damit der ihn für die Einbalsamierung vorbereitete. Aber es gab einen entscheidenden Unterschied zu den bekannten antiken Grabmalereien. Die Figuren waren nicht zweidimensional flach, sondern schienen aus der Wand herauszutreten und blickten dem Betrachter direkt ins Gesicht. Außerdem waren sie sehr groß. Und sehr lebendig. Ein bedrohlicher Anblick.

In der Mitte der Kammer stand Lydia Klint. Wie bei ihrer ersten Begegnung kehrte sie ihm den Rücken zu. Karnap fand, dass ihre zierliche, jungenhafte Figur und ihr langes, dunkles Haar gut in diese Umgebung passten.

»Seit einer Ewigkeit war ich nicht mehr hier«, sagte sie, ohne sich zu ihm umzudrehen.

»Ein seltsamer Ort«, sagte Karnap. Seine Stimme hallte nicht nach. »Wozu diese Götterbilder?«

»Hier hat er oft gearbeitet«, antwortete sie. »Tageslicht, hat er mir einmal erklärt, macht das Malen vielleicht einfacher. Aber auch banaler.«

»Er scheint eher eine Grabkammer zu sein als ein Ort, an dem man malt.«

»Das hat Mutter auch immer gesagt.«

»Sie haben Ihre Mutter gekannt?«, fragte Karnap verwundert.

»Nicht Miriam. Sie war für mich immer nur ein Grabstein. Meine Mutter war Eliane.« Lydia zuckte mit den Schultern. »Streng genommen ist sie nur meine Tante. Aber für mich war sie wie eine Mutter.«

»Wo lebt sie jetzt?«

»Das hat sie mir nicht gesagt.«

»Sie ist einfach so gegangen?«

Lydias Körper spannte sich an. »Eines Tages hat sie ihre Sachen gepackt. Ich kann es ihr nicht verdenken.«

Wieder zögerte Karnap, weiter nachzufragen. Abe nr Lydia schien etwas loswerden zu wollen. Vielleicht eignete er sich als Zuhörer besser als ein Mensch, der ihr nahe stand, wie ein Fremder, der einen Koffer stellvertretend für jemand anderen annimmt und sich nicht für seinen Inhalt interessiert.

»Er hat geglaubt, er könnte seine Sucht vor mir verheimlichen.«

»Seine Sucht?«

»Mein Vater war krank. Zwanghaft besessen. Er hatte feste Rituale, ohne die er nicht sein konnte. Können Sie sich vorstellen, dass jemand eine Alarmanlage installiert, die aus seinem zukünftigen Grab nach drüben ins Haus führt, nur um sich sicher zu fühlen?«

»Hatte er Angst davor, lebendig begraben zu werden?«

»Das hat er sich eingeredet.« Plötzlich wandte sie sich Karnap zu. Aber sie sah ihn nicht an. »In Wirklichkeit hatte er nur Angst davor zu sterben. Oder zu leben, wie Sie wollen.«

Karnap versuchte die bösen Blicke abzuschütteln, die ihn von der Wand anstarrten. Er fühlte sich unbehaglich.

Sie schien seine Gedanken zu erraten. »Lassen Sie uns gehen«, schlug sie vor. »Die Luft wird hier unten schnell knapp.«

Im Haus machte Lydia sich daran, die Bilder ihres Vaters zu verpacken, während er in der Küche Kaffee brühte.

»Was hatte Ihr Vater mit diesem Mann zu tun, den man Rasputin nannte?«, fragte Karnap unvermittelt.

Sie hielt für einen Moment in ihrer Bewegung inne, dann zuckte sie mit den Schultern. »Die Presse hat sich in den Kopf gesetzt, dass der Tote hinter der Wand dieser Killer ist. Und die Polizei wollte wissen, ob mein Vater zufällig diesen Mörder gekannt haben kann.«

»Was glauben Sie?«

»Papa hat nicht viele Leute gekannt und schon gar nicht zufällig. In dem verdammten Gartenhaus drüben hat er unzählige Nächte zugebracht. Er hat die Wände bemalt und wie ein Besessener an seinem Tagebuch geschrieben.«

»Haben Sie es jemals gelesen?«

Ihr Gesicht verdüsterte sich. »Kein Geld der Welt könnte mich dazu bringen, auch nur einen Satz daraus zu lesen.« Sie schluckte. »Hin und wieder habe ich mich nachts hinübergeschlichen. Dann hörte ich seine bizarren Selbstgespräche. Wie zwei selbstständige Stimmen, die miteinander zu streiten schienen. Oft hätte ich schwören können, dass er da unten nicht allein war.«

»Sie meinen also«, führte er ihren Gedanken zu Ende, »es könnte sein, dass –«

Sie fiel ihm barsch ins Wort. »Um das beurteilen zu können, müsste ich mehr über meinen Vater wissen. Ich kannte ihn gerade gut genug, um zu glauben, dass er irgendetwas vor mir verbarg.« Etwas zu heftig stellte sie ihre dampfende Tasse ab und strich sich das Haar zurück. Sie ist eine sehr attraktive Frau, ging es Karnap durch den Kopf.

»Wieso haben Sie dieses Haus gekauft?«, fragte sie ihn. »Irgendetwas muss Sie doch angezogen haben.« Sie atmete ein, als wollte sie ihn auf einen bestimmten Geruch aufmerksam machen. »Wenn ich mir vorstelle, hier zu leben …« Sie verzog das Gesicht. »Für einen Außenstehenden muss das wie eine Strafe sein.«

Damit hatte sie wohl Recht. Es war eine Strafe. Karnap lebte hier, um zu büßen.

In dieser Nacht fand Karnap Schlaf, aber am nächsten Morgen fühlte er sich nicht erholt. Der besessene Maler, der Alpträume skizzierte, die er nicht geträumt hatte, war ihm in seinen Träumen auf den Fersen gewesen. Später hatte eine riesenhafte Heuschrecke auf ihn gedeutet mit einem ihrer langen, dünnen Beine. Aber in Wirklichkeit – das heißt, in der abstrusen, unlogischen Wirklichkeit des Traumes – waren diese Insektenbeine nichts anderes als Totenarme gewesen, die auf ihn gezeigt und ihn an der Flucht gehindert hatten.

Übernächtigt hockte Karnap am Frühstückstisch und überflog die lokale Presse, um sich einen Überblick über die Berichterstattung der Konkurrenz zu verschaffen. Sein Blick blieb schließlich an einer Schlagzeile des *Superblitz* hängen, jenes Blattes, dessen Ruf ihn dazu bewogen hatte, Frau Löhrs Exfreund eine Stelle in seinem Team zu verweigern: NEUE SPUR FÜHRT ZUR KÄTHE-KOLLWITZ-SCHULE: GEHT RASPUTIN WIEDER UM?

16

Maiewski war im Begriff, das Büro zu verlassen, als das Telefon klingelte.

»Was gibt's?«, erkundigte er sich barsch.

»Ich bin's«, sagte Heike Holling. »Ich wollte Ihnen nur sagen, dass Sie die Jagd abblasen können.«

»Welche Jagd?«

»So wie es aussieht, haben wir den Mann, der Meggie Schleußer ermordet hat.«

»Wo sind Sie jetzt?«

»In Thorwalds Wohnung. Wir haben uns hier etwas genauer umgesehen und sind fündig geworden.«

»Warten Sie auf mich«, bat der Kommissar. »Und vor allen Dingen: Warten Sie mit weiteren Interviews!«

»Wie kommen Sie darauf, dass ich überhaupt eins gegeben habe?«

Thorwalds Etagenwohnung lag nur einen Häuserblock von der Käthe-Kollwitz-Schule entfernt. Für einen Sportlehrer sah er nicht sehr sportlich aus. Kraftlos, mit hängenden Schultern hockte er auf einem der drei Stühle in seinem langweilig eingerichteten Wohnzimmer, nach vorne gebeugt, was sowohl seinen Bauchansatz wie die Halbglatze betonte.

»Ich habe es nicht gewollt«, stieß er mit monotoner Stimme hervor, als er Maiewski bemerkte.

»Den entscheidenden Tipp haben wir von seiner Ehemaligen bekommen«, erklärte Heike Holling. »Alles fing mit seiner heimlichen Vorliebe an, Schülerinnen zu fotografieren.«

Sie drückte dem Kommissar ein Album mit einem rotkarierten Kunststoffeinband in die Hand. Es enthielt Schwarzweiß-Porträts von Schülerinnen, sorgfältig untereinander geklebt und teilweise mit Namen versehen. Außerdem Polaroids, auf denen man Mädchen in einer Umkleidekabine sah. Andere zeigten sie unter der Dusche.

»Unten im Keller«, erklärte Heike Holling, »haben wir über zwanzig Videokassetten gefunden. Die alle durchzusehen würde Tage dauern.«

»Na, bravo!«

»Wir hatten Glück. Schon auf der zweiten fanden wir Aufnahmen von Meggie Schleußer.«

»Ich habe sie nicht angerührt«, beteuerte Thorwald trotzig. »Nur angeschaut.«

»Die anderen vielleicht«, gab Frau Holling zu. »Aber bei Meggie gab es eine Panne, stimmt's?«

»Nein, nein, ich ...« Der Mann schüttelte ruckartig den Kopf. »Das war nicht so, wie Sie ... – Na, gut. Ich habe sie angerührt. Ich – konnte nicht anders. Es war ein Fehler, ein großer Fehler. Und dann – wollte sie alles ihren Eltern erzählen. Ich hab alles versucht, aber sie wollte nicht hören ...«

»Seine letzte Stelle hat er aufgegeben«, erläuterte die Kommissarin, »weil man ihm beinahe auf die Schliche gekommen wäre.«

»Hat er das gesagt?«, fragte Maiewski nach.

»Seine Exfrau. Sie hat zufällig von dem Mord an Meggie in der Zeitung gelesen.«

»Ihre letzte Stelle?«, wandte sich der Kommissar an den Lehrer. »Wo war das?«

»Ein winziges Kaff in der Nähe von Olpe. Das liegt im Bergischen Land. Der Name sagt Ihnen nichts.«

»Und seit wann sind Sie in diesem Kaff hier?«

»Seit fast anderthalb Jahren.«

Zwei unifomierte Beamte betraten den Raum und machten Heike Holling ein Zeichen.

»Also gut«, schloss sie die Befragung. »Alles Weitere können wir im Präsidium klären.«

Thorwald ließ sich widerstandslos abführen. An der Tür drehte er sich noch einmal um. »Alles, was mit der kleinen Meggie passiert ist, habe ich nicht gewollt«, beteuerte er noch einmal. Er presste die Lippen aufeinander. »Ich bin kein Mörder.«

Maiewski begleitete die Kommissarin nach draußen.

»Sie dürfen mir gratulieren«, freute sie sich. Sie durchsuchte ihre Handtasche nach Zigaretten. »Wieso kamen Sie eigentlich darauf, dass ich mit der Presse gesprochen habe?«

Die unheilvolle Skepsis in Maiewskis Gesicht passte nicht im Geringsten zu ihrer Siegerlaune. »Weil das, was sich eben hier abspielte, heute Morgen schon in der Zeitung stand.«

»Na schön, dann hatten die es wohl ein bisschen eilig.«

»Nicht ein bisschen. Viel zu eilig.«

»Und wieso das?«

»Es stimmt nicht.«

»Was stimmt nicht?«

»Dieser Sportlehrer. Er kann nicht Rasputin sein.«

»Aber er ist Meggie Schleußers Mörder.«

»Das bezweifele ich. Er ist viel zu jung, außerdem wohnt er noch keine zwei Jahre hier. Er ist nie und nimmer der Mann, den wir suchen.«

Heike Holling, am äußersten Ende ihrer Geduld angelangt, atmete tief durch, um sich nicht zu vergessen. »Der Mann, den *Sie* suchen, wollen Sie sagen. Bitte, Kollege Maiewski, wachen Sie endlich auf! Sie suchen einen Menschen, der nicht realer ist als König Artus und der Heilige Gral!« Sie steckte sich eine Zigarette in den Mund und ließ ihr Feuerzeug klicken. Es versagte seinen Dienst. »Scheiße!«

Maiewski gab ihr Feuer.

Die Kommissarin rauchte hektisch. »Ich kenne Ihre Marotten und ich weiß, woher sie stammen. Na schön. Deshalb habe ich mich ehrlich zurückgehalten. Und ich fand, wir waren ein recht gutes Team. Aber dass Sie jetzt, wo der Fall geklärt ist, den Kopf schütteln und weiter auf Ihre fanatischen Spinnereien verweisen, das ist mir zu viel!«

»Sie meinen«, half ihr Maiewski, »dass nicht dieser Lehrer eine Therapie braucht, sondern ich, stimmt's?«

»Maiewski, dieser Mann hat gestanden! Sie haben selbst gehört, wie er gesagt hat: ›Ich habe die Kleine angerührt.‹«

»Ja, das hat er gesagt. Das muss nicht heißen, dass er sie getötet hat.«

»Natürlich nicht! Ebenso kann es bedeuten, dass er ihr die Hand geschüttelt hat!«

»Ich meine nur –«

»Wir wissen beide, dass das so gut wie ein Geständnis ist. Aber das beeindruckt Sie nicht im Mindesten. Sie stellen sich hin und sagen: Da muss er sich aber irren!«

»Ich meine nur, wir sollten alles noch einmal genau überprüfen. Vielleicht haben Sie Recht.«

Die Kommissarin lachte spöttisch. »Vielleicht!«

»Wir sollten den Mann nicht zu früh ans Kreuz nageln. Gehen wir alles noch einmal durch: Tatzeit, Tatort, Zeugen –«

»Ich bin keine Anfängerin, falls Sie das noch nicht bemerkt haben sollten. Ich nehme keine Verhaftung vor, bevor nicht alles hieb- und stichfest ist. Eine von ihren Freundinnen hat ausgesagt, dass Thorwald sich an Meggie herangemacht hat. Dass er sie mehrmals nach dem Unterricht vor der Schule abgepasst hat. Von den Eltern weiß ich, dass er dem Kind erzählt hat, dass er sie für außerordentlich begabt halte, und ihr angeboten hat, sie in Privatstunden zu fördern. Ihrem Therapeuten ist zudem aufgefallen, dass sie im Hinblick auf das Bezugsfeld Schule ungewöhnlich wortkarg war. Was die wahrscheinliche Tatzeit angeht, so gehen wir davon aus, dass –«

»Genug!« Maiewski hob kapitulierend die Hände. »Es reicht. Sie haben Recht, Frau Kollegin. Außerdem haben Sie hervorragende Arbeit geleistet. Ich habe mich zu entschuldigen.« Er grinste versöhnlich und schuldbewusst zugleich. »Ich bin ein Idiot, der allen Ernstes an den Weihnachtsmann glaubt.« Das Grinsen verschwand. »Nun ja, sagen wir lieber: den Teufel in Person, was?«

»Schon vergessen.« Heike Holling lächelte. Dann setzte sie ihre Sonnenbrille auf und zog den Autoschlüssel aus der Tasche. »Ich bin nicht nachtragend.« Sie berührte seinen Arm. »Dieser Mann hat Ihre Tochter zwar nicht getötet, aber er ist vom gleichen Schlag. Und wir haben ihn geschnappt.«

»Ja«, sagte Maiewski.

17

Samstag, 24.3.1990

Ich habe ihr schon oft gesagt, sie soll etwas dagegen unternehmen, aber sie will nichts davon hören. Ich kann mit meiner Schwester nicht leben. Eine Bemerkung von mir und sie redet tagelang kein Wort mehr. Schließt sich in ihrem Zimmer ein oder liegt auf der Couch im Wohnzimmer und starrt an die Decke. Und wenn wir uns, wie gestern Abend, endlich versöhnen, sagt sie mir: »Alles, was ich wollte, ist, dir Miriam ein bisschen zu ersetzen.«
Damit macht sie alles nur noch schlimmer! Wie kommt sie nur auf diese ungeheuerliche Idee, sie könne Miriam er-

setzen? Ich habe ihr unzählige Male gesagt, dass sie das nicht kann, und ihr von unserer, Miriams und meiner, Zeit erzählt. Dass wir beide eine ganz besondere Beziehung zueinander hatten. Ein außergewöhnliches Glück, für das man dankbar sein muss, wenn es einem im Leben einmal widerfährt. Und dann habe ich Eliane noch gesagt, dass sie die Sache nicht besser macht, wenn sie sich bei meiner Tochter einschmeichelt und sie dazu bringt, zu mir auf Distanz zu gehen.

Damals, als sie einzog, rettete sie mich aus einer scheinbar ausweglosen Situation. Sie mag mir das nicht glauben, aber bis heute weiß ich das sehr wohl zu schätzen. Nach Gwendolyns Tod stand ich völlig allein da. Lydia nahm mir ihren Tod übel, sie gab mir die Schuld. Alle meine Bemühungen, zu ihr vorzudringen, wehrte sie ab.

Eliane brauchte nicht lange, um ihr Herz zu erobern. Nicht nur das, sie bewirkte geradezu Wunder, was meine kleine Tochter betraf. Lydia begann wieder zu lachen, sie schlief nachts durch und fasste neues Vertrauen zum Leben.

Sie nannte meine Schwester Mama. Natürlich wollte ich nicht, dass sie das Andenken an ihre wahre Mutter vergisst, aber ich war froh darüber, dass Lydia wieder aufblühte. Als sie ins zweite Schuljahr kam, weigerte sie sich, Miriams Grab zu besuchen.

»Meine Mama ist hier«, beharrte sie.

»Deine Mama ist hier, aber du kannst sie nicht sehen.«

»Ich kann sie sehen.«

»Lydia mag dich sehr«, sagte ich zu Eliane. »Aber du solltest dich nicht in meine Familie drängen.«

»Sie braucht eine Mutter«, erklärte sie. »Eine lebende Mutter.«

»Aber du bist nicht ihre lebende Mutter«, wies ich sie zurecht.

Schon lange denke ich, es ist besser, wenn sie geht.

Neuerdings trägt sie sogar Miriams Kleidung! Es ist empörend und billig, auf welche Art und Weise sie versucht, in die Rolle meiner toten Geliebten zu schlüpfen. Aber als ich sie zur Rede stellte, stritt sie alles ab. Sie hatte sich längst umgezogen und schnappte ein wie eine Hausangestellte, die ich ungerechterweise des Diebstahls bezichtigte. Es heißt, dass sich Männer in der Regel Partnerinnen auswählen, die sie in Temperament und Wesensart an ihre Mutter erinnern. Faszinierte mich Miriam also deshalb, weil sie genau wie Mutter der stille Vorwurf in Person war? Nein, denn es ist Eliane, die die fatale Wesensart noch perfekter beherrscht. Und sie habe ich mir nicht ausgesucht …

Eliane verstand es immer schon, mir ein schlechtes Gewissen zu machen. Sie greift einen an, indem sie leidet. Erst bietet sie großzügig und selbstlos ihre Hilfe an, dann bestraft sie mich mit ihrem allgegenwärtigen Vorwurf dafür, dass ich es an der gebührenden Dankbarkeit fehlen lasse. Ich will nicht, dass Eliane mir meine Tochter nimmt, also soll sie gehen. Aber so sehr ich sie vor den Kopf stoße, sie denkt nicht daran, die Koffer zu packen. Ihre Antwort auf meine ständigen Sticheleien ist zu bleiben. Sie schließt sich in ihrem Zimmer ein. Es ist mein Zimmer, das ich ihr zur Verfügung gestellt habe, aber das ist ihr egal. In ihrer Gier hat sie es längst zu dem ihren gemacht. Dort bleibt sie so lange, bis ich sie anflehe, wieder mit mir zu sprechen.

»Alles, was ich wollte«, erklärt sie mir dann mit tränenerstickter Stimme, »ist, dir Miriam wenigstens ein bisschen zu ersetzen.«

Ich glaube, sie weiß genau, was sie sagt. Sie tut es, um mich zu demütigen.

Samstag, 3.8.1991

Konradt ist ein Glücksfall als Nachbar, sofern man Nachbarn überhaupt als Glücksfälle bezeichnen will. Auch wenn ich die meisten seiner Ansichten nicht teile, scheint er doch eine Menge von Menschen zu verstehen. Er betrachtet sie ohne jede Emotion und damit ohne Vorurteile. Ich glaube, dass ich mir von ihm Rat holen kann, auch wenn er mich wie eine Fliege in einem Glas betrachtet.

Eine sachliche, neutrale Ebene erleichtert vieles. Wenn ich mit ihm über mein Problem spreche, stelle ich mir vor, Konradt sei Automechaniker und ich habe eine Frage, den Vergaser meines Wagens oder die Kupplung betreffend.
»Geschwisterbeziehungen«, meinte er neulich, »sind sehr kompliziert. Sie sind wie eine teuflisch konstruierte Zeitbombe, von der man nicht weiß, welcher Mechanismus die Detonation auslöst.«
»Eliane redet nicht mit mir. Sie schließt sich ein oder schleicht durch das Haus wie ein böser Geist. Ich denke, es wäre besser, wenn wir uns trennen, aber davon hält sie nichts.«
»Vielleicht sollte ich einmal mit ihr reden«, bot er an.
Konradt ist im Übrigen der Meinung, dass mein Problem eine Taphophobie sei, eine unerträgliche Angst davor, begraben zu werden, noch bevor man wirklich tot ist. Im letzten Jahrhundert sei diese Phobie sehr verbreitet gewesen. Selbst geniale Menschen wie Hans Christian Andersen habe sie seinerzeit fast um den Verstand gebracht. Konradt hat mir dieses Leiden praktisch aufgeschwatzt und behauptet, ich sei ein geradezu typischer Fall. Er hat ein Faible für typische Fälle.
Aber diese schöngeistige Form der Angst, von der mein Nachbar redet, hat nichts mit dem Eigentlichen zu tun, was auch ihn das Fürchten lehren müsste. Es gibt keinen Weg, dieses Eigentliche zu beschreiben. Nackte Angst vernichtet die Sprache. Wenn du den Mund auftun willst oder etwas in Worte fassen, dann ist das, als wolltest du mit aller verzweifelten Kraft unter Wasser Atem holen.
Soll ich Konradt erklären, dass der Tod eine atemraubende, schwere Decke ist, die dich eines Tages überrumpelt und zwingt, jede Sekunde deines Endes mitzuerleben, ohne dass du dich durch Schreien bemerkbar machen kannst? Er ist noch vieles mehr als das und bleibt niemandem erspart.
»Sie sollten sich darüber klar werden, was Sie eigentlich fürchten«, rät mir Konradt. Aber die Angst, habe ich widersprochen, ist nicht darauf angewiesen, sich auf etwas

zu richten. Sie braucht eine verschlossene Tür, hinter der sie lauern kann. Der Mensch weiß nicht, was hinter der Tür ist. Deshalb lässt es ihn nicht los, dass etwas dahinter sein könnte, dessen Schrecken alles Vorstellbare übersteigt. Die Vorstellung davon bringt ihn um den Verstand.
Darin ist Konradt wie alle ›vernünftigen Menschen‹: Mit seiner Fixierung auf das Sichtbare kann er nicht verstehen, worum es geht. Seine gelehrten Vorträge sind nichts weiter als das berühmte Singen im dunklen Keller. Er bringt sich in Sicherheit vor der eigenen Vorstellungskraft.
Aber Gnade ihm Gott vor der letzten Tür.

Donnerstag, 19.8.1993

Eliane und ich, wir kennen einander gut. Und deshalb wird es zwischen uns niemals Frieden geben.
»Du bist meine Schwester«, habe ich ihr gesagt. »Geschwister können einander nichts vormachen. Du bist angeblich meinetwegen gekommen. Aber du wolltest nicht mein Bestes. Du wolltest deinen Anteil vom Leben, und zwar auf meine Kosten. Ich werde nicht untätig zusehen, wie du dir meine Tochter einverleibst.«
»Du hast Recht«, antwortete sie kalt. »Wir können uns nicht belügen. Deine Absichten sind zu durchsichtig! Schlage ihr ins Gesicht, verletze sie, wo du kannst, dann wird sie von selbst gehen. Das glaubst du vielleicht! Aber bilde dir nicht ein, dass ich mein Ein und Alles so leicht preisgebe.«
Ihr ›Ein und Alles‹, so nennt sie Lydia. Für Lydia mag es gut sein, wenn Eliane bleibt. Trotzdem darf sie mich nicht bestehlen und sich ständig einmischen.
»So geht es nicht weiter«, habe ich ihr heute Morgen wieder einmal gesagt, nachdem Lydia zur Schule gegangen war. »Niemandem nützt es, wenn wir uns gegenseitig zerfleischen. Wir brauchen jemanden, der zwischen uns vermittelt.«

»Du vielleicht. Ich brauche niemanden.«
»Unser Nachbar ist anerkannter Therapeut. Wir sollten uns an ihn wenden.«

Montag, 4.9.1999

Eigentlich hat mein Leben keine Zukunft mehr. Es gibt keine Pläne zu schmieden. Alles, was mir wertvoll war, habe ich verloren, nachdem sie gegangen ist. Für mich gibt es keinen Grund, auch nur eine Minute länger hier zu verweilen, aber ich weiß auch keinen Ort, an den ich gehen könnte.
Eliane glaubt, endlich den Sieg über mich davongetragen zu haben. Sie hat mir Lydia genommen und sie dazu gebracht, sich davonzumachen wie ein Dieb in der Nacht.
Von heute an bin ich dazu verdammt, ohne Sinn und Ziel mit dieser Frau unter einem Dach zu leben, deren zähe und hartnäckige Missgunst alles zum Verwelken bringt, was sich bewegt. Worum wir gekämpft haben, hat sie zerstört. Argwöhnisch umkreisen wir uns und beäugen uns in dieser Arena, die keine Zuschauer hat. Niemanden interessiert es mehr, wer am Ende triumphiert. Sie sagt, wir sollten darüber reden, wenigstens ein Mal, aber ich habe nicht den leisesten Schimmer, was es zwischen uns zu reden geben s–

Ronald Klints Aufzeichnungen endeten mitten im Satz. Die Kladde war bis zur letzten Zeile voll geschrieben.

18

Der Psychologe war so etwas wie ein Strohhalm, an dem er sich festhalten konnte.

Menzel, sein Chef, hatte ihm nahe gelegt, den Ermittlungserfolg von gestern zu feiern, indem er ein paar Tage Urlaub nahm. Aber Maiewski hielt das für keine gute

Idee. Wenn der Fall Schleußer erst einmal in der Presse breit getreten wurde, würde keiner mehr darauf bestehen, letzte Zweifel auszuräumen.

Wenn es überhaupt einen Verbündeten für seine, Maiewskis, Version dieses Mordfalles geben konnte, dann war es der Mann, der diesen Rasputin in- und auswendig kannte. Dr. Reinolf Konradt würde sich nicht mit den Theorien abspeisen lassen, denen zufolge der Serienmörder ein bloßes Konstrukt ratloser Ermittler war.

Frau Konradt öffnete ihm die Tür. Maiewski fand, dass sie eine außergewöhnliche Person war, von einer Schönheit, die nicht auf Jugendlichkeit angewiesen war.

»Es geht um eine Klientin Ihres Mannes«, erklärte der Kommissar.

»Ich weiß.« Das Lächeln verschwand von ihrem Gesicht. »Meggie Schleußer. Eine tragische Geschichte.«

Konradt empfing den Kommissar in seiner Bibliothek. Der Raum war von beachtlicher Größe und alle Wände schienen aus Büchern zu bestehen. Ob er hier auch seine Patienten empfängt?, fragte sich Maiewski. Dann fühlen sie sich klein und ungebildet und kommen nicht auf die Idee, auch nur ein Wort aus dem Mund des Doktors anzuzweifeln.

»Nicht dass Sie nicht willkommen wären«, begrüßte ihn Konradt, während er ihm einen Ledersessel zuwies, »aber eigentlich habe ich der Polizei schon alles gesagt, was es zu sagen gibt.«

»Ich möchte Sie bitten«, erläuterte Maiewski, »Meggie Schleußers Tod unter der Voraussetzung zu betrachten, dass Rasputin der Täter sein könnte.«

Konradt lehnte sich zurück. »Vieles spricht doch inzwischen dafür, dass es sich bei diesem Mann um ein Phantom gehandelt hat. Eine Ansammlung verschiedener Merkmale und Handlungsmuster, von denen man gerne hätte, dass sie zu einer Person gehörten. Aber wie ich in der Zeitung las, gibt es inzwischen einen konkreten Verdächtigen.«

Maiewski konnte seine Enttäuschung nicht verbergen.

Wieso hatte der Psychologe die Seiten gewechselt? »Ein Verdächtiger ist aber noch kein überführter Täter.«

Konradt nickte bedächtig. »Also stimmt, was in der Zeitung steht? Es handelt sich dabei um einen Lehrer des Opfers?«

»Nichts stimmt, was in der Zeitung steht«, stritt Maiewski brüsk ab. »Falls dieser Mann der gesuchte Killer ist, müsste er seinen ersten Mord schon im Alter von dreizehn Jahren begangen haben.« Er entfaltete ein Blatt Papier. »Ich habe hier eine Aufstellung der Daten, an denen er zugeschlagen hat. Die Pause beträgt ziemlich genau elf Jahre.«

Konradts Frau betrat den Raum. Konradt warf ihr einen kurzen Blick zu, wie ein Professor, der von seinem Skript aufsieht, wenn ein Student zu spät in die Vorlesung kommt. Sie blieb neben der Tür stehen, als wollte sie nicht stören, und verfolgte von dort aus das Gespräch.

Ihr Mann zuckte bedauernd mit den Schultern. »Die Polizei behindert sich möglicherweise selbst, wenn sie auf der Theorie vom Serientäter beharrt.« Er dämpfte seine Stimme. »Ich kann mir natürlich vorstellen, wie schwer es fällt umzudenken, wenn man selbst zu den Betroffenen zählt.«

Reinolf Konradt war es offenbar nicht schwer gefallen, dachte Maiewski und ärgerte sich über die eigene Unfähigkeit, den Fall professionell zu betrachten. Dieser Mann, sagte er sich, ist ein Experte, weiter nichts. Er hat objektiv zu sein und bemüht sich gleichzeitig um Anteilnahme. Daran ist nichts Falsches. Maiewski schüttelte den Kopf.

»Was ist denn, wenn dieser Kerl sich ins Fäustchen lacht, weil alle Welt denkt, er sei der Tote, den man hinter dieser Wand gefunden hat? Dass man ihn für tot hält, muss wie eine Einladung an ihn sein, ungehindert weiter zu morden.«

»Also gut«, antwortete Konradt. »Dann müssten wir uns fragen, wie diese lange Pause zu erklären ist. Eine psychologische Behandlung, die letztlich scheiterte.

Möglich ist auch, dass der Stempelmörder aufgrund eines bestimmten Schlüsselreizes in Aktion tritt, der dann aus irgendeinem Grund eines Tages ausgeblieben ist. Ein Geräusch, ein Geruch – alles ist denkbar.« Er lächelte breit. »Eine schwere Krankheit, ein Gefängnisaufenthalt. Auch möglich, dass unser Mann eine feste Bindung eingegangen ist und seine Obsession in den Griff gekriegt hat, zumindest zeitweise. Die nächstliegende Erklärung aber ist und bleibt: Wir haben es mit mehreren Tätern zu tun, deren Taten sich in gewisser Hinsicht ähneln.«

»Und was ist mit den Malen am Hals des Opfers? Sind die etwa auch zu normal, als dass man dafür eine Erklärung brauchte?«

»Lange genug habe ich mich in die Arbeit der Polizei eingemischt«, sagte Konradt versöhnlich. »Sie haben mich nun einmal um meine Einschätzung gebeten. Vielleicht stellt sich eines Tages heraus, dass ich mich geirrt habe und Sie Recht hatten. Aber bis dahin hoffe ich aufrichtig, Herr Kommissar, dass wir von einem Phantom sprechen.« Er lächelte gnädig. »Sie wissen, Herr Kommissar, dass ich nie gezögert habe, wenn es darum ging, mit Ihnen zusammenzuarbeiten. Und Sie wissen auch, dass ich früher einer derjenigen war, der die Theorie vom einen Täter am vehementesten vertrat. Aber nicht zuletzt, *weil* inzwischen so viel Zeit vergangen ist, rate ich Ihnen heute: Versuchen Sie, die Morde einzeln aufzuklären. Suchen Sie nach mehreren Tätern. Sonst werden Sie nicht einen fassen.«

»Verstehe.« Maiewski fühlte sich trotzdem angegriffen. »Sie lösen das Problem, indem Sie den einen Mörder ins Reich der Fabel verweisen.«

Nicht erst der schnelle Blick, den Konradt in Richtung Decke warf, machte dem Kommissar klar, dass er die Geduld des Therapeuten mit seiner unbelehrbaren Hartnäckigkeit strapazierte. »Sie sollten sich vor Augen halten, dass einem solchen Menschen selbst höchstwahrscheinlich nur schlaglichtartig bewusst wird, was mit ihm los ist. Deshalb ist die solide, biedere Fassade keineswegs Schauspielerei. Sie ist Bestandteil seiner Persönlichkeit. Es gibt so eine Art Alarmsignal, das in ihm aufleuchtet. Ein! Aus! Ein! Aus! Ein rotes Blinklicht. Irgendwann muss er darauf reagieren. Aber er muss es nicht, indem er sein Problem angeht. Das wäre viel zu gefährlich, vielleicht ist es ja genau das, wovor ihn das Licht warnt. Also schließt er die Augen. Nicht vollständig, dann wäre er blind. Nur in der An-Phase des Blinklichts. Und in der Aus-Phase schaut er wieder hin. Er trainiert das, bis es ihm in Fleisch und Blut übergegangen ist. Und dann hat er es geschafft. So sehr er auch schaut, da ist kein Blinklicht. Die Welt ist völlig in Ordnung.«

Konradts Ton war freundlicher geworden. Er schien es zu bedauern, dass er für Maiewski eine Enttäuschung war. An der Tür hielt er den Kommissar zurück, wie um ihm wenigstens ein kleines Trostpflaster zu überreichen. »Lassen Sie mich Ihnen noch eins sagen: Wenn Sie einen Täter wie Rasputin suchen, kommen Sie mit den üblichen Ermittlungsmethoden nicht zum Ziel. So ein Mann ist nämlich in der Regel überdurchschnittlich intelligent. Sie können ihn nicht einfach so schnappen. Im Gegenteil: Er sucht sich jemanden aus, der ihn entlarven könnte. Dieser Person liefert er Beweisstücke und Anhaltspunkte, die ihn zum Täter führen können. Damit bekämpft der Mörder seine Schuldgefühle. Er hat mich in der Hand, denkt er von seinem Erwählten, und könnte mich ans Messer liefern, wenn er wollte. Aber er hat es nicht getan, also ist es seine Schuld, dass ich weiter diese schrecklichen Dinge tue.«

»Wieso erzählen Sie mir das«, fragte Maiewski sauer, »wenn Sie glauben, dass der Mann nur in meiner Fantasie existiert?«

Als der Kommissar im Wagen saß, bemerkte er im Seitenspiegel, dass der Therapeut ihm nachwinkte. Maiewski war wütend auf Konradt, weil der ihn als unbelehrbaren Fanatiker vorgeführt hatte. Gleichzeitig war ihm klar, dass er sich in die Sache verrannt hatte. Er war wütend auf sich selbst.

Das Autotelefon meldete sich. Maiewski nahm ab.

Es war Menzel. »Wenn du einen Grund suchst, um an deiner Besessenheit zu arbeiten, dann lies den *Superblitz* von heute.«

19

»Herr Karnap?«

»Am Apparat.«

»Hier ist Heike Holling, Mordkommission.«

»Was kann ich für Sie tun?«

»Es geht um den Fund in Ihrem Gartenhaus.«

»Haben Sie Neuigkeiten?«

»Vorher müssen Sie mir versprechen, dass Sie von blutrünstigen Sensationsmeldungen absehen. Zum Beispiel: ›Neueste Erkenntnisse im Fall Rasputin: Der Killer war eine Frau!‹ So in der Art.«

»Wieso eine Frau?«

»Die sterblichen Überreste auf Ihrem Grundstück stammen eindeutig von einer weiblichen Leiche. Das hat unser Labor zweifelsfrei festgestellt. Leider werden wir wahrscheinlich nie herausfinden, wer die Tote war. Ich wollte Ihnen das mitteilen, bevor Sie es von Ihrer redseligen Konkurrenz erfahren.«

»Vielen Dank«, sagte Karnap. »Bitte halten Sie mich weiter auf dem Laufenden.«

Als Karnap nachmittags nach Hause fuhr, kam ihm kurz vor der Haustür ein Wagen entgegen, an dessen Steuer er Maiewski zu erkennen glaubte.

Konradt, dem offenbar der Besuch des Kommissars gegolten hatte, stand am Straßenrand und kam herüber, als Karnap ausstieg. Mit dem Kopf wies er in die Richtung, in die das Auto verschwunden war. »Die Kripo. Wieder einmal hofft sie, dass ich ihr bei einer Ermittlung behilflich sein kann.«

»Im Mordfall Schleußer?«, riet Karnap.

Konradt schüttelte bedauernd den Kopf. »Ich fürchte, für den Kommissar war das eine herbe Enttäuschung.«

»Kanntest du die Tote?«

»Sie war schließlich meine Patientin.« Der Psychologe machte ein geheimnisvolles Gesicht. »Du weißt, dass ich dir nichts sagen darf, auch wenn es dich interessiert. Der Kommissar hat sich in die Idee verrannt, dass ein Serienmörder aus ferner Vergangenheit die Kleine ermordet hat.«

Karnap wunderte sich. »Meggie war deine Patientin? Du sagtest doch neulich, dass dich ausschließlich die Schattenseiten der menschlichen Persönlichkeit interessieren. Die Perversionen.«

»Nicht ausschließlich.« Konradt wiegte bedauernd den Kopf. »Wer hat schon das Glück, seine Leidenschaft zu seinem Alltagsgeschäft machen zu können? Um mir mein Hobby zu gönnen, brauche ich normale Sprechstunden für normale Patienten. Auch wenn die Polizei es lieber hätte, wenn ich mit finsteren und blutigen Details aufwarten könnte.«

»Wie beispielsweise solche im Fall meines Vorbewohners, Ronald Klint?«

Konradts Augen blitzten erfreut. »Das war wirklich eine spannende Sache«, sagte er. »Wenn auch nicht finster und blutig.«

»Wäre es nicht denkbar«, nutzte Karnap die Gelegenheit, »dass Klint dieser Rasputin war?«

Der Psychologe deutete mit dem Finger auf ihn. »Du hast dich also doch in die interessante Lektüre vertieft.« Er öffnete eine Schatulle, die er aus seiner geräumigen Hosentasche gefischt hatte, und entnahm ihr einen Zigarillo, der Karnap an die Würstchen erinnerte, die Konradt bei seinem Besuch vor einiger Zeit hin- und hergewendet hatte. »Ronald Klint war ein einzigartiger Fall. Sehr aufschlussreich. Aber er passt nicht in die Serienmörder-Fantasien des Kommissars.«

»Aber was ist mit den Kritzeleien an der Wand? Die hat man eindeutig als Zeichen Rasputins identifiziert.«

Konradt stemmte die Hand in die Hüfte und hielt seinen Zigarillo wie ein Stück Kreide, mit dem er auf eine imaginäre Tafel deutete. »Glaub mir, auf Ronald Klint hat alles, was mit Tod und Verderben zu tun hatte, eine unwiderstehliche Faszination ausgeübt.«

»Du meinst, er hat die Wand bemalt?«

»Wer sonst?«

»Aber das könnte bedeuten, dass er der Mörder dieser toten Frau im Gartenhaus ist.«

»Dieser Frau?« Der Psychologe machte ein verwundertes Gesicht. »Hat man das inzwischen geklärt?«

»Die Kripo hat mich heute Morgen angerufen«, bestätigte Karnap. »Du bist überrascht?«

»Nicht besonders.« Konradt nickte bedächtig. »Das hatte ich mir schon gedacht.«

»Wieso?«

Reinolf lächelte in einem Anflug von Bescheidenheit. »Es ist eigentlich nur ein vages Gefühl gewesen. Schließlich kannte ich Klint ganz gut. Zuerst dachte ich, er sei nicht über den Verlust Miriams hinweggekommen. Heute bin ich davon überzeugt, für ihn begann die Beziehung zu ihr erst, als sie tot war. Letztlich stellte alles Lebende für den Mann eine Bedrohung dar. Er hasste Eliane, seine Schwester, und Lydia. Sie lebten und deshalb waren sie für ihn eine Gefahr. Lebende verändern sich. Vielleicht verlassen sie dich eines Tages, wollen nichts mehr von dir wissen. Die Trauer um eine Tote war für Klint die sicherste Art, Liebe zu empfinden.« Konradt hüllte sich in Qualm. »Seine Tochter wird die Zeche bezahlen müssen. Sie bildet sich ein, ihren Vater zu hassen, dabei liebt sie ihn nach wie vor abgöttisch. Jeden Mann, den sie im Leben kennen lernt, wird sie an Klint messen.« Konradt betrachtete seinen erloschenen Stummel und gab sich erneut Feuer. »Alles in allem«, sagte er paffend, »kommt es nur auf die Umstände an, die ein Leben prägen. Wenn man die vergegenwärtigt, ist alles eine ganz normale Sache.«

Karnap machte ein skeptisches Gesicht. »Normal …?«

»Alles hat zwei Seiten. Die Angst kann zur Sucht werden. Herzklopfen, Atemnot, kalter Schweiß – der Geruch des Todes. Während meiner Tätigkeit für die Polizei hatte ich mit einem Triebtäter zu tun, der Frauen misshandelte und davon besessen war, seine Opfer zu fotografieren. So wahr ihn die Angst vor sich selbst zerstörte, so sehr erregte sie ihn, weshalb der Mann der Versuchung nicht widerstehen konnte, sich die Bilder wieder und wieder anzusehen, bis ihre prickelnde Wirkung verbraucht war und er etwas Neues brauchte. Nach außen hin wirkte er völlig normal, hatte einen gut dotierten Job und eine erfüllte Partnerschaft. Der Mann wirkte normal und deshalb *war* er es.« Er grinste. »Wie wär's mit einem kleinen Drink bei mir von Nachbar zu Nachbar?«

»Nein, danke«, winkte Karnap ab. »Heute nicht.«

20

Am nächsten Tag erfuhr Karnap in der Redaktion, dass auch das Lokalradio über den Verdacht gegen Thorwald, den Sportlehrer an der Käthe-Kollwitz-Schule, berichtet hatte.

»Wir sollten uns auch mit der Sache beschäftigen«, drängte Schilling, der dienstälteste Redakteur des *Kuriers*.

»Wir bringen nicht mehr als eine kurze Meldung«, entschied Karnap. »Die blutrünstigen Spekulationen überlassen wir anderen.«

»Aber wenn etwas dran ist, stehen wir dumm da.«

»Wir bringen Nachrichten, keine Vorverurteilungen. Selbst wenn man unsere Zeitung nur dazu braucht, um Fische darin einzuwickeln, dann sollten die Fische nicht schlecht werden von dem, was drinsteht.«

Tagsüber konnte er den Kommissar nicht erreichen. Aber abends gegen halb neun stand Maiewski vor Karnaps Tür.

»Ich muss dringend mit Ihnen reden«, freute sich der Journalist über die Gelegenheit.

Maiewski hob abwehrend die Hand. »Nicht nötig! Da steht alles drin.« Er drückte Karnap die neueste Ausgabe des *Superblitzes* in die Hand. »Wissen Sie, es scheint ganz so, als ob man uns nicht mehr braucht. Heutzutage ermittelt man nicht mehr und man braucht auch keine Beweise. Man braucht nur einen Schuldigen und der wird dann gleich exekutiert.«

Der Kommissar machte grußlos kehrt, blieb aber noch einmal stehen und wandte sich um.

Er schäumte. »Wir hatten eine Nachrichtensperre, um das zu vermeiden, und daran haben sich alle gehalten! Nur Sie, Karnap, wussten davon! Ich Idiot musste Ihnen davon erzählen.« Damit stieg er in seinen Wagen, ohne sich umzudrehen.

Karnap warf einen Blick auf die Titelseite: SELBSTMORD! SPORTLEHRER ERHÄNGT SICH: SCHULDEINGESTÄNDNIS?

Er kehrte ins Haus zurück und gab der Tür einen Fußtritt, dass sie zufiel. Die Zeitung schleuderte er Richtung Küchentisch. Sie entfaltete sich, landete auf der Tischplatte, segelte dann aber noch weiter und beendete den Flug auf dem Boden neben dem Papierkorb. Karnap entkorkte eine Flasche Wein und leerte hastig ein Glas. Nicht nur ich wusste davon, dachte er. Nach unserer kleinen Auseinandersetzung neulich auch Kollegin Löhr. Und damit wohl auch der aalglatte Schreiberling, der sich bei uns vorgestellt hat und für den Wahrheit eine Frage seiner schlechten Fantasie ist. Ich hätte meinen Mund halten sollen …

Wenig später klingelte es erneut an der Tür.

»Hallo!« Lydia Klint lächelte ihn an. Sie trug einen ihrer langen, wallenden Röcke mit den indischen Mustern. Außerdem hielt sie eine Flasche Rotwein in der einen und eine Tüte mit Gemüse in der anderen Hand. »Ich hatte die spontane Idee, Sie zum Abendessen zu überfallen.« Vorsichtshalber machte sie ein enttäuschtes Gesicht. »Jetzt sagen Sie schon, dass Sie verabredet sind!«

»Aber nein, das nicht. Wirklich nicht!« Karnap konnte

sich keinen Tag vorstellen, an dem ihm ein Abend zu zweit ungelegener gekommen wäre.

Trotzdem würde er diese Einladung nicht ausschlagen.

Lydia kochte nicht besonders gut. Sie gab sich allerdings viel Mühe und nannte das zerkochte Gemüse chinesisches Frühlingsgericht. Karnap ertappte sich dabei, wie er ihr Parfum mit dem Kirstens verglich.

»Sie sind nicht sehr gesprächig«, beschwerte sich Lydia.

»Kurz bevor Sie kamen, hatte ich Besuch von der Polizei«, erklärte er. »Der hat mir ein wenig die Laune verdorben.«

»Haben Sie etwas ausgefressen?«

»Der Kommissar ist der Ansicht, dass die Pressefreiheit ein schützenswertes Gut ist. Aber manchmal gibt es Leute, die man vor ihr beschützen muss.«

»Was meint er damit?«

»Was immer er damit meint, ich fürchte, er hat Recht.« Er lächelte sie an. »Erzählen Sie mir von Ihrem Vater.«

»Meinem Vater?« Lydia klang gleich reservierter. »Ich glaube, ich habe genug von ihm erzählt.«

»Sie haben mich gefragt, was mich zu diesem Haus hingezogen hat. Etwa ein Jahr, bevor ich es kaufte, starb ein Freund von mir. Er wurde im letzten Moment vor dem Ertrinken im Meer gerettet, aber die Ärzte sagen, dass die Angst vor dem sicheren Tod ihn umgebracht hat. Es ist doch ein seltsamer Zufall, dass Ihr Vater diese Art von Schrecken gekannt hat. Sonst hätte er nicht solche Bilder gemalt.«

Lydia erwiderte nichts. Sie begann, die Reste auf ihrem Teller mit der Gabel zu sortieren, Bohnen zu Bohnen, Sojasprossen zu Sojasprossen, Paprika zu Paprika. Dann legte sie die Gabel zur Seite und drehte sich eine Zigarette. »Meine ganze Kindheit über habe ich kaum etwas über ihn gewusst«, sagte sie. »Er war wie ein fremder Mensch für mich. Wenn ich ihn brauchte, war er nicht da, sondern malte oder trank. Oder er unternahm einen seiner stundenlangen nächtlichen Spaziergänge. Ich war ihm gleichgültig. Das einzige Gefühl, das er mir gegenüber zeigte, war Eifersucht. Ich war so etwas wie sein Besitz und er wollte mich mit niemandem teilen. Wenn mir ein Mensch etwas bedeutete, konnte er das nicht ertragen. Er gab keine Ruhe, bis er denjenigen so sehr unter Druck gesetzt hatte, dass er sich zurückzog.«

»Sie sprechen von Ihrer Tante?«

»Die letzten zwei Jahre habe ich auf Lanzarote verbracht. In einer Kommune. Die meisten Menschen dort haben schlimme Dinge hinter sich. Elternhäuser zum Beispiel, die aus ihnen ein Wrack gemacht haben. Shurato, unser Lehrer, sagte, dass es zweierlei Arten von Menschen gibt: solche, die ihrer Umwelt die Lebensenergie aussaugen, und solche, die sie sich aussaugen lassen. Mein Vater war ein Saugertyp. Eliane eine, die ihre Erfüllung darin fand, sich aussaugen zu lassen. Ich konnte ihr nicht helfen. Deshalb bin ich gegangen.« Sie presste die Lippen aufeinander. »Hätte ich das nicht getan, wäre ich zugrunde gegangen.«

Die Erinnerung daran schien ihr zu schaffen zu machen.

Karnap lächelte ihr aufmunternd zu. »Ich denke, es war nötig und richtig zu gehen«, sagte er.

Lydia Klint verließ den Tisch und trat ans Fenster. Lange und angestrengt sah sie in das Dunkel hinaus, bis Karnap glaubte, sie habe seine Anwesenheit vergessen. Dann schüttelte sie den Kopf. »Als ich von seinem Tod erfuhr«, sagte sie, »war mir klar, dass mich eine Mitschuld an ihm trifft. Ich war für ihn das Einzige gewesen, das er noch hatte.«

»Aber das bedeutet doch nicht, dass …« Karnap versuchte, sich den letzten Gesichtsausdruck des Malers vorzustellen. Wieder einmal sah er Gerling vor sich, auf dem Beifahrersitz seines Wagens.

»Ich habe ihn auf dem Gewissen«, beharrte Lydia. Sie stand am Fenster und sah so verlassen aus, wie sie wahrscheinlich glaubte, dass ihr Vater es gewesen war.

Er trat neben sie. »Glauben Sie mir, Sie sind die Letzte, die Grund hätte, sich Vorwürfe zu machen.«

Sie wandte sich ihm plötzlich zu. »Könnte ich bei Ihnen übernachten? Nur ein oder zwei Tage. Lasse und ich haben uns gestritten. Ich möchte vorerst nicht zu ihm zurück.«

»Vorerst?«

»Vaters Bilder, findet er, sind ein Horrorkabinett. Er bildet sich ein, die beste Art, sie zu vermarkten, ist, Vater nachträglich zu einer Art Monstrum abzustempeln. Eine geschmacklose Idee. Aber er ist nicht davon abzubringen.«

»Vielleicht meint er es nicht böse«, sagte Karnap. »Könnte es nicht sein, dass er Sie damit beeindrucken will?«

Sie lachte spöttisch auf. Ihre Hand berührte seinen Arm und er atmete schneller. Er wollte nicht, dass die Situation außer Kontrolle geriet. Aber er sah keine Möglichkeit, das zu verhindern. Er wusste, dass er sich nach Lydia sehnte.

»Bestimmt störe ich Sie nicht«, versicherte sie. »Ich werde hier unten auf der Couch schlafen.«

Sie schlief nicht auf der Couch. Noch im Wohnzimmer tauschten sie Küsse aus, danach gab es kein Halten mehr. Keine Chance, die Kontrolle über die Situation zu wahren. Karnap spürte Lydias Körper an seinem, vergrub die Hände in ihrem Haar, atmete ihren Duft. Das letzte Mal, dass er mit einer Frau geschlafen hatte, lag so lange zurück, dass er vergessen hatte, wie sehr er es vermisste. Lydia war anders als Kirsten. Ihre Haut war weicher, ihr Haar dagegen kräftiger. Sie gab sich ihm nicht hin, sondern fiel über ihn her und klammerte sich an ihn auf eine fast aggressive Weise. Karnap hörte bald auf, sie mit Kirsten zu vergleichen. Diese Nacht konnte ein neuer Anfang sein.

Karnap schloss die Augen und konzentrierte sich auf seine Lust. Die Außenwelt existierte nicht mehr. Doch dann verschaffte sie sich Gehör. Sie drängelte sich mitten in diesen Augenblick, in dem nur Platz für zwei Menschen war.

Es war ein unangenehmes Geräusch, durchdringend und schnarrend wie von einer Klingel, die nicht richtig funktionierte. Lydia reagierte den Bruchteil einer Sekunde später als er. Sofort erstarrte sie in der Bewegung und lauschte mit aufgerissenen Augen.

Karnap atmete schwer. »Was ist das, zum Teufel?«, stieß er hervor. »Hier oben gibt es doch kein Telefon.«

Die Quelle des Geräuschs musste in unmittelbarer Nähe sein, in Höhe des Kopfkissens, direkt neben dem Bett. Karnap bemerkte, dass Lydia zitterte. Er streckte den Arm aus und tastete die Wand neben dem Bett ab.

»Mach es aus!«, bettelte Lydia, deren starrer Blick an die Wand gerichtet war. »Sofort!«

»Ich weiß nicht einmal, *was* es ist …«

Die Klingel rasselte ungehindert weiter.

»Mach es aus!« Ihre Stimme klang fremd und heiser.

»Moment mal, hier ist etwas.« Er ertastete eine hohle Stelle hinter der Tapete wie von einer Verteilerdose. »Da kommt der Lärm her.«

Er kratzte mit den Fingernägeln, riss einige Fetzen Tapete ab und legte einen Kunststoffdeckel frei. Darunter befand sich der Klingelmechanismus. Karnap packte die bunten Kabel und zog sie mit einem Ruck heraus. Sofort trat Stille ein. »So, das wäre geschafft.«

Lydia war wie paralysiert.

Seine Finger strichen zärtlich über ihre Brüste. »Heh, ist alles in Ordnung mit dir?«

»Er lebt.« Ihr Atem ging viel zu schnell, wie in Panik. »Er weiß alles und lässt mich nicht gehen.«

»Wer denn? Wen meinst du?«

»Er ist nicht tot!«

»Ich verstehe kein Wort.« Aber Karnap ahnte, wovon sie redete. Die blanke Angst, die in ihrem Gesicht stand, ließ ihn frösteln. »Sag doch, was –«

»Das ist diese verdammte Alarmanlage! Er hat sie damals installieren lassen für den Fall, dass er nicht tot sein sollte …«

21

Er hatte die Sache viel zu lange vor sich hergeschoben. Ein Mann hatte sich das Leben genommen und Kommissar Maiewski hielt ihn seitdem für einen skrupellosen Reporter, der für gedruckte Lügen über Leichen ging.

In der Nacht, als die Alarmanlage des toten Klint anschlug, als er, um Lydia ihre panische Angst zu nehmen, mit der Taschenlampe auf den Friedhof ging und ratlos auf Klints Grab leuchtete, war ihm klar geworden, dass er nicht länger zögern durfte, mit dem Kommissar gemeinsam das Puzzle fertig zu stellen.

Es half nichts, dass er draußen im Regen nach dem Rechten gesehen hatte. Lydia brachte weiterhin kaum ein Wort heraus. Die Angst vor ihrem toten Vater war so groß, dass er über das Grab hinaus Macht über sie zu haben schien.

»Es war irgendeine Panne. Ein banaler Kurzschluss vielleicht. Wahrscheinlich hat es nichts zu bedeuten.«

»Wieso ein Kurzschluss?«

»Ich weiß es doch auch nicht! Wie soll jemand eine so lange Zeit im Sarg liegen und dann plötzlich so einen Alarm auslösen können?«, versuchte Karnap sie zu überzeugen.

Aber für Argumente hatte sie nichts übrig. »Dann erkläre mir, was sonst das Geräusch verursacht haben kann.«

»Keine Ahnung, aber ich werde es herauskriegen. Bis jetzt weiß ich ja nicht einmal, wo das Kabel endet.«

Lydia wollte keine Minute länger in ihrem elterlichen Haus verbringen. Doch Karnap hielt es für unverantwortlich, sie in ihrem Zustand wegfahren zu lassen. Es war offensichtlich, dass sie jetzt jemanden brauchte, der für sie da war, und das sollte möglichst nicht dieser Lasse sein. Deshalb brachte er sie in einem Hotel im Ort unter.

Er, Karnap, konnte ihr besser helfen als dieser Galerist. Karnap hatte inzwischen eine Ahnung davon, welches dunkle Geheimnis ihr Vater mit in den Tod genommen haben konnte. Und damit kannte Karnap auch eine Ursache der Angst, die Lydia vor ihrem Vater verspürte. Höchstwahrscheinlich würde es hart für sie sein, mit dieser Ursache konfrontiert zu werden. Aber möglicherweise würde es Klints Macht über sie brechen.

In der Redaktion traf er Inken Löhr nicht an. Ging sie ihm vielleicht aus dem Weg, weil sie ahnte, was sie zu hören bekommen würde? Dafür fand er auf seinem Schreibtisch eine Notiz:

Tut mir Leid, Chef. Aber ich habe eine Spur. Kann noch nicht viel sagen, aber alle Rasputinmorde deuten auf eine Person. Wenn mein Verdacht stimmt, werden Sie sich wundern.
I.L.

PS: Keine Sorge, alles ist bestens recherchiert.

Na schön, dachte Karnap. Er würde sie nicht feuern, da er das Gefühl hatte, die Indiskretion mit dem Lehrer selbst verantworten zu müssen.

Karnap griff nach dem Telefon und tippte die Nummer des Kommissariates ein.

»Da haben Sie Pech«, erklärte ihm ein Beamter auf seine Anfrage. »Hauptkommissar Maiewski kann ich zurzeit nicht erreichen. Worum geht's denn, wenn ich fragen darf?«

»Bitte, richten Sie dem Kommissar aus, dass ich ihm gerne helfen würde, hinter einem Phantom herzujagen. Und dass ich ernst zu nehmende Gründe anführen kann, dass es sich nicht um ein Phantom handelt.«

»Moment, das muss ich mir aufschreiben.«

»Ich habe die Bilder wieder mitgebracht«, sagte Lydia. »Sie sind hinten im Wagen. Ich möchte nicht, dass Lasse sie behält.«

»Willst du nicht hereinkommen?«, bat Karnap.

Sie lächelte bedauernd, während sie sich die Oberarme rieb, als fröstele sie plötzlich. »Besser nicht. Kann ich sie vorerst hier lassen?«

»Natürlich.« Ohne es zu wollen, klang er enttäuscht. »Wann sehen wir uns?«

»Ich fahre jetzt gleich nach Hamburg zurück, um den Rest zu holen.«

»Also dann heute Abend später?«

»Vielleicht. Ich kann nichts versprechen.«

Er half ihr, die Bilder ins Haus zu tragen. »Auch wenn's spät wird«, sagte er. »Ich werde auf dich warten.«

»Besser nicht.«

Karnap wünschte sich nichts anderes, als mit Lydia zusammen zu sein. Er konnte es nicht erwarten, das zu Ende zu bringen, was sie letzte Nacht so abrupt abgebrochen hatten. Seitdem war er sich wieder bewusst, dass es noch etwas anderes gab, als Kirsten nachzutrauern. Und sich nächtelang mit Heiko Gerlings Geist herumzustreiten.

Den Abend verbrachte Karnap damit, Platz für die Zeichnungen zu schaffen. Er suchte die körperliche Anstrengung, um die Zeit zum Verstreichen zu zwingen. Er wollte nicht dasitzen wie ein Teenager oder auf und ab gehen, während er auf Lydia wartete. Er nahm sich den Keller vor. Regale, Möbel, Jalousien – eigentlich war die Arbeitsloseninitiative erst für übermorgen bestellt, aber Karnap fand, dass diese Arbeit im Moment genau das Richtige für ihn war. Stück für Stück schleppte er das Zeug nach draußen, wo es der Entrümpelungsdienst nur noch aufladen musste. Nach etwa einer Stunde war die Sache erledigt.

Maiewski hatte sich nicht mehr gemeldet. Karnap sah auf die Uhr. Zehn vor acht. Immer noch bildete er sich ein, dass Lydia ihn gleich besuchen würde. Sein Blick fiel auf einen Papierschnipsel auf dem Boden des jetzt fast leeren Kellerraumes. Es war der obere Teil eines mit der Maschine getippten und mit Farbe beklecksten Briefes.

Universitätskrankenhaus Eppendorf
Psychiatrie und Nervenklinik-Poliklinik
Dr. C. Kellermann

15.3.19--

Sehr geehrter Herr Klint,
bitte, glauben Sie mir, dass ich Ihre Situation gewi-- verstehen kann. Mir ist selbstverständlich a-- -----sst, dass die entschlossene Weigerung Ihrer Frau, Sie a---h nur zu sehen, vor dem Hintergrund ihrer tiefen Depressi--- -----sehen ist. D----- --uss ich ihn respektieren, d---------ie Einweisung in unsere Klinik auf den ausdrücklichen ei-------- Wunsch Ihrer Frau geschah. Ich möchte Ihnen drin-------- nahe legen, vorerst auf weitere Versuche der Kontak-----nahme zu verzichten und dabei zu bedenken, dass Sie ----it zu Miriams Genesung beitragen. Mir ist durchau---, d

Der Rest des Blattes fehlte. Karnap vermutete, dass das Papier in einer der Kisten mit Malzeug gesteckt hatte, die er gerade erst nach oben geschafft hatte. Möglicherweise hatte es aber auch unter einem der leeren Farbtöpfe geklebt. Das würde erklären, wieso der Brief zerrissen und wieso das Datum von einem Fleck weißlicher Farbe überschwemmt war, der wie ein Siegel die Antwort auf die Frage verweigerte, aus welchem Jahr das Schreiben stammte.

Karnap gab die Suche nach dem unteren Teil des Briefes bald auf. Aber er steckte den Fetzen ein, als er den Keller verließ.

Miriam Klint war also in psychiatrischer Behandlung gewesen. Was bedeutete das schon? Es bedeutete, dass Klints Version vom Ende ihres Lebens, wie er es in seinem Tagebuch geschildert hatte, nicht vollständig war. Hatte Dr. Konradt demnach richtig gelegen mit seiner Vermutung, dass Miriam schon lange vor ihrem eigentlichen Tod für Klint gestorben war? ›Gestorben‹ konnte unter Umständen auch heißen, dass sie ihn eines Tages verlassen und in einer psychiatrischen Klinik vor sich hin vegetiert hatte. Hatte sie dort ihre Tochter zur Welt gebracht? Was wusste Lydia darüber?

Das Telefon klingelte. Karnap hastete zu dem Apparat und war außer Atem, als er den Hörer in der Hand hielt.

»Heh!« Es war Lydias Stimme. »Hast du auf mich gewartet?« Sie schien ein schlechtes Gewissen zu haben.

»Nein, habe ich nicht«, log er.

»Gut«, sagte sie erleichtert. »Ich rufe nur an, weil – ich werde heute nicht mehr kommen. Lasse und ich, wir müssen reden.«

»Klar.«

»Du bist doch nicht böse, oder?«

»Nein.«

»Bis dann.«

Für einen Augenblick war Karnap fest entschlossen, ihr auf der Stelle das Brieffragment vorzulesen, das in seiner Tasche steckte. Eine üble Art, sich für eine Abfuhr zu rächen. »Ja«, sagte er stattdessen nur und legte auf.

Sekunden später klingelte es erneut und mit dem Klingeln kehrte die verleugnete Hoffnung zurück. Also hatte Lydia seine Enttäuschung bemerkt.

»Was denn?«, erkundigte sich Karnap barsch.

»Rössner hier. Ich leite die gerichtsmedizinische Recherche, den Toten in Ihrem Haus betreffend.«

»Ja, und?«

»Die Kollegin Holling bat mich, Sie zu informieren. Wider Erwarten ist es uns gelungen, die Identität der Toten zu ermitteln.«

22

»Wir gehen mit einiger Wahrscheinlichkeit davon aus, dass es sich um Miriam Klint, Ronald Klints Frau, handelt.«

»Wie kommen Sie darauf?«

»Wir hatten Glück. In mühevoller Kleinarbeit konnten

wir auf einem der Kleidungsfetzen ein Monogramm rekonstruieren. *M. K.*«

»Was sind schon zwei Buchstaben?«

»Es sind verschnörkelte Lettern. Die gleichen haben wir auf anderen Kleidungsstücken gefunden, die nachweislich der Toten gehörten.«

»Also gut. Und wer liegt dann unter dem Grabstein, auf dem Miriams Name steht?«

»Das werden wir herausfinden. Möglicherweise niemand.«

Natürlich!, dachte Karnap. *In absentia!* Klint hatte es ausdrücklich auf seinen Grabstein meißeln lassen.

»Frau Klint«, erklärte er, »hat ihren Mann höchstwahrscheinlich verlassen und war eine Zeit lang in stationärer Behandlung. Möglicherweise war sie geistig umnachtet und er wollte sie von der Außenwelt isolieren, nachdem sie zurück war.«

Der Arzt ließ sich einen Moment Zeit für seine Entgegnung. »Ein fensterloser Hohlraum eignet sich wohl kaum dazu, einen Menschen einzusperren, auch wenn er geistig umnachtet ist«, sagte er. »Nein, so wie es aussieht, hat Klint seine Frau beigesetzt. Wir müssen herausfinden, woran sie starb, wenn das überhaupt noch möglich ist.«

»Ich weiß, dass Klint seine Frau vergötterte. Erst recht, nachdem sie gestorben war. Ich kann mir einfach nicht vorstellen, dass er Miriams Leiche in eine dunkle Ecke schaffte und sie mit einer Mauer versiegelte.«

»Er hat sie nicht nur dorthin geschafft. In dem Hohlraum stand ein niedriges Möbel, das aussah wie ein schmaler, langer Tisch. Dort hatte er die Tote aufgebahrt.«

»Aber soweit ich mich erinnere, lag die Tote am Rand des Raumes, direkt an der Wand.«

»Das hängt damit zusammen«, erklärte der Arzt geduldig, »dass die Wand nur zum Teil gemauert war. Nach oben hin waren es schlichte Rigipsplatten, die verputzt worden waren. Das Zeug hält auf die Dauer nicht viel aus.«

»Ich verstehe nicht«, fragte Karnap nach. »Diese Platten sollen schuld daran sein, dass die Tote nicht auf ihrer Bahre lag?«

Zum ersten Mal zeigte die Stimme des Arztes Emotion. Sie klang belegt. »Ich gehe davon aus, dass die Frau zum Zeitpunkt ihrer Bestattung noch nicht tot war. Sie versuchte verzweifelt, irgendwie aus der Kammer herauszukommen. Ihre Finger hatten sich förmlich in den Gips hineingebohrt. Sie brachen ab, weil wir sie nicht herauslösen konnten, als wir den Raum freigelegt haben.«

Karnap schluckte. »Das ist ... scheußlich.«

»Allerdings«, bestätigte Rössner. »Wenn ich wüsste, dass eines Tages ein solcher Tod auf mich wartet«, sagte er, »dann würde ich lieber nicht gelebt haben wollen.«

Karnap versuchte, das zu Ende zu denken, was Konradt angefangen hatte. Vielleicht würde man nicht mehr feststellen können, ob Miriam Klints Tod ein Mord gewesen war. Aber es stand außer Frage, dass er den Beginn einer fatalen Entwicklung markiert hatte, die Ronald Klint mehr und mehr zum Opfer seiner Wahnvorstellungen gemacht hatte. Er hatte Miriam vergöttert. Und es war für ihn erträglicher gewesen, sie tot bei sich zu haben als lebend in einer psychiatrischen Klinik. *Die Beziehung zu einem Toten bietet die Sicherheit, nicht mehr verlassen zu werden. Denn er hat einen ja schon verlassen.* Danach war er ständig auf der Suche nach einem lebendigen Ersatz für seine tote Geliebte gewesen. Seine Schwester hatte er gehasst und, solange er lebte, einen Krieg der Eifersucht gegen sie geführt. Nachts hatte er stundenlange Spaziergänge unternommen ... Er war Frauen begegnet, die Miriam ersetzen sollten. Aber keine von ihnen hatte ihr das Wasser reichen können. Außerdem hatten sie nichts von ihm wissen wollen. Und das hatte Klint nicht ertragen ...

Karnap schlug das Telefonbuch auf. Neben Maiewskis Rufnummer stand auch seine Adresse. Der Kommissar wohnte in einer nichts sagenden Gegend am Rand der

Innenstadt, wo es nicht einfach war, einen Parkplatz zu bekommen.

»Sie?«, wunderte sich Maiewski, als er die Tür öffnete.

»Ich weiß, Sie würden mich am liebsten rausschmeißen«, kam ihm Karnap zuvor. »Aber lassen Sie uns vorher reden.«

Maiewski bot ihm sogar ein Bier an. Aber Karnaps Theorie beeindruckte ihn wenig. »Und was folgt jetzt Ihrer Meinung nach daraus?«

»Also ist es doch klar«, sagte der Journalist. »Sie haben Ihren Stempelmörder.«

Maiewski kräuselte die Stirn. »Sie meinen, Klint hat seine Frau getötet?«

»Zweifeln Sie etwa daran?«

»Nicht unbedingt daran. Vielleicht hat er es getan.« Maiewski lehnte sich zurück, indem er die Ellbogen abstützte. »Aber dass ausgerechnet er der Mann gewesen sein soll, den man Rasputin nannte, daran zweifle ich allerdings.«

»Wieso denn nur?«, ereiferte sich Karnap. »Es passt doch alles! Seine eigenartige Todesleidenschaft, sein zurückgezogener Lebenswandel. Die Eintragungen in seinem Tagebuch! Die Kritzeleien auf der Wand im Gartenhaus! Er muss es gewesen sein!«

»Bis auf den kleinen Schönheitsfehler, dass er nach seinem Ableben wieder zugeschlagen hat.«

Karnap rieb sich verzweifelt die Stirn. »Das war nicht der Killer! Sie reden sich ein, dass Rasputin auch das Schleußer-Mädchen umgebracht hat. Haben Sie nicht diesen Lehrer verhaftet?«

»Dann sind Sie auch der Meinung, dass sein Selbstmord ein Schuldeingeständis war?«, fragte Maiewski kühl.

Sein Gegenüber schwieg betreten.

Der Kommissar schüttelte den Kopf. »Sie sind derjenige, der sich etwas einredet. Sie halten diesen Maler für den Täter, also passt alles, was später passierte, nicht in Ihre Theorie.«

»Wissen Sie, was der Pfarrer gesagt hat? Er kannte Klint recht gut. Kurz vor seinem Tod hat er sich mit ihm unterhalten. Und Klint hat ihn gefragt, warum er sich schuldig bekennen sollte, wenn er sich damit alles verscherzen würde.«

»Tja, und wer hat dann Klint umgebracht?«

»Er wurde nicht umgebracht, sondern hat sich zu Tode erschrocken. Wahrscheinlich vor sich selbst. Vor seinem wahren Ich.«

»Hat Ihnen das auch der Pfarrer erzählt?«

»Warum sollte er?«

»Es hört sich danach an.« Maiewski hob die Hand, an der die Zigarette qualmte. »Ein eiskalter Killer, der jahrelang Frauen ermordet, erschrickt nicht plötzlich vor sich selbst! Auch nicht vor seinem schlechten Gewissen, das ihm in der Gestalt seiner ermordeten Opfer erscheint. So etwas passiert auf der Bühne, aber nicht in Wirklichkeit. Ich sage Ihnen, der Frauenmörder hatte nie auch nur den Hauch eines Skrupels, sonst hätte er nicht so lange durchgehalten!«

Bevor er sich auf den Weg machte, drehte sich Karnap noch einmal um. »Übrigens«, sagte er, »die Sache mit diesem Sportlehrer – das habe ich nicht gewollt. Wir hatten eine undichte Stelle. So hat die Boulevardpresse Wind davon bekommen.«

»So etwas Ähnliches habe ich mir schon gedacht.«

Der Kommissar nickte und presste die Lippen aufeinander. »Falls es Sie beruhigt: Nicht nur Sie haben sich Vorwürfe zu machen.«

23

Karnap wälzte sich im Bett und drehte sich mit dem Gesicht zur Wand. Er versuchte, nicht an das Gartenhaus zu denken oder an Lydia. Daran, dass Miriam ihre Mutter gewesen war. Die Nachricht von der Identifizierung der Leiche würde ein Schock für sie sein. Karnap nahm sich vor, Lydia anzurufen. Sie sollte es nicht auf die brutale Weise erfahren, als blutige Sensation aus der Zeitung.

Dass er eingenickt war, merkte er erst, als er hochschreckte. Ein schnarrendes Geräusch hatte ihn geweckt. Es hatte ihn schon einmal erschreckt, erst neulich, als Lydia hier gewesen war.

Das haben Sie von Ihrem glasklaren Rationalismus, hörte Karnap die spöttische Stimme des Kommissars, *Sie halten alles jenseits der Mathematik für Hokuspokus. Aber der simple Ton einer alten Klingel treibt Ihnen den Angstschweiß ins Gesicht.*

Karnap schaltete das Licht an. Das Kabelende ragte immer noch aus der Wand. Er hatte geträumt.

Von jetzt an kreisten seine Gedanken intensiv und ununterbrochen, ohne dass er sie daran hindern konnte, um diese Klingel. Endete das Kabel möglicherweise in Miriams Grabstätte? Aber auch das erklärte nicht, was den Alarm ausgelöst hatte! Nichts hatte den Alarm ausgelöst, er hatte nur geträumt! Trotzdem, er hätte sich vergewissern sollen. Damals nämlich hatte er nicht geträumt. Er hatte es gehört und Lydia hatte es gehört.

Karnap setzte sich im Bett auf. Es half nichts. Er musste hinüber zum Gartenhaus und überprüfen, ob der Auslöser da montiert war. Und zwar jetzt gleich.

Er stand auf und zog sich an. Aber noch vor der Tür zum Gartenhaus kehrte er wieder um. Er brachte es nicht fertig, das Häuschen zu betreten. Stattdessen verließ er sein Grundstück und fuhr mit dem Auto ziellos umher. Todmüde hielt er schließlich irgendwo am Straßenrand und verschlief den anbrechenden Morgen bis zum Vormittag.

Maiewski mochte ein netter Kerl sein, aber er war für Karnaps Theorie die falsche Adresse gewesen. Der Mann hatte sich in seine fixe Idee verrannt und mit der Wirklichkeit abgeschlossen. Für den Tod seiner Tochter wollte er büßen, indem er einen aussichtslosen Kampf führte. Dass er seinen Mörder niemals schnappen würde, gehörte zur Buße dazu. Maiewski *wollte* nicht, dass jemand das Rätsel um Rasputin löste. Es war sein Dilemma und er war nicht bereit, es mit jemandem zu teilen.

Karnap verbrachte ein paar Stunden in der Redaktion, ohne recht bei der Sache zu sein. Er war neugierig, welche Ergebnisse Inken Löhrs neue Spur gebracht hatte, aber sie war nicht im Hause.

»Neuerdings hat sie wohl die Arbeitswut gepackt, Chef«, erklärte Schilling. »Sie scheint vierundzwanzig Stunden am Tag ihre Story zu recherchieren.«

Am Nachmittag wurde Karnap klar, dass es keinen Sinn machte, die Zeit am Schreibtisch abzusitzen. Er würde die Geschichte mit Reinolf besprechen. Wenigstens dachte der Psychologe in die gleiche Richtung wie Karnap.

Sein Nachbar begrüßte ihn freundlich wie immer. Er war freizeitlich gekleidet, trug knallbunte Boxershorts und sah aus wie ein übergewichtiger Pauschaltourist. In der Hand schwenkte er die Tageszeitung.

»Bei der Arbeit fällt mir die Decke auf den Kopf«, erklärte Karnap. »Und jetzt klopfe ich an, um Asyl zu erbitten.«

»Nur herein! Wozu sind Nachbarn da? Fühl dich wie zu Hause.«

»Vielen Dank.«

»Wie wär's mit einer Runde Schwimmen zur Entspannung?« Konradt schlug einen fürsorglichen Ton an. »Danach fühlst du dich besser, du wirst sehen. Meine Frau ist auch unten.«

Karnap lehnte dankend ab, aber sein Gastgeber bestand darauf. Also kehrte Karnap in sein Haus zurück, um eine Badehose zu holen.

Der Keller der Konradts war fast doppelt so groß wie sein eigener. Das Wasser schimmerte bläulich und in der Luft lag leichter Chlorgeruch. Es gab eine hölzerne Umkleidekabine und eine Sauna.

Als Karnap am Rand des Beckens stand, stieg auf der gegenüberliegenden Seite Marie aus dem Wasser. Sie winkte ihm zu.

»Hallo!«, rief der Journalist. »Reinolf war der Meinung, dass ich schwimmen sollte, um auf andere Gedanken zu kommen.«

Sie kam um den Pool herum auf ihn zu. »Wurde auch Zeit, dass du die Einladung endlich annimmst! Das Wasser ist toll!« Marie trug eine blaue Badehose und kein Oberteil. Sie lächelte ihm zu.

»Sieht viel versprechend aus«, sagte er und bemühte sich, nicht ihre Brüste anzustarren. »Ich brauchte Gesellschaft.« Ihre Schönheit verunsicherte ihn. Er wollte nicht, dass sie es bemerkte. »Also dann ...«

Konradt kam hinzu. Er legte seinen Arm um Maries Schulter und zog sie sanft zu sich heran. »Ab mit dir ins Wasser. Und danach gibt's eine Stärkung!«

Eine halbe Stunde später saß Karnap im Garten der Konradts. Es war ein milder Spätnachmittag und fast windstill. Sie waren zu zweit. Marie war mit einer Freundin verabredet. Reinolf wollte ihm einen Cognac aufdrängen, aber dieses Mal blieb Karnap standhaft.

»Der Kommissar mag hartnäckig sein bis zur Verbissenheit«, sagte der Psychologe. »Aber was die Idee angeht, Ronald Klint sei der mysteriöse Rasputin gewesen, muss ich ihm Recht geben.«

»Hättest du mir Klints Tagebuch nicht zum Lesen überlassen, wäre ich wahrscheinlich nie auf den Gedanken gekommen.«

»Rasputin – falls es ihn überhaupt gibt oder je gegeben hat – brachte Frauen um. Er wollte, dass sie gefunden wurden. Deshalb mauerte er sie nicht ein.«

»Aber wenn er ein besonderes Verhältnis zu seinem ersten Opfer hatte? Immerhin war Miriam seine Frau. Das Gewissen hat ihm zugesetzt. Also hat er sie feierlich hinter der Wand bestattet.«

Konradt schüttelte entschieden den Kopf. »Für den Kommissar gibt es bestimmte Gründe – persönliche Gründe –, weshalb es diesen Frauenmörder gegeben haben muss. Nicht nur das, er soll außerdem immer noch sein Unwesen treiben. Wusstest du, dass eines der ersten Opfer die Tochter von Maiewski war?«

Karnap nickte. »Also gut«, gab er zu, »trotzdem habe ich das Gefühl, dass es zwischen Klint und Rasputin eine Verbindung gibt. Was ist mit Klints Tagebuch? Es endet mitten im Satz, so als gäbe es noch einen zweiten Teil. Ich wüsste gerne, wie es ausgeht.«

»Tja, da bist du nicht der Einzige.« Konradt nippte an dem Cognac, der eigentlich für seinen Gast bestimmt war. »Allerdings halte ich es für unwahrscheinlich, dass wir darin Näheres über Miriams Drama erfahren würden.«

Karnap stand von seinem Stuhl auf und machte ein paar Schritte im Garten. Reinolf folgte ihm.

»Wirklich eine vertrackte Geschichte«, meinte der Psychologe. »Ein geheimnisvoller Tod, ein bisschen gruselig, wie in einem alten Film. Aber wie das meistens ist, dürfte die Auflösung sehr nüchtern ausfallen.«

»Das hört sich so an, als würdest du sie kennen.«

»Das nicht. Aber es würde mich nicht wundern, wenn Lydia, die Tochter des Malers, der Schlüssel zu allem ist. Sie hat ihren Vater abgöttisch geliebt, ohne sich dieser Liebe jemals wirklich zu stellen.«

»Marie glaubt das Gegenteil. Sie meint, dass Lydia ihren Vater hasste.«

Konradt schob die Unterlippe vor. »Marie ist Lydia nicht gerade gewogen. Aber das hat andere Gründe.«

»Immerhin«, fuhr Karnap fort, »hat Lydia doch den Kontakt zu Klint abgebrochen. Sie gab ihm die Schuld daran, dass Eliane das Haus verlassen hatte. Marie erwähnte einen Brief, mit dem Lydia Klint vor seinem Tod tief verletzte.«

»Ach, das!« Der Psychologe runzelte die Stirn. »Aber wenn ich dir nun sage, dass der Wortlaut des Briefes, den er Marie gezeigt hat, gar nicht von Lydia stammt?«

»Von wem denn sonst?«

»Dazu musst du wissen, dass Edgar Poe, Klints großes Leidensvorbild, bei seinem Pflegevater, John Allan, aufwuchs, der ihn lebenslang als unerwünschtes Waisenkind betrachtete.« Konradt ging ins Haus zurück und schritt zielstrebig am Bücherregal entlang. Karnap folgte ihm.

»Mit Mrs. Allan dagegen verband Edgar eine tiefe Beziehung. Sie starb, als er längst von zu Hause weggezogen war, und darauf schrieb er diesen Brief an seinen Pflegevater.« Konradt hielt ihm ein aufgeschlagenes Buch hin und deutete mit dem Daumen auf die rechte Seite.

Wäre sie nicht gestorben, ohne mich ein letztes Mal zu sehen, würde es nichts geben, was ich wirklich zu bedauern hätte. IHRE Liebe schätzte ich nie besonders hoch ein, aber ich weiß, sie liebte mich, als wäre ich ihr eigenes Kind gewesen, las Karnap. »Du meinst, Lydia hat das hier zitiert?«

»Ich bin mir sogar ziemlich sicher. Die Ähnlichkeit im Wortlaut ist nie und nimmer ein Zufall.«

»Aber wieso?«

»Sie will die Beziehung zu ihrem Vater beenden, gleichzeitig will sie ihm immer noch imponieren. Oder ihn besonders treffen. Hass und Liebe in einem. Das ist nicht ungewöhnlich.« Konradt nahm seinem Gast das Buch wieder ab und stellte es in das Regal zurück. »Nach außen hin wirkt Lydia Klint normal und berechenbar. Aber ihr psychisches Gleichgewicht ist höchst labil. Ein mittlerer Schicksalsschlag könnte es zusammenstürzen lassen.«

»Wie zum Beispiel die Nachricht vom Auffinden Miriams?«

»Durchaus möglich.« Konradt nickte. »Das könnte sie aus der Bahn werfen.«

Am nächsten Tag fuhr Karnap nach Hamburg und fand in einem Galerie-Verzeichnis die *Kunstgalerie Wöllner, Inh. Lasse Wöllner*. Auf dem Anrufbeantworter forderte ihn eine hohe, glatte Männerstimme auf, sein Anliegen aufzusprechen. Karnap verzichtete.

Gegen Mittag fragte er an der Rezeption der Eppendorfer Uniklinik nach einem Dr. Kellermann. Man ließ ihn warten und er rechnete damit zu erfahren, dass der

Arzt schon seit Jahren nicht mehr dort arbeitete. Aber er hatte Glück. Kellermann war um die fünfzig, viel jünger, als Karnap ihn sich vorgestellt hatte. Er empfing den Besucher im Arztzimmer seiner Station, während er am geklappten Fenster eine schnelle Zigarette rauchte.

»Sie sagten, es gehe um einen Kriminalfall, in den eine meiner Patientinnen verwickelt ist?«, fragte er Karnap nach einer knappen Begrüßung.

»Ja. Genauer gesagt, eine ehemalige Patientin.«

»Auch bei ehemaligen Patienten bin ich an die Schweigepflicht gebunden. Und wenn Sie kein Verwandter sind …«

»Sie ist inzwischen verstorben. Vor zehn Jahren ungefähr.«

»Zehn Jahre!« Der Psychiater pfiff durch die Zähne. »Das ist eine Ewigkeit.«

»Ihr Name ist Klint.«

»Klint? Der Name sagt mir nichts.«

»Vielleicht ist es zu lange her.«

»Schon möglich. Obwohl ich mir Namen normalerweise gut merken kann.«

»Mir liegt ein Brief vor, in dem Sie sich zu dem Fall äußern.«

Der Arzt lächelte mild. »Also gut. Ich werde einen Blick in die Akten werfen. Aber machen Sie sich keine großen Hoffnungen. Wie gesagt, ich habe ein hervorragendes Gedächtnis. Dafür bin ich bekannt.«

Karnap nutzte eine spontane Eingebung. »Und was ist mit van Dijk? Miriam van Dijk?«

»Van Dijk!« Dr. Kellermann machte große Augen.

»Sie kannten sie also?«

»Allerdings. Und ich kenne sie noch heute. Wer hat Ihnen nur erzählt, dass sie nicht mehr lebt?«

Man hat ihre Leiche gefunden. Das steht in der Zeitung von heute, wollte Karnap antworten, aber er war zu konsterniert. Dem Arzt entging seine Verwirrung nicht. Trotzdem oder vielleicht deshalb führte er Karnap in das Besucherzimmer und bat ihn zu warten.

Wenige Minuten später kehrte er in Begleitung einer Frau zurück, die keine sehr große Ähnlichkeit mit Lydia hatte. Sie sah sehr alt aus, hatte eingefallene Wangen und kurz geschnittenes Haar. In ihrem Blick lag tiefe Traurigkeit, aber nicht Verwirrung.

»Ich kenne Sie nicht«, stellte Miriam van Dijk mit einer überraschend tiefen Stimme fest.

»Mein Name ist Karnap. Ich war ein Bekannter Ihres Mannes. Er hat von Ihnen – immer so gesprochen, als seien Sie tot.«

»Aber jetzt ist es anders herum. Er ist tot und ich lebe immer noch.« Sie starrte vor sich hin.

Karnap setzte zu einer Frage an, aber Kellermann hielt ihn zurück. Miriam ließ sich von dem Arzt am Arm aus dem Zimmer führen.

Vorher aber drehte sie sich noch einmal zu Karnap um. »Sie wollen sicher wissen, wer ihn getötet hat?«, fragte sie. »Ronald, meine ich.«

Karnap antwortete nicht, nickte aber, bevor der Arzt ihn davon abhalten konnte.

»Ich war es«, erklärte Miriam. »Ich habe ihn getötet. Und er wusste, dass es so kommen würde.«

Auf der Rückfahrt geriet Karnap in einen Stau und verbrachte über eine Stunde im Elbtunnel, ohne vorwärts zu kommen. Die ganze Zeit über ging ihm die letzte Äußerung Miriams durch den Kopf. Karnap wollte sich nicht mit ihr beschäftigen, aber sie ließ ihm keine Wahl. Wie konnte er nur in der Selbstbezichtigung einer bedauernswerten, geistig verwirrten Frau einen Sinn suchen?

Karnap trampelte auf die Bremse. Um ein Haar hätte er beim Stop and Go einen Auffahrunfall verursacht. Er war so tief in Gedanken, dass er den Wagen vor ihm vergessen hatte, obwohl seine Augen seit einer Ewigkeit nichts anderes zu sehen bekommen hatten. Es war ein chromblitzender breiter Kombi mit einem bunten Aufkleber unter der Heckscheibe: *Elvis on tour!* Noch ein Toter, dachte Karnap, der im Stau steckt, anstatt im Grab zu liegen. Natürlich saß nicht Elvis am Steuer, sondern ein nostalgischer Fan, der wahrscheinlich hoffte, dass mit dem Namen eine kleine Portion Glanz und Attraktivität des Idols auf ihn überging. Vielleicht trug er sogar Unterwäsche mit dem Monogramm *E. P.*

Plötzlich konnte Karnap es nicht mehr erwarten, nach Hause zu kommen. Aber es dauerte noch über zwanzig Minuten, bis sich sein Wagen zum Stauanfang vorgeschoben hatte.

Der Pathologe hatte sich gar nicht geirrt. Die Initialen *M. K.* bedeuteten Miriam Klint. Nur seine Schlussfolgerung war falsch gewesen. Rössner hatte nur ein Kleidungsstück identifiziert und nicht die Tote!

Sowie Karnap zu Hause angekommen war, suchte er die Kladde hervor. Er brauchte nicht lange, um die Stelle zu finden: *Neuerdings trägt sie sogar Miriams Kleidung! Es ist empörend und billig, auf welche Art und Weise sie versucht, in die Rolle meiner Geliebten zu schlüpfen. Aber als ich sie zur Rede stellte, stritt sie alles ab. Sie hatte sich längst umgezogen und schnappte ein wie eine Hausangestellte, die ich ungerechterweise des Diebstahls bezichtigte.*

Die Tote im Gartenhaus war nicht Miriam, sondern Eliane, Klints Schwester!

Jetzt erst bemerkte Karnap das Blinklicht des Anrufbeantworters. Der Kommissar verlangte ihn zu sprechen. Seine Stimme klang hektisch und weniger freundlich als gestern Nacht. Karnap beschloss, ihn sofort zurückzurufen. Diesmal wurde er verbunden.

»Was gibt's?«, wollte Maiewski wissen.

»Ich bin's«, sagte Karnap. »Sie wollten etwas von mir. Aber ich war nicht zu Hause.«

»Zu spät. Ich habe mich schon an Ihren Kollegen gehalten.«

»Worum geht es denn?«

»Es geht um eine Ihrer Reporterinnen. Frau Löhr.«

»Ich selbst habe sie auf die Geschichte angesetzt«, erklärte Karnap entschuldigend. »Manchmal ist sie etwas übereifrig.«

»Ich wüsste gerne, auf welche Geschichte.«

»Nun, die Rasputin-Geschichte.«

»An der hat sie aber nicht mehr gearbeitet.«

»Was soll das heißen, nicht mehr?«

»Wir haben sie gefunden. Sie wurde erwürgt. Tut mir Leid.«

Karnap schluckte.

»Sind Sie noch da?«, erkundigte sich Maiewski.

»Wann ist das passiert?«

»Vor zwei Tagen schätzungsweise. So viel zu Ihrer Theorie.«

24

»Jetzt ist er schon fast so weit, dass er an Geister glaubt«, sagte Reinolf. Als sie das Zimmer betrat, stand er mit dem Rücken zu ihr in der offenen Terrassentür und hielt ein Glas in der Hand.

Marie spürte Ärger in sich aufsteigen. »Was hast du eigentlich gegen Karnap?«, fragte sie.

»Was soll ich gegen ihn haben?« Konradt wandte sich ihr zu. »Es ist mein Job, nichts gegen die Leute zu haben. Und ich verstehe meinen Job.«

»Allerdings. Nur weißt du nicht, wo dein Job aufhört und private Dinge anfangen. Zum Beispiel Freundschaft. Davon scheinst du nicht viel zu verstehen.«

»Freundschaft! Allmählich überlege ich mir, Marie, ob ich dir nicht einmal die Frage stelle, was du *für* diesen Mann hast.«

»Jedenfalls war er nicht so eklig zu dir wie du jetzt zu ihm.«

»Ach nein?« Konradt kicherte amüsiert. »Dann ist das also der Grund, weshalb du dich für ihn ausgezogen hast.«

»Wie bitte?«

»Komm schon, Marie! Mir kannst du doch nichts vormachen. Wäre er neulich nicht da unten aufgekreuzt, hättest du dein Oberteil nicht abgelegt.«

»Was willst du damit sagen?« Sie war jetzt wirklich wütend. »Raus damit!«

»Was schon?« Auf diesen Ausbruch schien er nur gewartet zu haben. Was Streiten anging, war Reinolf ein gewiefter Taktiker, dem kaum einer gewachsen war. Er lächelte ihr zu. Dann setzte er sich in einen Sessel und bot ihr den anderen an. Als Therapeut hatte er die Situation immer im Griff. »Lass uns nicht über eine solche Lappalie streiten«, schlug er vor. »Du weißt genau, was ich damit sagen will. Hättest du sonst so aufgebracht reagiert?«

»Das ist doch lächerlich! Wenn einer Grund hat zur Eifersucht, dann ja wohl ich.«

»Also gut!« Konradt ließ sich in den Sessel zurückfallen und seufzte laut. »Na schön, kauen wir die alten Sachen noch einmal durch. Wenn es dir Spaß macht.«

»Da sind nicht nur die alten Sachen!«, widersprach Marie. »Glaubst du denn, ich wüsste nicht, dass du immer wieder etwas mit einer Klientin anfängst? Weshalb sonst würdest du ein solches Geheimnis um deine Patienten machen?«

Reinolf schüttelte den Kopf. »Das Geheimnis, das du meinst«, er lächelte gnädig, »nennt man übrigens Arztgeheimnis. Das habe ich nicht erfunden.«

Am meisten ärgerte sie seine überlegene Art, an der alles abprallte. Sie hatte das Bedürfnis, seine Schale zu knacken, sie zu durchbohren mit einer langen, dünnen Nadel. Vielleicht würde sie so herausfinden, ob sich innen ein lebendiges, verletzbares Wesen befand, weich wie eine Schnecke.

»Weißt du nicht mehr«, erinnerte sie ihn, »Lydia, Klints Tochter, fiel damals auch unter das Arztgeheimnis. War sie nicht der Grund, weshalb es aus war mit der Freundschaft zwischen ihm und dir?«

»Das war nicht der Grund, glaub mir, Marie. Außerdem habe ich mit diesem Mädchen nichts angefangen. Sie wollte etwas von mir und hat sich an mir für die Zurückweisung gerächt, indem sie sich diese Geschichte ausgedacht hat.« Konradt goss sich noch einen Whisky ein. »Dass du sie erwähnst, bestätigt allemal meine Vermutung.«

»Welche Vermutung?«

»Dass du tatsächlich vorhast, dich an Karnap heranzumachen. Nicht bewusst vielleicht. Aber du betrachtest es als eine Art Rache für Lydia.«

»Das ist Unsinn!«

»Nur zu. Deine Reaktion gibt mir Recht.«

Marie wollte ihn einfach sitzen lassen und hinausgehen. Aber sie überwand das Bedürfnis. Auf diese Weise hatte er zu oft den Sieg davongetragen. »Gibt es überhaupt etwas, das dir nicht Recht gibt?«

Er stand auf und kam zu ihr herüber. »Also komm jetzt, Schatz. Schwamm drüber. Lass uns damit aufhören, ja?«

Er versuchte, seinen Arm um sie zu legen, aber sie stieß ihn weg. »Manchmal hast du eine brutale Art, mit Menschen umzugehen«, sagte sie. »Mit Ronald Klint war es genauso.«

»Was war mit ihm, wenn ich fragen darf?«

»Du hast ihn zu deinem Versuchskaninchen gemacht. Du wusstest, dass er ein Mörder war, und hast geschwiegen. Du hast ihn gewähren lassen, weil du deine Fallstudie haben wolltest. Und du weißt genau, dass du dich damit mitschuldig gemacht hast.«

»Jetzt wirst du aber wirklich taktlos, mein Schatz«, machte er sich über sie lustig. »Und eindeutig zu pathetisch.«

»Warum sonst sagst du der Polizei nicht, dass er der Mörder war, den sie suchen?«

»Wovon redest du überhaupt?«

»Reinolf, ich habe die Aufzeichnungen über diesen Patienten gelesen, einen gewissen R. K. Zufällig –«

Konradts Mundwinkel zuckte. »Zufällig, ja?«, sagte er scharf. »Du spionierst mir also neuerdings nach?«

»Wieso denn spionieren?«

»Ein für alle Mal: Die Unterlagen über meine Klienten sind persönliche Daten, die –«

»R. K. Ronald Klint. Ich habe die Termine, an denen er ein ›Opfer seines Leidens‹ wurde, wie du es ausdrückst, mit denen auf der Liste verglichen, die der Kommissar hier liegen gelassen hat.«

Reinolf musterte Marie mit einem seltsamen Blick. Im ersten Moment glaubte sie, dass es ihr gelungen war. Ihre Nadel hatte etwas Weiches getroffen.

Dann beugte er sich vor und nahm ihre Hände. Er atmete durch und lächelte. »Jetzt höre mir doch mal zu, Marie.« Seine Bemühungen, souverän zu wirken, waren ihm anzusehen. »Das bildest du dir ein, glaub mir. Ich bin dein Mann, ich würde dich niemals anlügen.«

Sie lachte spöttisch auf und wollte die Distanz zwischen ihnen vergrößern, aber er vereitelte es. Seine Hände drückten zu und hielten sie fest.

»Bitte, Reinolf! Du tust mir weh!«

»Unser Nachbar war nicht Rasputin«, versicherte er. »Er nicht und überhaupt niemand sonst. Das schreckliche Ungeheuer ist eine reine Erfindung dieses Polizisten. Es existiert nur in seinem Kopf.«

»Das redest du dir ein –«

»Die Personifikation seiner Schuldgefühle, die ihn seit dem Tod seiner Tochter plagen.«

Sie entzog sich ihm mit Gewalt, wich vor ihm zurück, während sie ihn anstarrte wie einen Fremden, der ins Haus eingedrungen war. »Das hättest du nicht tun sollen«, sagte sie leise.

»Wo gehst du hin?« Auf Konradts Gesicht zeichnete sich Zerknirschung ab. Er machte einen Schritt auf sie zu. »Jetzt komm schon, Schatz, lass uns darüber reden!«

»Darüber reden?« Sie hielt ihr Handgelenk hoch, auf dem seine Hände rote Abdrücke hinterlassen hatten. »Nein, danke! Für heute habe ich genug geredet!«

»Verdammt noch mal, bleib sofort stehen!«, explodierte er. »Du hast mir nachspioniert! Du hast mein Vertrauen ausgenutzt. Und jetzt gehst du nach drüben zum Nachbarn und flüsterst ihm unsere intimen Dinge ins Ohr!«

Sie drehte sich zu ihm um. »Du tust mir Leid, Reinolf.«

Dann ließ sie ihn stehen.

»Marie! Marie, hör doch mal! Bitte, ich –«

Die Tür schlug hinter ihr zu. Zuletzt hatte seine Stimme flehend geklungen. Sofort meldete sich bei ihr das schlechte Gewissen. Aber sie widerstand der Versuchung umzukehren.

25

»Darf ich hereinkommen?«

»Gerne.« Karnap trat zur Seite, um sie hereinzulassen. Er lächelte und zitierte Konradt: »Wozu sind Nachbarn sonst da?«

Zufällig hatte er bemerkt, dass Marie sich seinem Haus genähert hatte. Ihre Schritte waren abgehackt gewesen und etwas zu schnell. Sie war erregt. Möglich, dass sie sich mit ihrem Mann gestritten hatte. »So habe ich die Chance, mich zu revanchieren, und die lasse ich mir nicht entgehen. Was möchtest du trinken?«

»Nein danke«, winkte sie ab. »Besser nichts. Oder doch, vielleicht ein Mineralwasser.«

»Gern«, sagte er, ging in die Küche und kehrte mit zwei Gläsern, Mineralwasser und Wein wieder zurück. »Ich kann jetzt etwas Richtiges gebrauchen.«

»Das hört sich nicht so an, als ob es etwas zu feiern gäbe.«

Karnap reichte ihr das Wasser. »Ich habe gerade erfahren, dass eine meiner Kolleginnen ermordet worden ist.«

»Das tut mir Leid.« Sie versuchte, betroffen und mitfühlend auszusehen, aber es gelang ihr nicht. Etwas anderes beschäftigte sie zu sehr. »Wie ist das passiert?«

»Sie recherchierte diese Mordgeschichte. Aber ich habe sie nicht wirklich ernst genommen. Dabei war sie offenbar näher an Rasputin dran als ich.«

»Fühlst du dich für ihren Tod verantwortlich?«

»Ich kannte sie kaum. Mich mochte sie, glaube ich, nicht besonders. Jetzt stellt sich heraus, dass der Kommissar Recht hatte. Ronald Klint war nicht der Stempler. Dein Mann hatte auch Recht. Ich habe mich geirrt.«

Marie Konradt zuckte mit den Schultern. Sie stellte das Glas ab, an dem sie nicht einmal genippt hatte. »Das glaube ich nicht«, sagte sie.

Er musterte sie mit einem verwunderten Blick. »Dieser neue Mord beweist es«, beharrte er.

»Es könnte doch sein, dass jemand von sich ablenkt, indem er alle davon überzeugt, Rasputin hätte wieder zugeschlagen.«

»Es könnte sein. Aber ich glaube nicht mehr daran.«

»Das ist nicht die Frage. Ich *weiß*, dass du Recht hast mit deiner Vermutung. Ich kann es beweisen.«

»Was kannst du beweisen?«

»Klint war es. Und Reinolf hat es gewusst. Er hat seine schützende Hand über den Mann gehalten. Er hat ihn gewähren lassen, so wie man ein seltenes Raubtier, das man nur einmal im Leben zu sehen kriegt, nicht erschießt, weil das ein unersetzlicher Verlust für die Wissenschaft wäre. Er hat peinlich genau über die Morde Buch geführt.«

»Weiß er auch etwas über Elianes Tod?«

Marie wunderte sich. »Eliane? Ich dachte –«

»Die Polizei hat sich geirrt. Miriam Klint lebt, oder besser: vegetiert in einer psychiatrischen Klinik vor sich hin. Hat Reinolf darüber nichts geschrieben?«

»Mein Mann hat am Ende die Kontrolle über ihn verloren. Klint redete nicht mehr mit ihm. Aber ich weiß, dass Eliane zwei Wochen, bevor man ihn selbst fand, noch lebte. Ich habe sie damals aus dem Haus kommen sehen.«

Karnap war nahe genug, um ihren Geruch einzuatmen. Er überlegte, welcher Art die Anziehung war, die Marie auf ihn ausübte. Schon vom ersten Augenblick an, als er sie kennen gelernt hatte, war zwischen ihnen eine spontane Zuneigung gewesen. Er sah Marie vor sich, als sie den Swimmingpool verlassen und auf ihn zugegangen war. Ihm wurde klar, dass er sie begehrte. »Hattet ihr deswegen eine Auseinandersetzung?«, riet er.

Marie starrte vor sich hin. Dann nahm sie sein Weinglas und leerte es. »Wir hatten schon lange keine Auseinandersetzung mehr. Dafür gibt es keinen Anlass. Eigentlich führe ich keine Ehe. Verstehst du, diese Art, wie Reinolf Klint behandelte – wie eine Schildkröte, die man in eine bestimmte Richtung dreht, damit sie loskrabbelt –, so geht er mit allen um. Auch mit mir.«

»Wieso hat er alle Spekulationen über einen Serienmörder für Fiktion erklärt? Ich habe oft genug mit ihm darüber geredet. Über Klints Tagebuch. Dein Mann war immer der Meinung, dass –«

»Nein, er weiß genau, dass er mitverantwortlich ist für die Morde. Und deshalb hat er dem Kommissar und dieser Frau Löhr von der Zeitung gegenüber seine Meinung geändert. Er spielt nun den Ahnungslosen und hält die Rasputin-Theorie für ein unhaltbares Konstrukt.«

»Frau Löhr? Moment mal! Sie hat ihn besucht?«

»Ja. Wegen eines Interviews.«

»Wann?«

Marie entging Karnaps Fassungslosigkeit nicht. Sie brauchte nicht lange, um zu begreifen. »Sie ist diejenige, die ermordet wurde?«

Karnap nickte. »Wieso –«, setzte er an.

Die Türklingel unterbrach ihn. Er ging zur Haustür und öffnete.

Lydia stand draußen und lächelte ihn an. »Da bin ich«, sagte sie. »Mitsamt der restlichen Bilder. Überrascht, mich zu sehen?«

»Ja, das schon«, sagte er müde. »Ich habe versucht, dich zu erreichen.« Das letzte Mal, dass sie sich gesehen hatten, schien ihm so lange her zu sein!

Ein Schatten des Zweifels legte sich auf ihr Gesicht. »Was ist los, Gert? Passt es dir nicht, oder wie?«

»Doch, doch! Schön, dass du kommst.«

In diesem Augenblick entdeckte Lydia Marie. Ihr Blick gefror augenblicklich. »Verstehe«, sagte sie kalt. »Warum sagst du nicht, dass du beschäftigt bist?«

Für einen Moment brachte sie es fertig, dass Karnap

sich regelrecht ertappt fühlte. Als habe sie ihn in flagranti erwischt. Dann fand er es nur lächerlich. »Moment, jetzt warte doch …«

Lydia warf ihm einen letzten, bleischweren Blick zu. Dann machte sie kehrt und ging.

»Tut mir Leid«, sagte Marie, »wenn ich dir den Abend vermasselt habe.«

»Das hast du nicht«, versicherte er.

»Lydia«, erklärte sie, »war eine der Freundinnen meines Mannes. Ihre Affäre war der Grund, weshalb Klint den Kontakt zu ihm abbrach. Das gibt Reinolf natürlich auch nicht zu.«

Marie verabschiedete sich. Karnap stand in der Haustür und sah ihr nach, wie sie sich durch den Garten entfernte. Der Wind hatte inzwischen aufgefrischt, trotzdem war es eine klare Nacht. Drüben beim Gartenhaus schlug eine Tür. Als Karnap ins Haus zurückkehren wollte, lehnte eine Gestalt an der Wand neben seiner Haustür.

»Hallo, Nachbar«, begrüßte ihn Konradt. »Ich hoffe, du hast gegen späten Besuch nichts einzuwenden.«

26

»Du hast nicht zufällig eine Ahnung, wo sich meine Frau aufhält?«

Reinolf Konradt hatte getrunken. Schon damals, als sie zusammen gegrillt hatten, war Karnap aufgefallen, dass der Psychologe eine Menge vertragen konnte. Heute jedoch schien er sich zu viel zugemutet zu haben.

»Sie war hier«, antwortete Karnap. »Ich habe sie nicht gefragt, aber ich gehe davon aus, dass sie nach Hause gegangen ist.«

Konradt kicherte. »Du gehst davon aus«, wiederholte er. »Du gehst davon aus.«

»Lass uns hineingehen«, sagte Karnap. »Drinnen können wir reden.«

»Wenn du was zu trinken da hast, meinetwegen.« Der

andere stieß sich von der Wand ab, an der er gelehnt hatte, und folgte dem Journalisten mühsam ins Haus. »Willst du wissen, wovon ich ausgehe?«

»Wovon?«

»Dass ihr beide euch ganz gut versteht. So richtig gut. Du weißt schon, was ich meine.«

»Nein, weiß ich nicht.«

Konradt rückte näher. »Jetzt komm schon. Immerhin hat sie dir in aller Form ihre Titten gezeigt. Und die sind nicht von schlechten Eltern. Also spiel jetzt nicht den Klosterschüler.«

»Vielleicht«, entgegnete Karnap kühl, »ist es doch keine so gute Idee, etwas zu trinken. Ich werde dich nach Hause bringen.«

Konradt breitete versöhnlich die Arme aus. »Ist ja auch egal, das wollte ich dir sagen.« Er rülpste. »Von mir will sie jedenfalls nichts mehr wissen.«

»Ihr solltet miteinander reden.«

»Reden! Ja, aber davon hat sie dummerweise auch genug, verstehst du? Unsere Ehe, meint sie, ist eine Farce. Na und?, sage ich. Alle Ehen sind eine Farce, also was beschwerst du dich? Bisher sind wir jedenfalls ganz gut miteinander gefahren, das steht doch fest.«

»Vielleicht«, wandte Karnap ein, »ist es ein ganz gutes Zeichen, wenn einer in einer Partnerschaft etwas vermisst, oder nicht?« Er fühlte sich unbehaglich und überfordert, diesem Couchexperten Eheratschläge zu erteilen. »Immerhin zeigt er doch damit, dass ihm etwas an eurer Beziehung liegt.«

Konradt lachte spöttisch. »O nein, Marie glaubt, sie kann einfach so gehen. Einfach so alles mitnehmen, was wir je hatten. Einfach so mein Leben zerstören.« Konradts Gesicht verlor ganz plötzlich die Schlaffheit des Besoffenen. Es wurde hart wie Stein. »Aber ich sage dir, niemand nimmt einfach so alles mit und zerstört mein Leben.«

»Es wurde wieder eine Frau ermordet«, sagte Karnap. »Ihr Name ist Inken Löhr. Sie war Journalistin. Weißt du, was ich glaube? Sie hat den Frauenmörder getroffen.

Nicht nur das, sie ist ihm draufgekommen. Und deshalb musste sie sterben.«

»Es gibt keinen Frauenmörder, wie oft soll ich das noch sagen!«, ereiferte sich Konradt mit schwerer Zunge.

»Vielleicht ist er ja auch tot. Und ein anderer setzt sein Werk fort, nachdem er ihn lange und gründlich studiert hat. Psychologisch gesehen.«

Konradt hatte den Arm erhoben, um damit zu gestikulieren. Dann entschloss er sich anders. Der Arm hing in der Luft, während der Mann schwer ein- und ausatmete. »Du denkst also wirklich, dass ich ...« Er kratzte sich ausgiebig am Kopf und kicherte albern. »Na gut«, sagte er müde. »Lassen wir das, reden wir nicht weiter um den Brei herum. Ich will dir endlich sagen, wie die Sache zusammenhängt. Ronald Klint war nicht Rasputin, das ist richtig. Aber er kannte ihn.«

»Was soll das heißen?«

»Ich meine damit, dass er wusste, wer er war.«

»Warum ging er nicht zur Polizei?«

»Er wollte, dass er angemessen bestraft wurde. Verstehst du, davon war Klint regelrecht besessen. Deshalb war er beim Pfarrer. Wenn das nach dem Tod noch weitergeht, hat er ihn gefragt, wie kann man dem Täter auch das noch vermiesen? Lebenslänglich, das ist nicht genug. Es muss todeslänglich sein!«

»Verstehe ich nicht.«

Konradt hob das Glas, das Karnap Marie vorgesetzt hatte, schnüffelte an dem Mineralwasser und verzog das Gesicht. »Heh, du hattest mir etwas zu trinken versprochen. Gib mir einen Schluck und dann zeige ich dir was.«

Den Schnaps, den Karnap ihm brachte, kippte Konradt in einem Zug. »So, schon besser.« Er rappelte sich auf. »Und jetzt komm mit.«

»Wohin?«

»Du wirst schon sehen. Los, mach schon!«

Konradt hakte sich bei Karnap unter. Er war schwer und es war anstrengend, ihn zu stützen. Sie traten in den Garten.

»Die Idee«, erklärte Konradt, »war eigentlich genial. Klint dachte genau anders herum als alle anderen. Wenn einer etwas verbrochen hat, sagen die, bringe ihn dazu zu gestehen. Und dann verpass ihm die Strafe, die er verdient.«

Der Wind hatte inzwischen Wolken herangeschafft und den Mond verdunkelt. Unterhalb der vertrauten Linie, mit der sich die Tannen vom Himmel abgrenzten, war die Nacht schwarz. Karnap benötigte alle Konzentration, um nicht zu stolpern.

»Klint dagegen sagte: Hindere ihn daran zu gestehen. Sorge dafür, dass er bis zu seinem Tod keine Gelegenheit mehr hat, seine Schuld bei jemand anderem abzuladen. Und dann – auf ein schönes Jenseits! Tja, so denkt einer, der seine meiste Zeit damit verbrachte, in Poe zu schmökern! Seine geisteskranke Birne war irgendwann so voll davon, dass er nicht mehr unterscheiden konnte, was schöner gruseliger Schein ist und was banale, gnadenlose Realität.«

Konradt hatte sich von Karnap quer über den Rasen schleppen lassen, bis zum Gartenhaus, in dessen Kellerkammer der Maler sein seltsames Atelier ohne Tageslicht eingerichtet hatte. Mit sichtlicher Mühe stützte sich der Psychologe an der Klinke ab. Nachdem er die Tür geöffnet hatte, fuhr er so lange mit der Hand an der Wand entlang, bis er auf einen Lichtschalter stieß. Er kannte sich hier offenbar aus.

»Da dir das alles hier gehört«, sagte er, »gehe ich davon aus, dass du dir die Räumlichkeiten hier genau angeschaut hast.«

»Allerdings«, bestätigte Karnap. Eine viel zu schwache Glühbirne wirkte verloren in den beiden leeren Kammern, in denen alles angefangen hatte. »Eine Treppe tiefer ist der Raum, in dem Klint gemalt hat.«

»Sein Atelier. Aber es ist nicht nur ein Atelier. Es ist eine Welt für sich.« Konradt öffnete die Falltür und begann, die enge Treppe hinunterzuklettern. Er klopfte mit der Faust auf den Putz. »Ist dir auch aufgefallen, dass diese Wand fast sechzig Zentimeter dick ist? So hat man im Mittelalter und später Burgen gemauert. Das Atelier da unten, sage ich dir, wäre ein idealer Proberaum für eine Heavy-Metal-Truppe. Da drin kannst du allen Lärm der Welt anzetteln und draußen herrscht absolute Grabesstille.«

»War es das, was du mir zeigen wolltest?«

Konradt hob die Hand. »Kommt sofort!«, versprach er. »Das heißt, erst werde ich noch mal für kleine Jungs. Tut mir Leid, aber ich habe einfach zu viel gesoffen.« Er zwängte sich an Karnap vorbei und torkelte recht geschickt die Treppe wieder hinauf.

Oben drehte er sich nach Karnap um. »Übrigens glaube ich, dass Klint sogar eine kleine Alarmanlage installiert hat, um mitkriegen zu können, wenn jemand in seine Falle tappte.« Mit dem Ärmel befreite er sein Gesicht von Spinnweben. »Da saß er also wie eine Spinne in seinem Netz.«

Während Konradt draußen pinkelte, trat Karnap an die Tür zum Atelier. Das letzte Mal, als er Lydia hier getroffen hatte, hatte er nicht weiter auf sie geachtet, da sie weit offen gestanden hatte. Es war eine schwere Eisentür mit einem silbernen Drehknauf. Sie schloss dicht und bewegte sich nur langsam. Aber sie war nicht verschlossen.

Innen brannte Licht, das Konradt durch den Schalter oben eingeschaltet haben musste. Es roch stickig.

Mit Widerwillen betrachtete Karnap die schaurigen Wandgemälde. Wieder einmal kamen ihm die Figuren lebendig vor. Sie schienen den Atem anzuhalten und nur auf ein Zeichen zu warten, bis sie sich auf den ungebetenen Besucher stürzten.

Karnap fühlte sich beobachtet. Er fuhr herum. Die Silhouette in der Tür erkannte er nicht sofort.

»Du hast kein Recht hier zu sein«, sagte Lydia Klint. In dem engen Raum ohne jedes Echo klang ihre Stimme seltsam fremd.

27

»Ronald Klint war nicht Rasputin, das ist richtig. Aber er kannte ihn«, sagte Reinolf gerade.

Marie trat vom Fenster zurück. Sie hasste es zu lauschen. Aber sie hatte nicht widerstehen können, als sie Reinolfs Stimme gehört hatte. Sie vermutete, dass er ihr vor Karnaps Haustür auflauern wollte, um ihr eine Szene zu machen, und nur wenige Minuten zu spät gekommen war. Sie konnte nicht alles verstehen, aber es hörte sich so an, als ob die beiden Männer jeden Moment das Haus verlassen würden. Marie schlich durch den Garten zurück.

Als sie schon bei den Tannen stand, sah sie Reinolf und Karnap herauskommen. Ein seltsames Paar. Reinolf, das Schwergewicht, klammerte sich an seinen Nachbarn, da er nicht mehr aufrecht stehen konnte. Augenblicke später tauchten sie in das Dunkel des Gartens ein. Marie hörte nur noch Reinolfs Stimme, die alkoholisiert und überlaut herüberschallte. Sie machte sich auf den Heimweg.

Inzwischen war sie sich ziemlich sicher, dass sie ihren Mann verlassen würde. Wie genau sie das anstellen würde, wusste sie noch nicht. In ihrer Fantasie malte sie sich aus, ihre Sachen zu packen und vom nächsten Tag an im Nebenhaus zu wohnen. Im Sommer würde sie Reinolf ab und zu drüben zum Grillen besuchen. Aber sie würde hier leben, in seiner Sichtweite, jedoch in Karnaps Haus. In seinem Bett … Eine kindlich naive Vorstellung!

Ronald Klint kannte Rasputin. Welche Geschichte versuchte ihr Mann seinem Nachbarn, den er so wenig schätzte, aufzutischen? Was wollten die beiden in Karnaps Gartenhaus? Ein letztes Mal betrat Marie Reinolfs Allerheiligstes, seine Therapieräume. Sein Arbeitszimmer war ein fünfeckiger, heller Raum mit Parkettfußboden. Zierliche Halogenstrahler versorgten ihn mit reichlichem, aber unaufdringlichem Licht. Die sympathische Atmosphäre wurde nur durch die peinliche Ordnung gestört, die überall herrschte. Alles lag an seinem Platz und die beiden Kugelschreiber auf der grünen Schreibtischunterlage waren gleich ausgerichtet. Immer schon war es ihr schwer gefallen, diesen sterilen Gesamteindruck mit Reinolf in Verbindung zu bringen. Jetzt allerdings, da sie vorhatte, das zu tun, was er ›nachspionieren‹ nannte, hatte es seine Vorteile. Im großen Schrank gegenüber dem Schreibtisch, in der zweiten Schublade von unten, fand sie, wonach sie suchte. Als sie das erste Mal darauf gestoßen war, hatte sie eigentlich ein bestimmtes Foto gesucht, von dem sie wusste, dass es in einem der alten Alben war. Neben zwei Fotoalben und einer abgegriffenen Kladde lag ein Schnellhefter, der Computerausdrucke und handschriftliche Notizen enthielt. Die Krankengeschichte des Patienten *R. K.*

Als sie ihn nun herausnahm und zum Schreibtisch trug, fiel die Kladde, die sie mit hochgenommen hatte, zu Boden. Marie hob sie auf und warf einen Blick hinein. Es war eine Art Tagebuch, in einer Schrift verfasst, die klar und leserlich war. Ganz anders als Reinolfs Schrift.

Die meisten Menschen, las sie, *verbringen ihr Leben reibungslos und glatt. Sie sehen nichts, sie hören, riechen und fühlen nichts. Sie haben immer, was sie brauchen, und wenn ihnen nach mehr ist, bekommen sie auch das. Am Ende gehen sie zugrunde am Gefühl, alles verpasst zu haben. Wer möchte schon mit ihnen tauschen?*

In der Mitte des Heftes lagen lose Blätter. Briefe, einige waren gefaltet, andere nicht. *Lydia, mein Ein und Alles!,* begann einer.

Marie ließ sich auf dem Schreibtischsessel nieder und las. Sie vergaß das Risiko, dass Reinolf zurückkommen und sie ertappen konnte. Erst als sie einen stichartigen Schmerz in der Handfläche spürte, kam sie zu sich und riss sich von der Lektüre los.

Sie hielt Reinolfs alten Brieföffner in der Hand. Ein goldüberzogener Eisendolch, dessen Griff mit indischen Mustern verziert war. Sie fand ihn kitschig, aber Reinolf hing an dem klobigen Ding und hatte es schon besessen, als sie sich kennen lernten. Marie hatte die Angewohnheit, Dinge in der Hand zu halten, während sie las. Im Eifer der Lektüre hatte sie den Griff regelrecht umklammert und die erhabenen Muster hatten sich in ihre Handfläche gepresst. Sie hatten einen seltsamen Abdruck hinterlassen, der ihr vertraut vorkam. Sie kannte die Formen aus der Zeitung und aus dem Fernsehen. Ein Dreieck mit abgerundeten Ecken, in dem sich Punkte befanden, die ein entgegengesetztes Dreieck bildeten.

Marie ging hinunter zum Telefon und ließ sich von der Auskunft die Nummer des Polizeipräsidiums geben.

»Lydia!« Nach einer Sekunde fasste Karnap sich wieder. Sie war es, kein Grund also, sich zu erschrecken. »Was machst du hier?«

»Spiele nicht den Scheinheiligen!«, fuhr sie ihn an. »Du lässt dich hier in meinem Haus nieder und machst mir schöne Augen!«

Er schüttelte ungläubig den Kopf. »In *deinem* Haus? Was meinst du damit?«

»Und sobald du mich im Bett gehabt hast, machst du dich an deine Nachbarin heran! Du bist einer von denen, die einen nur aussaugen. Aber bilde dir nicht ein, dass ich eine so leichte Beute bin wie meine Mutter!«

»Du meinst Eliane?«

»Wage es nicht, ihren Namen in den Mund zu nehmen!«, wies Lydia ihn pathetisch zurecht.

»Jetzt ist aber Schluss damit!«, brüllte Karnap zurück. Er fühlte sich überrumpelt von diesem Angriff. Die Szene entglitt seiner Kontrolle. »Das hier ist nicht dein Haus, sondern meines! Genauso wenig wie deine Mutter Eliane heißt, sondern Miriam! Und schließlich und endlich so wenig, wie diese Miriam tot und begraben ist!«

Lydia, die für ihre nächste Attacke den Mund schon geöffnet hatte, schloss ihn abrupt. Sie legte den Kopf zur Seite und machte ein ungläubiges Gesicht. »Was, verdammt noch mal«, fragte sie leise, »willst du damit sagen?«

Karnap begriff im selben Moment, dass er einen Fehler gemacht hatte. Aber es war zu spät.

»Jetzt rede schon!«, beharrte sie.

»Ich – habe mit deiner Mutter gesprochen. Sie lebt in einer psychiatrischen Klinik in Hamburg. Bitte, Lydia ...« Er machte einen Schritt auf sie zu. »Ich wollte es dir am Telefon sagen, aber du warst nicht zu erreichen. Auch das mit Eliane ...«

Ihr Blick war so stechend, dass er ihm auswich. Lydias hübsches Gesicht veränderte sich. Es verzerrte sich nicht nur, es wurde hässlich. »Du ...«

Es war offensichtlich, dass sie diese Nachricht nicht verkraftete. Er war ein Idiot! Aber er konnte nicht mehr zurück.

»Es tut mir Leid«, stammelte er. »Lydia, jetzt komm doch ...«

Sie wich vor ihm zurück und hielt die Hände weit von sich gestreckt, als sei er die Pest persönlich. »Geh weg ... Hau ab, du ...«

Langsam, Schritt für Schritt rückwärts gehend, während sie ihn unentwegt anstarrte, verließ sie den Raum. Auf der Schwelle stolperte sie über etwas, wäre gestürzt, wenn sie sich nicht an einen Stock festgeklammert hätte. Es war der Stiel eines Spatens, der an der Wand lehnte. Blitzschnell packte sie das schwere Ding und näherte sich Karnap drohend.

»Lydia, bitte, was soll das! Leg das weg!«

Sie holte aus. Karnap hatte keine Möglichkeit auszuweichen, also hielt er nach etwas Ausschau, mit dem er den Schlag abwehren konnte, allerdings vergeblich. Schützend hielt er die Arme über den Kopf.

Lydia atmete schwer, sie schnaufte. »Ich könnte dich – umbringen ...!« Wütend warf sie den Spaten in seine Richtung. Knapp verfehlte er Karnaps rechte Schulter.

»Scheiße!«, schrie Lydia und rannte aus dem Atelier.

Eine Sekunde, zwei brauchte Karnap, um aufzuatmen und zu registrieren, dass seine Knie zitterten. Dann wollte er los, ihr hinterher. Aber im selben Moment schlug die Tür zu. Genauer gesagt, sie schlug nicht zu, dafür war sie zu schwer. Behäbig und fast lautlos schwenkte sie auf ihren Rahmen zu und schloss mit einem dumpfen Plopp wie die bleierne Tür eines Banktresors.

»Lydia!«, brüllte Karnap. »Lydia, mach auf, bitte!« Seine Stimme klang seltsam metallisch. Wie eine aufgeregte Stimme in einer geschlossenen Telefonzelle.

Er legte sein Ohr an die Tür. Sie fühlte sich kalt an. Aber er konnte nicht das geringste Geräusch hören.

»Heh!«, schrie er. »Jetzt mach schon auf!«

Ruhig! Ruhig bleiben! Jeden Moment wird jemand kommen.

»Lydia!«, schrie Karnap. Ich bin hier nicht auf dem Mond, sondern in meinem eigenen Garten. Es gibt genug Leute in der Nähe. Auch wenn sie mich nicht hören können. *Fast sechzig Zentimeter*, hörte er Konradt sagen. *So hat man im Mittelalter Burgen gemauert*. Hier kann mich niemand hören.

Nur ruhig. Karnap atmete ein und wieder aus. Ein und wieder aus. Aber die Luft war knapp! Wenn er sich auf diese Weise beruhigte, dann würde er sich selbst umbringen! Sein Herz schlug schneller. Langsam atmen! Aber es schlug schneller. Ruhig! Ein und aus, ein und aus. Und nicht so hastig, so laut! Luft sparen! Und nachdenken. Sie kommt schon wieder. Irgendjemand kommt wieder. Ich glaube es nicht, ebenso wenig wie damals Heiko. Ich habe ihm gesagt, ich komme wieder, aber er glaubte es nicht. Irgendwann konnte er es nicht mehr glauben und daran ist er gestorben! Krepiert wie eine Ratte. Ertrunken ohne einen Tropfen Wasser …

Karnap schloss die Augen. Weniger sehen, weniger denken, weniger Atemluft verbrauchen! Er öffnete die Augen wieder. Unsinn, vollkommener Unsinn, reiß dich gefälligst zusammen! Zuerst einmal damit aufhören, gegen die Tür zu hämmern. Es kommt ja doch keiner.

Doch, Konradt wird jeden Moment zurück sein! Er wollte schließlich nur pinkeln. Dann aber hätte er längst wieder hier sein müssen. Was hieß längst, es waren ja erst wenige Minuten vergangen.

Bis zu diesem Augenblick hatte er nicht wirklich verstanden, wie sein Freund Heiko Gerling gestorben war. Welcher Panik er ausgeliefert gewesen war. In seinen Träumen hatte Heiko ihm beschrieben, wie laut und ohrenbetäubend das Herz pocht, welche tödliche Anstrengung es ist, Luft zu holen, um die Lungen mit Wasser zu füllen. Heiko hatte ihm die Kreaturen der Hölle gezeigt und er, Karnap, hatte ihm erklärt, dass diese Viecher harmlos seien. Bis zu diesem Augenblick.

Karnap rieb sich die Fingerknöchel, mit denen er auf die Tür eingedroschen hatte. Jetzt erst bemerkte er das Gemälde auf der Tür. Er kannte das Bild: die schwarze, düstere Tischgesellschaft. Das makabre Paket, aus dem eine Totenhand ragte. Sie deutete auf einen Mann in der Runde. *Thou art the man!* stand darunter. Das gleiche Bild hing in seinem Treppenhaus. Hier wie dort hatte der Mann, auf den die Leiche deutete, einen gepflegten Vollbart. Karnap keuchte. War das nicht seltsam? Wenn in einer solchen mittelalterlich gruseligen Szene jemand einen Bart trug, dann hatte es eine wild wuchernde Mähne zu sein, aber nicht diese moderne Frisur, die an einen pflegeleichten Teppichboden erinnerte. Das Gesicht des Mannes verbreiterte sich außerdem nach unten hin und ähnelte der Mönchsfratze auf der Mauer.

Konradt hatte ein ähnlich geformtes Gesicht und er trug so einen Bart.

Karnap sah genau hin, starrte die Wandzeichnung an, während seine Nasenspitze die Tür berührte. Der Mann war Konradt. Nicht nur der Bart, sondern auch die Gesichtszüge waren eindeutig. Viel klarer ausgearbeitet als auf der Zeichnung im Haus.

Da saß er also wie eine Spinne in ihrem Netz.

Karnaps Finger fuhren über die Inschrift, die unterhalb des Bildes in die Tür eingekratzt worden war: R. I. P. R. KONRADT

Zu spät! Es war zu spät! Karnap musste grinsen und

kicherte mit flachem Atem. Er wischte sich Schweißperlen von der Stirn. Der Psychologe war Rasputin! Klint musste dahinter gekommen sein. Auf Konradt hatte er gewartet, ihn hatte er in diese tödliche Falle locken wollen. Und Karnap hatte zu lange gebraucht, um dahinter zu kommen.

Karnap atmete schwer und pfeifend. Es war zu wenig Luft da, schon jetzt konnte er seine Lungen nicht mehr ausreichend füllen. Er schwitzte in seiner Panik und hörte sein eigenes hysterisches Röcheln.

Von Reinolf Konradt konnte er keine Hilfe erwarten.

28

Montag, 11.10.1999

Du bist gegangen ohne ein Wort des Abschieds. Ohne mir einen Ort zu nennen, wo ich dich erreichen kann. Du bist aus meinem Leben verschwunden. Also schreibe ich dir auf diese verzweifelte Weise. In der Hoffnung, dass du das eines Tages lesen wirst.

Bitte, versuche auch mich zu verstehen. Ich weiß, dass das für dich schwer ist, ja nahezu unmöglich. Seit du ein kleines Kind warst, hat Eliane, meine Schwester, dir täglich ausgemalt, was für ein Monster ich bin. Sie zu lieben, so hat sie dich gelehrt, bedeutet mich zu hassen. Natürlich würde sie das niemals zugeben. Ich kenne meine Schwester länger als jeden anderen Menschen auf der Welt. Sie will nicht so sein, wie sie ist. Sie sehnte sich nach einem Menschen, für den sie alles sein kann. Und sie hat dich, mein Kind, gefunden. Also konnte sie nicht anders, als gegen mich um dich zu kämpfen. Und wie es aussieht, hat sie fürs Erste gesiegt.

Ich kann verstehen, dass du dein Elternhaus verlassen hast. Dieses Haus hier war für dich kein Zuhause mehr. Es ist kalt und dunkel. Erfüllt von Elianes Schweigen und meinem. Durchaus möglich, dass wir beide nicht mehr voneinander loskommen. Wir hängen aneinander, aber nicht, um uns gegenseitig zu stützen, sondern zu unserem Verderben. Wie zwei Riesenschlangen, die in einem tödlichen Kampf ineinander verschlungen sind, unfähig, sich zu lösen, dazu verdammt, aneinander zugrunde zu gehen. Ich weiß, dass du in dieser Grabesstille nicht existieren kannst. Niemand könnte das.

Natürlich gibt sie mir die Schuld daran, dass du gegangen bist. Auch wenn sie es nicht sagt. Seit langem redet sie nicht mehr mit mir. Aber wir sehen uns täglich. Wir schweigen uns so lange an, dass wir unfreiwillig eine Form der wortlosen Kommunikation pflegen, die eindeutiger ist als alle Worte. Morgens sitzt sie mir beim Frühstück gegenüber und starrt vor sich hin. Sie beobachtet mich, aber sobald ich hinsehe, tut sie, als ob sie mich nicht wahrnimmt.

Ich verstehe nicht, wieso sie sich das jeden Tag zumutet. Warum lässt sie mich nicht allein? Ich glaube, sie tut es, um zu verhindern, dass ich allein und ungestört durch ihren stummen Vorwurf mein Frühstück zu mir nehmen kann.

Sie könnte gehen. Von mir aus, ich würde sie nicht vermissen. Aber stattdessen meint sie, mich vertreiben zu können, indem sie mir das Leben zur Hölle macht. Ich habe alles versucht. Ich trinke viel, weil ich weiß, wie sehr sie das verabscheut. Ich rauche, weil ihr der Geruch von Zigaretten Übelkeit verursacht. Mein Leben besteht immer mehr aus Dingen, die Elianes Ekel wecken. Kein Wunder, dass du mich nicht leiden kannst. Aber bedenke auch, dass sie mich zu dem gemacht hat, der ich jetzt bin.

Soviel ich weiß, geht sie immer noch zu Konradt, dem Psychologen. Aber ich bemerke nichts an ihr, das mich an einen Erfolg der Behandlung glauben lässt. Jeden Dienstagnachmittag um drei schleicht sie sich aus dem Haus und kehrt kurz vor halb fünf zurück.

Bitte, mach dir klar, dass ich mir diese schlimme Situation nicht ausgesucht habe. Ich könnte mir einen anderen Lebensinhalt vorstellen, als mich mit meiner Schwester zu zermürben. Aber sie lässt mir keine Wahl.

Manchmal lauere ich ihr abends im Flur auf, um Viertel vor zehn, wenn sie auf dem Weg zu ihrem Zimmer ist. Gewaltsam breche ich das Schweigen und zwinge sie, um ihre Fassung zu kämpfen und all die giftigen Aggressionen zu unterdrücken, die ihr Inneres allmählich und unaufhaltsam zerfressen. »Wieso gehst du nicht?«, verlange ich von ihr zu wissen.
»Weil du willst, dass ich gehe, deshalb.«
»Also gut, wie du meinst. Bitte, bleib. Ich will nicht, dass du gehst.«
»Nein. Du willst, dass ich sterbe.« Damit lässt sie mich stehen.
»Dann tu's doch!«, schreie ich hinter ihr her. »Verdammt noch mal, Eliane, tu's doch endlich!«

Sonntag: 28.11.1999

Seit heute ist das Leben zu Ende. Seit heute hat es begonnen. Alles ist anders geworden. Ich wünschte, ich könnte mit dir reden. Dir wenigstens schreiben.
Ganz bestimmt habe ich dir Unrecht getan. Du hättest einen Vater verdient, kein Wrack wie mich. Vielleicht habe ich auch ihr Unrecht getan.
Seit ich sie gestern Nacht fand, kaum zweihundert Meter entfernt, neben der Straße wie eine überfahrene Katze, denke ich, dass ich daran nicht unschuldig bin. Nein, ich bin mir bewusst, dass ich viel Schuld trage. Ich habe ihr das Leben zur Hölle gemacht, also blieb ihr nur der Tod. Immerhin ist sie meine Schwester. Wollte ich mich rächen dafür, dass sie mich damals im Trümmerhaus im Stich ließ? Dass sie Mutter davon abbrachte, an der richtigen Stelle zu suchen? Ich weiß doch, dass sie das nicht wollte!
Bitte, melde dich! Jetzt gibt es nur noch dich, meine Kleine. Ich wollte, dass sie tot ist, darin besteht meine Schuld. Nicht darin, sie getötet zu haben. Ich fand sie nur wenige Minuten, nachdem sie brutal geschlachtet wurde. Der Schlächter war unvorsichtig und deshalb kenne ich sein

Gesicht, auch wenn es nicht sein wirkliches ist, lediglich eine billige Maske, die des höflichen Nachbarn.
Ich werde Eliane das geben, was ihr zusteht. Dafür bin ich da. Für das zu sorgen, was ihr zusteht. Und was ihm zusteht. Ab morgen werde ich Tag und Nacht drüben im Atelier arbeiten. Ich werde malen, aber nicht nur malen. Wenn ich fertig bin, wird dieser Raum kein Atelier mehr sein.
Für ihn allerdings wird es kaum einen Unterschied machen. »Ein Atelier«, hat er einmal gesagt, »das aussieht wie eine Grabkammer.«
Nur dass es umgekehrt sein wird: Eine Grabkammer, die aussieht wie ein Atelier …

Lieber Vater,

ich habe lange nichts von mir hören lassen und weiß genau, dass du mir das nicht verzeihst. Aber das brauchst du auch nicht. Damals musste ich weg. Viel zu lange habe ich alles versucht, um bleiben zu können. Es war so, als hätte ich versucht, den Atem anzuhalten. Du schaffst es eine gewisse Zeit. Aber irgendwann musst du atmen, wenn du leben willst.
Oben steht meine Adresse, aber bitte komme nicht auf die Idee, mich zu besuchen. Ich lebe hier auf Lanzarote in einer neuen Familie. Sie besteht aus jungen Menschen verschiedener Nationalitäten und verschiedener Hautfarben. Was sie verbindet, sind die Erfahrungen, die sie gemacht haben. Elternhäuser, in denen sie versucht haben, möglichst lange den Atem anzuhalten. Es tut gut, darüber zu reden. Sich auszutauschen. Es hat mich stärker gemacht. Stark genug, um dir diesen Brief zu schreiben und das Schweigen zu beenden.
Trotzdem möchte ich jetzt noch nicht über alles reden. Ich brauche Zeit. Später werden wir sicher einen Weg finden, wenn wir nur behutsam vorgehen. Und deswegen möchte ich mich vorerst mit Eliane austauschen. Auch ihr habe

ich einen Brief geschrieben. Ich hoffe so sehr, dass ihr inzwischen wieder zueinander gefunden habt.
Ich freue mich auf Elianes Besuch. Und auf deinen Brief.

Lydia

Lydia, meine Kleine!

Ich habe keine guten Nachrichten für dich. Ich habe schlimme Nachrichten für dich. Glaube mir bitte, dass sie für mich ebenso schlimm waren. Es tut mir so Leid! Eliane wird dich nicht besuchen. Sie würde sich sofort auf den Weg machen, wenn sie noch am Leben wäre.
Du kennst Elianes häufige dunkle Gemütszustände. Sie grübelte endlos und fand keine Freude am Leben mehr. Darin glich sie deiner Mutter. Schließlich nahm sie sich das Leben.
Lydia, mein Kind, du hast keinen Grund, dich noch mit mir abzugeben. Ich habe mein und ihr Leben verpfuscht. Aber Gott weiß, dass ich keine Schuld trage an ihrem Tod!

Ronald

Freitag, 18.2.2000

Das Haus ist zu still. Aber das ist es nicht wirklich. Nein, es ist vielmehr so, dass ich wohl den Verstand verliere. Mein Gott, wie oft habe ich gefürchtet, den Verstand zu verlieren, aber ich hätte nie geglaubt, dass ich das wachen Verstandes miterleben würde! Fast zwanghaft denke ich über den Prozess des Verfalls nach. Kann er sich völlig geräuschlos vollziehen? Ein Körper, der zu Staub zerfällt, muss ein Geräusch machen. Und wenn ich genau hinhöre, kann ich es wahrnehmen! Es kommt von drüben, aus dem Gartenhaus.

Eliane ist tot. Ich lebe. Begraben sind wir beide. Ich lebe in diesem Grab. Immer noch sind wir zusammen …
Die Tage vergehen, während derer ich auf den Mörder warte. Keinen Moment zweifle ich daran, dass er kommen wird. Er fragt sich, wo sie geblieben ist. Weshalb sie niemand gefunden hat. Wieso sucht die Polizei nicht den Mörder, wieso schweigen die Zeitungen? Das lässt ihm keine Ruhe. Vor allem aber sucht er fieberhaft nach einem kleinen Feuerzeug mit seinen Initialen und Fingerabdrücken, das er aus einer dummen Angewohnheit heraus ständig zwischen den Fingern drehte, bis er es schließlich bei der Toten verlor. R. K. Längst hat er gemerkt, dass er es verloren hat. Er ist nicht dumm. Und die Vorstellung, ich könnte es seiner Frau überreichen und ihr die Augen über ihn öffnen, lässt ihn nachts wach liegen. Bevor er dieses Ding nicht hat, ist er nicht in Sicherheit …

An R. Klint:

Glaub mir, deine Liebe zu mir habe ich niemals hoch eingeschätzt. Aber sie, die nicht meine Mutter war, liebte mich mehr als ein eigenes Kind.
Ich werde dir nicht mehr schreiben.

Lydia

Samstag, 19.2.2000

Eliane ist nicht tot! Sie ist da drüben, gefangen hinter der Mauer. Ich kann sie hören. Sie hämmert gegen die Wand. Es hilft nichts, wenn ich meine Ohren mit Wachs verstopfe. Ich höre sie. Ich werde den Verstand verlieren. Aber eher verliere ich den Verstand, als dass ich hingehe und nachsehe …
Ich kann nichts hören. Es ist still, aber seit man den Strom abgestellt hat, ist die nächtliche Dunkelheit voll-

kommen. Und im Dunkel meint man oft, dass es nicht ganz still ist. Ich bilde mir ein, etwas zu hören. Das ist ein Unterschied. O ja, ein lebenswichtiger Unterschied! Ich muss dringend das auseinander halten, was ist, und das, was ich mir bloß einbilde. Wenn ich das schaffe, kann ich mich davor retten, wahnsinnig zu werden. Also werde ich hart trainieren. Ich gehe zum Tisch, berühre ihn und sage: Tisch. Wirklichkeit. Dann zum Stuhl, zum Bett, zur Wand und so weiter. Ein Buch. Wirklichkeit. Papier, das ich anfassen kann. Seiten, die ich durchblättern kann.

Was mir Angst einflößt, sind nicht die Seiten aus Papier, sondern das, was darauf geschrieben steht. Eine Erzählung, die von der Angst vor dem Tod handelt – nichts als Hirngespinste! Ich kann sie lesen oder nicht lesen. Das Buch ist Wirklichkeit, das Papier auch und die gedruckten Buchstaben. Aber Roderick Usher ist nichts weiter als eine Figur in einer Geschichte, nicht die Wirklichkeit. Genau da liegt der Unterschied, den ich keinen Augenblick vergessen darf.

Ich warte. Vielleicht kommt er eines Nachts und versucht, auch mich zu töten. Mag sein, dass er den Köder verschmäht, den ich für ihn ausgelegt habe. Aber er gehört zu den Menschen, die sich für klüger halten als die anderen. Das macht ihn verwundbar …

»Wir sollten ein letztes Mal reden«, sagte Marie.

Reinolf sah erschöpft aus, als er das Haus betrat. Aber seine Müdigkeit war nicht von der Art, die der Alkohol hervorrief. Er schien einen Dauerlauf gemacht zu haben, der nicht nur Kraft gekostet, sondern ihn auch erfrischt hatte. Als er Marie entdeckte, lächelte er erleichtert. »Du bist also wieder da?«

»Lass uns reden«, beharrte sie.

»Warum so kühl?«, wunderte er sich und machte sich daran, die Treppe hinaufzusteigen. »Lass mich erst eine Dusche nehmen.« Er blieb stehen und drehte sich nach ihr um. »Hauptsache, du bist wieder da.« Er hörte sich tatsächlich erleichtert an.

Marie lief es kalt den Rücken herunter. Er braucht mich, dachte sie. Ohne mich ist er verloren. »Ich weiß jetzt, wer der Stempelmörder ist.«

»Ach ja?« Konradt machte ein enttäuschtes Gesicht. »Fangen wir wieder da an, wo wir aufgehört haben?«

»Wo ist Karnap?«

»Zu Hause, wo sonst?«

»Du bist mit ihm zu seinem Gartenhaus gegangen.«

»Also spionierst du mir immer noch hinterher?« Reinolf zog genervt die Luft ein. »Keine Sorge, meine Liebe, es geht ihm gut. Er ist sozusagen in Sicherheit.«

Damit verschwand er in seiner Etage und ließ Marie ratlos zurück.

Wie sollte sie es ihm sagen? *Ich wollte nicht zu dir zurückkommen, aber jetzt weiß ich, dass du dieser Killer bist. Du hast all diese Menschen ermordet und ich diente dir nur als Tarnung.*

Wie würde er reagieren? Noch nie war ihr ein Mensch so fremd gewesen wie der, mit dem sie seit über sieben Jahren zusammenlebte.

Sie sah Reinolf wieder herunterkommen. In der kurzen Zeit hatte er sich nicht frisch machen können. Immer noch klebte sein Haar an seiner verschwitzten Stirn. Er hatte es nicht eilig, sondern schritt ihr Stufe für Stufe entgegen, würdevoll wie ein Staatsgast. Dann stand er ihr direkt gegenüber. »Du weißt nicht zufällig etwas darüber, dass jemand in meinen Schreibtischschubladen herumspioniert hat?«

»Ich habe doch gesagt, wir sollten reden.«

Sein Gesicht wollte lächeln, aber es verzog sich seltsam. Es zeigte ein Grinsen, das ebenso gut Ausdruck für Amüsement wie für unkontrollierte Wut sein konnte. »Das sollten wir allerdings.«

»Reinolf, ich glaube, du brauchst dringend ärztliche Hilfe.«

»Da verwechselst du etwas. Ich *bin* Arzt.«

»Reinolf ...«

»Außerdem«, seine Hand umfasste sanft, aber entschlossen ihren Arm, »mag ich es nicht leiden, wenn man meine Sachen in Unordnung bringt.«

Sie versuchte sich loszumachen, aber er hielt sie fest.

»Ich hasse es geradezu«, zischte er.

In diesem Moment klingelte es an der Tür.

Reinolf erstarrte, ohne seinen Griff zu lockern. Dann ließ er sie doch los.

»Das haben wir gleich«, sagte er und trat zur Tür. Er schenkte ihr ein freundliches Lächeln. »Hauptsache, mein Schatz, du bist wieder zurück. Und das wird jetzt so bleiben, abgemacht?« Er öffnete. »Ja?«

»Entschuldigen Sie die späte Störung«, sagte der Mann draußen und trat näher. »Aber es lässt sich nun mal nicht vermeiden.«

»Welche Ehre!«, begrüßte ihn Konradt überschwänglich. »Der Herr Kommissar!«

29

Das Erste, das er beim Aufwachen bemerkte, war Licht von der Seite. Er drehte den Kopf in die Richtung und erkannte nach einigem Blinzeln eine Stehlampe, die ihm bekannt vorkam. Er lag auf der Couch in seinem Wohnzimmer.

»Er ist wach«, sagte eine Frauenstimme.

Lydia? Nein, Marie. Er wollte sich aufsetzen.

»Heh, bleiben Sie unten«, riet ihm Kommissar Maiewski und legte ihm die Hand auf die Brust. »Der Arzt ist schon alarmiert.«

»Aber nicht dieser Gerichtsmediziner, hoffe ich«, sagte Karnap mit müder Stimme.

»Sie machen schon Witze, das ist ein gutes Zeichen.«

Marie stand hinter dem Sessel, in dem Maiewski saß. Sie wirkte angespannt und starrte mit zusammengepressten Lippen geradeaus. Ihr gegenüber hockte Konradt, flankiert von zwei Polizeibeamten. Als er Karnaps Blick bemerkte, hob er zur Begrüßung die Hände, die in Handschellen steckten. »Gratuliere!«, scherzte er. »Hätte nicht gedacht, dass du es schaffen würdest, da herauszukommen.«

»Was ist passiert?«, erkundigte sich Karnap.

»Ich hätte Sie nicht mal vermisst«, erklärte der Kommissar. »Aber diese Dame hier hat zufällig beobachtet, dass Sie auf dem Weg in die Mausefalle waren. Und das war Ihr Glück.«

Maries und Karnaps Blick trafen sich.

Er gab sich Mühe, dankbar zu lächeln. »Welche Mausefalle?«, fragte er. Dann kam plötzlich die Erinnerung zurück. Lückenhaft und wirr wie ein Traum, den man sich nach dem Aufwachen im Kopf mühsam zusammenbasteln muss. Er sah Klints Zeichnung vor sich: *Thou art the man!* Dann deutete er auf Konradt. »Er war es?«

Maiewski nickte. »Dieser Maler, Sie erinnern sich, hatte die fixe Idee, seinen Nachbarn hier einzumauern. Als Rache dafür, dass er seine Schwester umgebracht hatte. Aber dann hat Rasputin ihn doch ausgetrickst. Er tauchte eines Nachts auf und sorgte irgendwie dafür, dass sich Klint tödlich erschreckte.«

»Aber warum?«, fragte sich Karnap. »Ich meine, welches Motiv …?«

»Im Grunde ist es nicht sehr schwer zu erklären«, antwortete der Psychologe. Er wirkte alles andere als niedergeschlagen, sondern aufgeräumt und kompetent, als sei er weiterhin der Experte, der in diesem Fall befragt wurde, und nicht derjenige, der unter Mordverdacht stand. »Ich habe Ihnen doch schon einmal erzählt, dass man die dunkle und die helle Seite einer Person hermetisch voneinander abriegeln kann. Jekyll und Hyde, verstehen Sie? So funktioniert sozusagen der Durchschnittsmensch. Aber wenn man, wie ich, stark genug und außerdem ausreichend geschult ist, kann man sich seiner anderen Seite stellen. Sie in sein Bewusstsein einziehen lassen. Dann hört man auf, nur eine halbe Persönlichkeit zu sein. Allerdings hat man auch keine andere Wahl, als sein zweites Ich ebenfalls auszuleben.«

»Er will damit sagen,« erklärte der Kommissar, »er hat getötet und ist danach an den Schreibtisch zurückgekehrt und hat seelenruhig eine Krankengeschichte geschrieben.«

»Sie haben gar keine Ahnung, wovon ich spreche«, sagte Konradt. »Jekyll und Hyde, das ist eine Medaille mit zwei Seiten. Jekyll kennt Hyde genau und lässt ihm seinen Raum. Deshalb halten alle den Doktor für einen netten Zeitgenossen. Nur weil es Hyde gibt, kann Jekyll Jekyll sein. So ist es nun einmal: Die Welt verlangt nach Jekylls. Nach guten, aufopferungsbereiten Menschen. Und die verdankt sie den Hydes.«

»Bravo!«, applaudierte Maiewski.

»Sie überschätzen sich, Herr Kommissar! Wenn ich es nicht gewollt hätte, hätten Sie mich niemals aufgespürt. Genau das habe ich Ihnen übrigens neulich gesagt, aber Sie haben nicht mal zugehört! So ein Mörder sucht sich jemanden aus, der ihn entlarven kann. Er gibt ihm Hinweise an die Hand – wissen Sie noch?« Er deutete auf Karnap. »Also sollten Sie sich meinen netten, wenn auch etwas begriffsstutzigen Nachbarn auch vornehmen. Obwohl ich ihm alles schwarz auf weiß überreichte, hat er nichts gegen mich unternommen. Das nennt man unterlassene Hilfeleistung, Strafvereitelung oder Beihilfe. So genau kenne ich mich nicht aus.«

Der Kommissar machte ein angeekeltes Gesicht. »Halten Sie den Mund!«

»Der Patient R. K. – das war ich, nicht der Maler von nebenan! Wenn es nach mir gegangen wäre, hätte alles beim Alten bleiben können. Bei diesem Ausrutscher, der kleinen Meggie. Sie hatte Probleme mit einem ihrer Lehrer, der sie angegrapscht hatte, und weinte sich darüber bei mir aus. Ich weiß auch nicht, was über mich kam, aber – *nobody is perfect*, stimmt's? Und dann tauchte diese naive Journalistin auf und breitete alles vor mir aus, was sie sich zusammengereimt hatte, vorschnell und ohne einen handfesten Beweis. Leider lag sie genau richtig. Konnte ich sie da noch gehen lassen?«

»Was ist mit den Klints? Wieso hast du sie getötet?«, wollte Karnap wissen.

»Eliane habe ich geliebt. Sie war eine wunderschöne Frau, echt und ursprünglich, nicht wie Lydia, die nur ihre schlechte Imitation ist. Ich wollte Eliane nicht töten. Aber ich musste, als sie schwor, alles ihrem Bruder zu beichten. Sie ließ mir keine andere Wahl. Auch wenn du es mir nicht glaubst, das ist mir nicht leicht gefallen.«

Marie brach unvermittelt in Schluchzen aus. Sie schlug die Hände vor ihr Gesicht und flüchtete aus dem Zimmer.

»Wirklich schade«, kommentierte ihr Mann. »Marie wird es niemals verstehen. Dabei war sie da, wenn ich sie brauchte, all die Jahre. Ich mag sie wirklich. Schon deshalb konnte ich nicht dulden, dass sie sich mit meinem Nachbarn einließ.«

»Was mich angeht«, sagte Maiewski, »so ist es Gott sei Dank nicht mein Job, mir das weiter anzuhören. Los, ab mit ihm!«

Die beiden Polizisten nahmen Konradt in die Mitte. Der Psychologe winkte noch einmal mit seinen Handschellen. »Ich bin Ihnen zu großem Dank verpflichtet, Herr Kommissar!«

»Reden Sie keinen Scheiß!«, fuhr Maiewski ihn wütend an.

»Ronald Klint hatte Recht. Für einen simplen Maler hat er eine Menge begriffen von einer gestörten Persönlichkeit wie der meinen. Sie geben mir die Gelegenheit zur Buße, und das, glauben Sie mir, ist schon die halbe Erlösung. Auch wenn einer wie Sie das nicht verstehen kann.«

Maiewski trat ihm in den Weg. Er war nicht so massig, aber dafür fast einen Kopf größer als Konradt. Er fixierte den Psychologen mit einem eiskalten Blick. »Wenn es nach mir ginge, Herr Doktor«, sagte er leise, »dann kämen Sie nicht so leicht davon.« Damit machte er den Weg frei.

Auf Konradts Gesicht spielte ein mitleidvolles Lächeln. »Ich kann Sie verstehen, glauben Sie mir. Ich weiß auch, dass mir nicht viel passieren wird. Eine Therapie, regelmäßige Sitzungen, Medikamente – das ist mir alles nur zu vertraut. Halb so schlimm. Das sage ich meinen Klienten auch immer.«

Der Arzt fand, dass Karnap keinerlei Schaden davongetragen hatte. Nachdem er das Haus verlassen hatte, blieb der Kommissar noch eine Weile sitzen und verbreitete in Karnaps Wohnzimmer schweigend eine Qualmwolke.

»Ein Triebtäter mit irrem Blick und zuckendem Mundwinkel«, sagte er schließlich, »ist schon eine harte Sache. Aber diese vernünftige Psychologen-Masche stellt einem die Haare zu Berge.«

»Immerhin haben Sie endlich den Mann, den Sie so lange gesucht haben.«

»Das habe ich wohl.« Maiewski hörte sich nicht begeistert an.

»Alle haben Sie belächelt, aber Sie haben am Ende Recht behalten.«

»Ja …« Er hätte ebenso gut nein sagen können. Der Kommissar wirkte niedergeschlagen. Karnap vermutete, dass ihm der spöttisch überlegene Abgang des Mannes, der seine Tochter auf dem Gewissen hatte, zu schaffen machte. »Aber Sie haben auch Recht behalten.«

»Ich?«, wunderte sich Karnap.

»Mit Ihrer Skepsis, meine ich. Da war kein Geist im Spiel, nur ein fetter, überheblicher Psychodoktor. Wäre er mir in der Nacht erschienen, ich wäre zwar nicht gestorben, aber ich hätte mich übergeben. So viel ist sicher.« Er erhob sich. »Es ist spät. Ich werde mich auf den Weg machen.« Er deutete auf den Tisch. »Dieses alte Schulheft da sollten Sie mal lesen. Und dann brauche ich es zurück. Es ist Beweismaterial.«

Karnap reichte ihm die Hand. »Vielen Dank für Ihre Hilfe, Kommissar.«

»Wissen Sie, wie lange ich auf diesen Tag gewartet habe?« Maiewski grinste müde. »Ich könnte es selbst nicht sagen. Die ganze Zeit über habe ich die Typen aus den schlechten Fernsehfilmen verabscheut, die einem Verdächtigen eiskalt in den Rücken schießen und nachträglich behaupten, er habe einen Fluchtversuch unternommen.« Er schnaufte abfällig. »Und jetzt könnte ich einer von ihnen sein. Bis bald.«

Karnap war sich nicht sicher, ob er wirklich Recht behalten hatte, wie Maiewski gemeint hatte.

Am nächsten Tag gegen Mittag wachte er mit dem festen Entschluss auf, seinem Zuhause ein neues Gesicht zu geben.

Falls es Geister geben sollte, so musste man sie hinausekeln. Das Haus hatte künftig so auszusehen, dass sie sich nicht mehr aus ihren Löchern trauten. Karnap besorgte eimerweise Farbe, um die Wandgemälde zu übertünchen. Er würde auch den Keller völlig neu gestalten. In drei Monaten würde es dort keine schaurigen Hohlräume mehr geben, sondern einen Swimmingpool, der sich mit dem im Nachbarhaus messen konnte. Außerdem beauftragte er eine Firma, das Gartenhaus mitsamt seinem Innenleben vom Grundstück zu entfernen. An seiner Stelle würde er biedere, freundliche Beete anlegen mit Stiefmütterchen und Gartenzwergen.

Als er gegen drei am Nachmittag auf der Terrasse einen Kaffee einnahm, klingelte das Telefon, das vor ihm auf dem Tisch lag.

»Hi, Gert.« Es war Kirstens Stimme.

Er holte ausführlich Luft. »Kirsten! Ich habe lange nichts von dir gehört.«

»Genau deshalb rufe ich ja an. Um das Schweigen zu beenden.«

»Also dann …«

Schweigen.

»Freust du dich denn gar nicht?«, fragte sie nach einer Weile.

»Doch, doch. Was ist übrigens mit deinem Freund, diesem –«

»Was soll das, Gert? Es ist doch nur, weil ich finde, wir sollten wieder miteinander reden. Nichts weiter.«

»Verstehe.«

»Na schön, wenn du's unbedingt wissen willst: Es ist aus.«

Karnap räusperte sich. »Das tut mir Leid für dich.«

»Ach, was! Ist besser so. – Sag mal, hast du Freitagabend schon etwas vor?«

»Freitag? Lass mich überlegen. Nein, nicht dass ich wüsste ...«

»Ich frage nur, weil ich dann zufällig bei dir in der Gegend bin.«

»Gern. Ja, warum nicht? Komm vorbei. Ich freue mich darauf.«

»Also bis dann.«

Nachdem er aufgelegt hatte, verspürte er ein flaues Gefühl im Magen. Er trank seinen Kaffee, aber das machte es nur noch schlimmer. Noch nicht lange war es her, da hatte er Nächte damit verbracht, sich vorzustellen, genau diesen Anruf zu erhalten. Jetzt schien es eher so, als sei er nicht nur dabei, Kirsten, sondern auch die Vergangenheit wieder zurückzuholen, mit der er gerade erst seinen Frieden gemacht hatte. Karnap brauchte eine halbe Stunde, bis ihm einfiel, wie er sich davor schützen konnte. Dann ging er zum Nachbarhaus und lud Marie Konradt für Freitagabend zum Italiener im Ortszentrum ein. Sie sagte zu. Nun fühlte er sich besser.

Nachdem die Sonne untergegangen war, saß er immer noch auf der Terrasse und hatte sich in der Kladde festgelesen, die Maiewski ihm überlassen hatte. Als ihn die Mücken zu sehr plagten, verzog er sich nach drinnen ins Wohnzimmer.

Was mir Angst einflößt, las Karnap, *sind nicht die Seiten aus Papier, sondern das, was darauf geschrieben steht. Eine Erzählung, die von der Angst vor dem Tod handelt – nichts als Hirngespinste! Ich kann sie lesen oder nicht lesen. Das Buch ist Wirklichkeit, das Papier auch und die gedruckten Buchstaben. Aber Roderick Usher ist nichts weiter als eine Figur in einer Geschichte, nicht in Wirklichkeit. Genau da liegt der Unterschied, den ich keinen Augenblick vergessen darf.*

Karnap erinnerte sich an Konradt, wie er sich über den Kommissar amüsiert hatte. Sein zweites Ich, wie er es bezeichnet hatte, sein Mr. Hyde, musste ziemlich widerlich aussehen, dass es ihm gelingen konnte, sein Versuchsobjekt zu Tode zu erschrecken.

Karnap nippte an seinem Glas Wein und betrachtete das große Ölbild an der Wand gegenüber, von dem er noch nicht wusste, ob er es dort hängen lassen würde. Lydia Klint, die Schönheit mit der gleichermaßen betörenden wie beklemmenden Ausstrahlung.

Inzwischen war er allerdings nicht mehr davon überzeugt, dass sich ihr Blick auf etwas Geheimnisvolles richtete, das sich direkt hinter dem Betrachter befand. Vielleicht änderte sich dieser Eindruck auch, je nachdem von welcher Seite her man das Bild betrachtete. Jedenfalls sah Lydia ihn jetzt direkt an und in ihren Augen lag eine ungute Mischung aus tiefer Trauer und kaum verhohlenem Hass, so dass er ihrem Blick schließlich ausweichen musste.

Karnap stellte sich Lydia vor, wie sie ihrem Vater für dieses Bild Modell gestanden hatte. Jetzt erst wurde ihm klar, dass das gar nicht sein konnte. Auf dem Bild war Lydia ungefähr so alt, wie er sie kennen gelernt hatte. Ihr Vater aber hatte sie das letzte Mal als Teenager gesehen! *Der Unterschied zwischen Einbildung und Wirklichkeit, den ich keinen Augenblick vergessen darf.* Hatte Klint seine Tochter aus seiner Vorstellung heraus gemalt? So wie er sich fürchtete, dass sie ihm gegenübertreten würde? Hasserfüllt, davon besessen, Rache für ihre geliebte Eliane zu nehmen?

Karnap beugte sich vor, um das Datum neben dem Namenszug zu entziffern. Aber es gab kein Datum. Ebenso wenig wie die Schrift eine Signatur war. Von weitem hatte er sich durch das eigentümlich geschwungene ›L‹ täuschen lassen, das die Unterschrift ›Klint‹ eindeutig beherrschte. Karnap schluckte und im selben Moment wurde ihm klar, was sich in den letzten Sekunden in Klints Leben abgespielt hatte.

Das, was er für eine Signatur gehalten hatte, war bei genauem Hinsehen ein handschriftlicher Titel: *Eliane*. Das schwere Ölgemälde stellte nicht die Tochter des Malers, sondern seine Schwester dar!

30

Ein Geräusch an der Terrassentür erinnerte ihn daran, dass sie noch offen stand. Einige Mücken hatten die Gelegenheit bereits genutzt. Karnap stand auf, um sie zu schließen, und bekam einen Schreck, als er die Gestalt auf der Terrasse entdeckte.

»Du?«

Lydia strich sich das Haar aus dem Gesicht. Sie trat näher. »Ich wollte wenigstens noch einmal nach Hause kommen«, sagte sie. »Wenn du mich hinauswirfst, kann ich es dir nicht verdenken.«

Sie wirkte gefasst und ruhig. Nicht zu ihm kehrte sie zurück, sondern in ihr Elternhaus. Karnap irritierte die erneute Wandlung, die sie durchgemacht hatte, noch mehr als die in der vergangenen Nacht, als sie ihn im Atelier ihres Vaters unvermittelt attackiert hatte.

»Ich weiß nicht, was gestern mit mir los war.«

»Ich glaube schon«, sagte er. »Es war meine Schuld, Lydia, ich hätte es dir etwas behutsamer beibringen sollen.«

»Schon gut.« Sie stand vor dem Ölgemälde. »Wieso hast du das Bild aufgehängt? Vater hat es gehasst. Solange ich denken kann, hat es im Keller in einer Ecke gestanden.«

»Ich habe es aufgehängt, weil ich glaubte, du seiest die Frau auf dem Bild.«

»Es ist Eliane.«

»Aber die Ähnlichkeit ist verblüffend.«

»Mein Vater wollte sie nicht wahrhaben. Er hat mir immer das Gefühl gegeben, ich würde es darauf anlegen, ihr zu ähneln. Das hat seine Eifersucht geschürt.«

»Nicht nur ich habe euch verwechselt«, sagte Karnap. »Marie Konradt ist es genauso ergangen.«

Lydias Gesicht verdüsterte sich. »Ach ja?«

»Sie glaubte, dass du ein Verhältnis mit ihrem Mann hattest. Und sie glaubt, Eliane am Torhaus gesehen zu haben, kurz bevor man deinen Vater fand. Zu einem Zeitpunkt also, als Eliane schon lange tot gewesen sein muss.«

»Woher weißt du das alles?«

»Du hast mir doch selbst gesagt, dass du seit Jahren das erste Mal wieder hier seiest. Und dass Eliane eines Tages das Haus verlassen habe, obwohl du längst wusstest, dass sie tot war.«

»Bitte, gib mir etwas zu trinken, ja?«

Karnap reichte ihr ein Glas Wein.

»Damals habe ich gelogen«, gab sie leise zu. Sie nahm einen hastigen Schluck aus dem Glas, setzte es danach nicht ab, sondern hielt es wie einen Schild vor den Mund. Sie sprach in das Glas hinein. »Vater hatte mir geschrieben. Mit ihm hatte ich eigentlich abgeschlossen damals. Mir war einiges klar geworden in der Zeit auf Lanzarote. Aber dann schrieb er mir, dass Eliane tot sei. Es war ein Schock für mich. Ich habe es lange Zeit nicht geglaubt. Aber nachdem ich seinen Brief zum fünfzigsten Mal durchgelesen hatte, glaubte ich es doch.«

»Ich kenne den Brief.« Karnap hielt die Kladde hoch »Er steckte hier in diesem Heft.«

»Das war eine seiner Marotten. Er schrieb alle Briefe vor. Er schickte sie nur dann ab, wenn sie keinerlei Verbesserungen oder Schönheitsfehler mehr enthielten.«

»Auf mich wirkte es so, als habe Elianes Tod ihn auch niedergeschmettert.«

»O nein!«, brauste sie plötzlich auf. »Vater hat sie gehasst. Er wollte, dass sie tot war. Er hat es sich gewünscht. Damals war mir sofort klar, dass sie nicht Selbstmord begangen hatte. Nicht Eliane. Sie wusste, dass sie mich hatte, und deswegen hätte sie so etwas niemals getan!«

»Aber du warst verschwunden.«

»Er hatte sie umgebracht! Für mich jedenfalls gab es nur diese eine Möglichkeit. Wie er das gemacht hatte, war mir egal. Also bin ich damals zurückgekommen. Ich wollte Elianes Grab sehen. Und ich wollte ihn zur Rede stellen. Ich fühlte mich stark genug.« Lydia stand am Fenster und starrte intensiv in das nächtliche Schwarz hinaus.

»Aber es war Konradt, der sie ermordete.«

»Das wusste ich doch nicht!« Sie fuhr herum. Ihre Augen waren ausdruckslos und in den Augenwinkeln glänzten Tränen. »Ich hatte doch keine Ahnung, dass dieses Schwein ...« Sie schnaufte.

»Das ist richtig. Woher solltest du auch?« Karnap reichte ihr ein Taschentuch. »Aber du wolltest deinen Vater gar nicht zur Rede stellen. Und Elianes Grab besuchen wolltest du auch nicht.«

Lydia nahm wieder ihr Glas vor den Mund. »Nein?«

»Du wolltest Rache für Eliane. Du hieltest es für ausgemacht, dass Ronald sie getötet hatte. Außerdem ahntest du, auf welch schauerlich makabre Art er sie beigesetzt hatte. Schließlich kanntest du deinen Vater.«

»Kannte ich ihn?«, zweifelte sie tonlos.

»Er dämmerte nur noch vor sich hin. Wie immer trank er zu viel. Als er vergaß, seine Rechnungen zu bezahlen, schaltete man ihm den Strom ab. Nachts saß er im Dunkeln. Er existierte nur noch in der Hoffnung, Elianes Mörder würde in die bizarre Falle tappen, die er für ihn aufgebaut hatte. Die Klingel, vor der du dich neulich so erschrocken hast, war kein Alarm, der aus seinem Grab kam, sondern aus der Kammer im Keller, die er sein Atelier nannte. Sie sollte Konradt verraten, wenn er dort eindrang, um das Beweisstück, das verlorene Feuerzeug, zu suchen. Aber Konradt kam ins Haus. So ähnlich glaubt es jedenfalls die Polizei.«

»Aber es war nicht so«, nickte Lydia.

»Klint traute sich nicht mehr nach unten. Wie ein Alptraum verfolgte ihn die Idee, die Ermordete sei noch nicht tot. Sie sei zu sich gekommen und versuche nun, sich hinter ihrer Mauer bemerkbar zu machen. Je mehr er gegen diese Zwangsvorstellung ankämpfte, desto realer wurde sie für ihn. Die Angst wurde zur Panik und raubte ihm den Verstand.«

Lydia nickte immer noch, aber sie schwieg.

»Realität und Fiktion verschmolzen für ihn ineinander. Seine Furcht vor der Wirklichkeit ließ ihn in die Schauergeschichten fliehen, die er so sehr liebte.«

»Bitte, hör auf!«, flehte Lydia.

»Die letzten Eintragungen in seinem Tagebuch sind voll von konfusen Andeutungen, die sich auf eine Person namens Roderick Usher beziehen. Ich nehme an, dir ist dieser Name geläufig.«

»Nein«, sagte sie. »Bitte, nicht!«

Karnap nahm seine Poe-Ausgabe und schlug sie auf. »*Wohin soll ich fliehen?*«, las er vor. »*Wird sie nicht gleich bei uns erscheinen? Eilt sie nicht schon herbei, um mir meine Hast vorzuwerfen? Höre ich nicht ihre Tritte auf der Treppe? Vernehme ich nicht schon das schwere, fürchterliche Pochen ihres Herzens? Wahnsinniger! Ich sage dir, dass sie in diesem Augenblick draußen vor der Tür steht!*«

Lydia wandte sich ab. Alles in ihr drängte sie, davonzulaufen. Aber sie hielt stand. Sie ließ das Glas sinken, ballte ihre Hand zur Faust und biss hinein.

»Genau das ist passiert«, fügte Karnap leise hinzu. »Du brauchtest nur in der Tür zu stehen. Es reichte völlig aus, um ihn zu töten. Denn in seiner fortgeschrittenen Umnachtung musste er ja Eliane sehen, die sich aus ihrem Grab befreit hatte, um Rache zu nehmen. Er starb. Und du hast damit gerechnet.«

Draußen begann es zu regnen. Leise, wie winzige Finger, klopften die Tropfen an die Scheibe. Es wurden immer mehr und das Klopfen wurde zum monotonen Rauschen. Karnap trat zu Lydia und versuchte sie behutsam daran zu hindern, ihre Knöchel blutig zu beißen.

Aber sie entzog sich ihm. »Ich war überzeugt davon, dass er meine Mutter ermordet hatte. Sie bedeutete mir alles …«

»Eliane war deine Tante«, erinnerte er sie.

Abrupt wandte sie sich ihm zu, die Lippen zusammengepresst wie ein trotziges Kind. »Ich war heute in dieser Klinik! Ich wollte sie sehen! Aber der Arzt weiß nichts davon, dass Miriam jemals eine Tochter hatte. Und sie ist schon so lange da, dass sie mich im Krankenhaus hätte zur Welt bringen müssen! Außerdem«, Lydia schüttelte feierlich langsam den Kopf, »sieht sie mir nicht ähnlich! Nicht im Geringsten!«

Karnap machte den Mund auf und wieder zu. »Du meinst …?«

Was, wenn Klint die Grenze zwischen Realität und Einbildung nicht erst zum Schluss eingerissen hatte, sondern schon viele Jahre vorher? »Du glaubst, Eliane *war* deine Mutter?«

»Ich werde jetzt gehen«, sagte sie.

»Du solltest nicht gehen«, widersprach er. Dabei wusste er, dass er sie nicht aufhalten konnte. »Wohin willst du?«

»Vielleicht komme ich irgendwann, um Vaters Bilder abzuholen.« Lydia öffnete die Haustür. Der Regen war in Nieseln übergegangen. »Mir ist klar, dass alles falsch gelaufen ist«, sagte sie. »Und deshalb dachte ich, vielleicht könnte ich wenigstens ein bisschen wieder gutmachen. Ich meine, dass ich Papa …«

Karnap hielt ihre Hand fest. Er bemerkte dunkle Flecken auf dem Ärmel ihrer Bluse. »Die sehen ja aus wie Blutflecken«, erkundigte er sich besorgt. »Hast du dich verletzt?«

»Ich wollte Rache nehmen. Und ich wollte, dass er mich für Eliane hält. Und jetzt«, Lydia schüttelte traurig den Kopf, »fühle ich mich nicht einmal besser.«

Er versuchte, sie an sich zu drücken, aber sie wich zurück.

»Man kann es nicht ungeschehen machen, nicht wahr?«, sagte sie.

Er sah ihr noch nach, als die Rücklichter ihres Wagens schon lange im Dunkel verschwunden waren. Obwohl die Nässe inzwischen von ihm Besitz ergriffen hatte, kehrte er erst ins Haus zurück, als er darauf aufmerksam wurde, dass das Telefon seit einiger Zeit klingelte. Er machte sich auf einen erneuten Anruf Kirstens gefasst. »Ja?«

»Entschuldigen Sie die späte Störung«, sagte Maiewski. »Aber ich dachte, es wäre für Sie interessant.«

»Was gibt es denn?«

»Neuigkeiten, was den Fund in Ihrem Keller angeht. Vielleicht sind wir beide vorschnell davon ausgegangen, dass es sich bei der Toten um Eliane Klint handelt.«

»Das glaube ich nicht«, widersprach Karnap. »Der Gerichtsmediziner hat sich geirrt.«

»Er ist daran gar nicht beteiligt. Die Sache ist viel einfacher. Eliane Klint kann nicht die Tote in Ihrem Keller sein und gleichzeitig wegen Mordes gesucht werden.«

»Wovon reden Sie, Kommissar?«

»Eine Frau, die sich Eliane Klint nannte, besuchte heute Dr. Konradt in der U-Haft. Sie erstach ihn mit einem Messer. Wie es ihr gelang, die Waffe hineinzuschmuggeln, muss noch geklärt werden. Auch wie sie entfliehen konnte, nachdem sie den aufsichtsführenden Beamten am Arm verletzt hat.«

»Sie fahnden nach ihr?«

»Das ist richtig. Von ›wir‹ kann allerdings keine Rede sein.« Maiewskis Stimme war eine Spur zu unbeschwert für die schlimme Nachricht, die sie überbracht hatte. »Meine Sache ist das nicht mehr. Ich habe jetzt Urlaub. Dann noch schlappe sechs Monate und ich gehe in Pension.«